BAL FATAL

M.C. BEATON

Agatha Raisin
ENQUÊTE

BAL FATAL

roman

*Traduit de l'anglais
par Esther Ménévis*

ALBIN MICHEL

Ce livre est un ouvrage de fiction. Les noms, les personnages et les événements relatés sont le fruit de l'imagination de l'auteur ou sont utilisés à des fins de fiction.

1

Ce qui décida finalement Agatha Raisin à ouvrir sa propre agence de détectives fut ce qu'elle appelait intérieurement « l'incident parisien ».

Un jour d'été, ne tenant plus en place dans l'étouffante torpeur qui enveloppait le village de Carsely, dans les Cotswolds, elle résolut de prendre une semaine de vacances à Paris.

Agatha était une femme riche, mais comme tous les gens qui ont de l'argent, elle était périodiquement frappée par le démon de l'économie, si bien qu'elle avait réservé un modeste hôtel du Quartier latin, à deux pas de Saint-Germain-des-Prés. Elle avait déjà vu tout ce qu'il y avait à voir dans la capitale française lors de précédentes visites ; cette fois elle voulait seulement s'asseoir à la terrasse des cafés pour regarder les passants, ou flâner sur les bords de Seine.

Au bout de deux jours, malheureusement, il se mit à faire encore plus chaud qu'à Carsely. Or sa chambre n'était pas climatisée. Alors que le mercure grimpait à quarante et qu'elle se tournait et se retournait dans ses draps moites, elle découvrit que Paris est une ville qui ne dort jamais. Il y avait deux restaurants avec terrasse en face de son hôtel ; jusqu'à une heure du matin, des accordéonistes venaient jouer pour les clients en échange de quelques pièces. En entendant une énième interprétation de *La Vie en rose*, Agatha s'imagina avec plaisir envoyant une grenade par la fenêtre. Il fallait aussi supporter les vrombissements des voitures et les hurlements des touristes qui avaient bu plus que de raison. Puis, quand ils ne se sentaient plus très bien, leurs gémissements et le bruit de leurs haut-le-cœur.

Agatha décida néanmoins de profiter de Paris au maximum. Le métro n'était pas cher et vous emmenait partout.

Le quatrième jour de son séjour, elle descendit les escaliers de la station Maubert-Mutualité, s'assit sur un fauteuil en plastique dur sur le quai et sortit son plan de métro. Elle avait prévu d'aller à la librairie W. H. Smith, rue de Rivoli, acheter des livres en anglais.

Quand elle entendit la rame approcher, elle fourra son plan dans son sac à main, ouvrit les portes en soulevant cette poignée métallique qui l'avait tant désarçonnée la première fois qu'elle avait pris le métro à Paris et monta en voiture, tout en sentant que quelqu'un la collait par-derrière et qu'un genre de secousse agitait sa bandoulière.

Elle jeta un coup d'œil à son sac : il était à nouveau ouvert et son porte-monnaie avait disparu.

Elle fixa d'un regard furieux l'homme qui s'était faufilé derrière elle. De taille moyenne, blanc, les cheveux noirs, il portait un jean et une chemise bleue.

« Dites donc, vous ! » fit-elle en avançant vers lui d'un pas menaçant. L'homme descendit illico de la voiture et s'engouffra dans la suivante, Agatha à ses trousses. Au moment où elle allait l'attraper, alors que la rame s'ébranlait, il força l'ouverture des portes et s'enfuit sur le quai, tandis qu'Agatha, qui n'avait pas la force d'en faire autant, était emportée vers la station suivante, furibonde.

Tout ça, c'était la faute du coiffeur. Un coiffeur parisien lui avait en effet affirmé qu'il n'y avait pas de délinquance du côté de Maubert à cause de l'immense commissariat. Elle reprit donc le métro en sens inverse, remonta en vitesse l'escalator et demanda où se trouvait ce fameux commissariat. On lui répondit qu'il était à deux pas.

C'était un affreux bâtiment moderne à l'entrée principale desservie par un escalier raide. Dégoulinante de sueur et d'irritation, elle fit irruption dans le hall. Une très belle jeune femme aux longs cheveux bruns était assise derrière une vitre blindée.

Agatha se lança dans le récit de son agression, certaine qu'on allait tout de suite la conduire dans le bureau d'un enquêteur, mais la jeune femme commença à l'interroger. Quelqu'un d'aussi jeune et joli aurait pourtant dû céder la place à une personne douée d'un peu plus d'autorité ! pensa Agatha avec aigreur.

Dans son malheur, elle avait tout de même eu de la chance : son porte-monnaie ne contenait que soixante euros et elle avait laissé ses cartes de paiement dans le coffre-fort de l'hôtel. Son passeport était rangé dans un autre compartiment de son sac.

Une fois qu'elle eut répondu aux questions et remis son passeport, on lui dit d'aller s'asseoir pour attendre.

« Pourquoi est-ce qu'il n'y a pas la climatisation ici ? » grommela-t-elle, mais la jolie jeune femme se contenta de lui sourire gentiment.

Un grand policier finit par apparaître. Il l'emmena dans une petite pièce, s'assit derrière un bureau et lui fit signe de prendre la chaise en face de lui. On aurait dit Don Quichotte tel qu'on le voit sur certaines illustrations. Une fois de plus, elle décrivit son agresseur en détail avant de conclure : « Paris grouille de *gendarmes*[*1], pourquoi est-ce que vous ne descendez pas dans le métro pour attraper les pickpockets ?

— C'est ce que nous faisons tous les jours, répondit calmement le policier dans un anglais parfait.

---

1. Les mots en italique suivis d'un astérisque sont en français dans le texte. *Toutes les notes sont de la traductrice.*

– Moi aussi je suis enquêtrice, dit-elle avec emphase.

– Ah oui ? fit Don Quichotte, une étincelle d'intérêt dans le regard. Et à quel poste de police êtes-vous rattachée en Angleterre ?

– Aucun. En fait, je vais ouvrir ma propre agence de détectives privés. »

La lueur d'intérêt s'éteignit. « Attendez ici. »

Il y avait un miroir derrière le bureau. Agatha se leva et se regarda dedans. Son visage était cramoisi de chaleur, et ses cheveux châtains, habituellement brillants, étaient humides et plats.

Elle se rassit au retour du policier, qui lui tendit une lettre tapée à l'ordinateur à signer. Tout était écrit en français.

« Qu'est-ce que ça dit ? demanda-t-elle.

– C'est pour votre assurance : il est écrit que si nous arrêtons le voleur, il écopera de trois ans de prison et d'une amende de trois mille euros. Si nous retrouvons votre porte-monnaie, nous l'enverrons à l'ambassade de Grande-Bretagne. Signez là. »

Agatha poussa un soupir.

« Ce sera tout.

– Attendez une minute ! Et les photos, alors ?

– Pardon ?

– Eh bien, les photos de malfaiteurs ! Ce salaud, je le reconnaîtrais entre mille !

– Trois autres personnes se sont fait dérober des affaires par le même homme ce matin. Des

Français. Nous n'avons pas besoin de vos services. »

Agatha se leva, furibonde. « Je vous garantis que je vais l'attraper, ce pickpocket, moi !

– Alors bonne chance », répondit l'autre en lui adressant un petit sourire indifférent.

Elle retourna droit à son hôtel et fit ses valises. Elle allait rentrer chez elle, elle allait créer sa propre agence de détectives ! Cela faisait des semaines qu'elle se tâtait, et dans cette affaire, elle avait eu l'impression que les événements lui échappaient. Or Agatha Raisin aimait tout contrôler.

À l'aéroport de Roissy, elle se dirigeait vers la porte d'embarquement quand elle tomba sur un attroupement de voyageurs que la police empêchait de passer. « Un problème ? demanda-t-elle à un homme qui se trouvait là.

– Quelqu'un a laissé une valise sans surveillance. »

Elle attendit, excédée. Puis il y eut une énorme détonation. D'après les bavardages autour d'elle, elle comprit qu'on avait détruit l'objet suspect en le faisant exploser. À Heathrow ou dans d'autres aéroports, on aurait sans doute demandé au propriétaire de se manifester pour récupérer son bagage, mais en France, apparemment, on ne s'embarrassait pas de ce genre de considérations : on le faisait sauter, tout simplement.

À mesure qu'Agatha s'éloignait d'Heathrow en voiture, des nuages noirs s'accumulaient dans le ciel, et lorsqu'elle s'engagea sur la route descendant vers Carsely, la campagne tanguait sous les coups d'un violent orage.

Ses deux chats, Hodge et Boswell, vinrent à sa rencontre. En son absence, sa femme de ménage, Doris Simpson, passait tous les jours leur donner à manger et les faire sortir dans le jardin.

Elle balança ses valises dans l'entrée, alla dans la cuisine et ouvrit la porte de derrière. La pluie ruisselait du toit de chaume, mais le fond de l'air était agréablement doux. Voulant à tout prix garder intacte sa détermination à créer son agence de détectives, elle décida de rendre visite à son amie, Mrs Bloxby, l'épouse du pasteur.

Dix minutes plus tard, elle sonnait à la porte du presbytère, se reprochant de ne pas avoir téléphoné pour s'annoncer.

Mais Mrs Bloxby ouvrit la porte, son doux visage éclairé par un sourire de bienvenue. « Mrs Raisin ! Comme c'est gentil ! Entrez donc ! Pourquoi êtes-vous revenue plus tôt que prévu ?

– Je me suis fait agresser », répondit Agatha, et elle raconta sa mésaventure.

« Oh, vous avez été victime d'un pickpocket, rectifia Mrs Bloxby avec douceur. Ça ne vous ressemble pas, de laisser ce genre d'incident vous chasser de Paris. Je croyais que vous adoriez cette ville !

– C'est vrai la plupart du temps, admit Agatha, un peu agacée. C'est surtout la chaleur, le manque de sommeil… Et de me faire rembarrer comme ça par la police ! Le problème, c'est qu'ils passent leur temps à maintenir l'ordre dans les manifestations, alors ils n'en ont plus pour s'occuper des problèmes de la population.

– Ça, vous n'en savez rien.

– Peu importe. Ça m'a donné la petite impulsion dont j'avais besoin pour lancer ma propre agence. Vous ne trouvez pas que c'est une idée géniale ?

– Oh, si ! » acquiesça la femme du pasteur. Même si elle pensait que ce serait un travail fastidieux et sordide, elle se disait qu'il fournirait un dérivatif à l'esprit agité de son amie, l'empêcherait de retomber amoureuse et d'en souffrir. Tomber amoureuse était la drogue d'Agatha.

« Ça fait un moment que je songe à ouvrir une agence de détectives privés, reprit Agatha. Il me faut une sorte de statut officiel. Je suis douée en affaires, je suis sûre que je peux réussir. La police est débordée de nos jours, et les postes ferment les uns après les autres à la campagne. Les policiers n'ont plus de temps pour les petits cambriolages, les adolescents en fugue, les maris et les femmes infidèles.

– Et si ça ne marche pas ?

– Je le déduirai de mes impôts ! répondit Agatha avec un grand sourire. Le cottage de James a été racheté ? »

Cela faisait un moment que le cottage voisin du sien n'était plus celui de James Lacey, l'ex-mari d'Agatha, mais elle rêvait toujours qu'un jour, il reviendrait à Carsely. Elle n'arrivait pas à imaginer cette maison appartenant à un autre que lui. Elle était tombée amoureuse de deux de ses précédents occupants.

« Eh bien oui, en fait ! Par Mrs Emma Comfrey, fonctionnaire à la retraite. Vous devriez lui rendre visite.

– Peut-être. Mais j'ai un tas de choses à faire. J'irai demain à l'agence immobilière de Mircester pour voir ce que je peux trouver en guise de locaux. »

Mrs Bloxby se fit tristement la réflexion que l'intérêt d'Agatha pour son nouveau voisin s'était évanoui dès qu'elle avait su qu'il s'agissait d'*une* voisine, et à la retraite, qui plus est.

Agatha ne se serait jamais doutée qu'il faille autant d'argent pour monter une agence de détectives. Nourrie de films dans la veine des adaptations de Raymond Chandler, elle avait supposé qu'il suffisait de rester assis derrière un bureau à attendre l'arrivée majestueuse d'une belle dame vêtue d'un chemisier à épaulettes. Ou quelque chose dans ce goût-là.

Elle ne tarda pas à découvrir, en surfant sur le Net, que les agences de détectives étaient censées proposer une vaste gamme de services faisant appel à toutes sortes de technologies modernes, comme l'installation ou la désinstallation d'appareils d'écoute, la production de preuves photo ou vidéo, la filature et la surveillance électronique.

Il faudrait aussi quelqu'un pour répondre au téléphone quand elle serait sur le terrain. Agatha était trop perspicace pour ne pas avoir compris que les enquêtes en solo, c'était bon pour les romans. Si elle voulait des résultats, elle allait devoir employer des experts, sans lésiner sur les moyens.

Une fois qu'elle eut trouvé un bureau dans le centre de Mircester, elle publia des annonces dans les journaux locaux. Pour les photos et les vidéos, elle engagea en freelance un photographe de la presse provinciale à la retraite, Sammy Allen. Et, suivant le même arrangement, elle s'assura les services d'un technicien de la police également à la retraite, Douglas Ballantine, pour tout ce qui touchait à l'électronique.

Pour ce qui était de la secrétaire, Agatha recherchait quelqu'un d'intelligent, capable d'aider au travail d'enquête.

Elle commença à désespérer. Toutes les candidates qu'elle recevait étaient très jeunes et affublées de piercings et de tatouages.

Elle se demandait si elle n'allait pas essayer de faire elle-même un peu de secrétariat lorsqu'on frappa à la porte de son bureau. Une porte, soit dit en passant, à laquelle il manquait un panneau en verre dépoli pour la rendre conforme à l'idée désuète qu'Agatha se faisait des agences de détectives.

« Entrez ! » cria-t-elle, espérant qu'elle aurait affaire à son premier client.

Une femme très grande et maigre entra. Elle avait d'épais cheveux gris, coupés plutôt court, un long visage fin, des yeux marron perçants et de grandes dents solides. Ses mains et ses pieds étaient eux aussi très grands, les pieds chaussés de robustes souliers de marche, et les mains dépourvues de bagues. Elle portait un tailleur en tweed qui n'était plus de la première jeunesse.

« Asseyez-vous, je vous en prie, dit Agatha. Est-ce que je peux vous offrir un thé ? Un café ?

– Un café, s'il vous plaît. Noir, deux sucres. »

Agatha prépara un mug de café, ajouta deux cuillerées de sucre et le posa sur le bureau, devant ce qui, avec un peu de chance, serait sa première cliente.

Agatha était une femme bien conservée d'une petite cinquantaine d'années, aux cheveux châtains courts et brillants, à la bouche finement dessinée et aux petits yeux d'ourse qui se posaient sur le monde avec suspicion. Bien que trapue, elle pouvait se vanter d'avoir de jolies jambes.

« Je suis Mrs Emma Comfrey. »

Ce nom parut familier à Agatha, qui se rappela brusquement que c'était celui de sa nouvelle voisine. À défaut d'un sourire spontané, elle retroussa les lèvres en une grimace dans laquelle, espérait-elle,

sa visiteuse verrait un amical signe de bienvenue.
« Et quel est votre problème ? demanda-t-elle.

– J'ai vu votre annonce dans le journal. Pour le poste de secrétaire. Je suis candidate. »

Mrs Comfrey parlait d'une voix claire, articulée, aristocratique. L'âme populaire d'Agatha se crispa brièvement, et elle lança d'une voix dure : « J'attends de ma secrétaire qu'elle collabore au travail d'enquête si nécessaire. Pour ça, j'ai besoin d'une femme jeune et active. »

Son regard scruta l'étroit visage de sa voisine avant de survoler sa longue silhouette fluette.

« Je ne suis pas jeune, de toute évidence, répondit Mrs Comfrey, mais je suis active, je sais me servir d'un ordinateur et répondre poliment au téléphone, ce qui peut s'avérer utile pour vous.

– Quel âge avez-vous ?

– Soixante-sept ans.

– Dieu du ciel !

– Mais je suis très perspicace. »

Agatha poussa un soupir et s'apprêtait à lui rétorquer d'aller se faire voir quand un coup retentit timidement à la porte.

« Entrez ! » cria-t-elle.

Une femme fit son apparition, l'air éperdu. « J'ai besoin d'un détective ! »

Mrs Comfrey alla s'asseoir avec son café sur le canapé, dans un coin de la pièce.

Tout en se jurant de se débarrasser d'elle dès

qu'elles se retrouveraient seules, Agatha demanda à la nouvelle venue : « Que puis-je faire pour vous ?

– Mon petit Bertie a disparu. Ça fait toute une journée !

– Quel âge a-t-il ?

– Sept ans.

– Est-ce que vous êtes allée voir la police ? Que je suis bête ! Bien sûr que vous y êtes allée.

– Ça ne les intéressait pas », se lamenta la femme. Elle portait un caleçon noir et un tee-shirt noir délavé. Ses cheveux, blonds, étaient noirs à la racine. « Je suis Mrs Evans.

– Ce que je ne comprends pas... », commença Agatha, mais Emma Comfrey l'interrompit : « Bertie est votre chat, n'est-ce pas ? »

Mrs Evans fit volte-face.

« Oh, oui ! Et il n'a jamais fugué avant !

– Vous avez une photo ? » demanda Emma.

La femme au chat fouilla dans un sac à main tout abîmé pour en sortir une petite liasse de photos. « C'est la meilleure, dit-elle en tendant à Emma un cliché de chat noir et blanc. Elle a été prise dans notre jardin. »

Elle alla s'asseoir à côté d'Emma, qui fit un geste de réconfort en posant un bras sur ses épaules. « Ne vous inquiétez pas, nous allons le retrouver, votre chat.

– Combien est-ce que ça va coûter ? » demanda Mrs Evans.

Agatha avait établi une liste de tarifs, mais la recherche de chats égarés n'y figurait pas.

« Cinquante livres plus les frais, si nous le retrouvons, répondit Emma. Je suis la secrétaire de Mrs Raisin. Si vous voulez bien me donner votre nom, votre adresse et votre numéro de téléphone... »

Emma consigna les réponses de cette première cliente dans le carnet qu'Agatha, sonnée, lui tendit. Puis elle reprit, tout en aidant la femme à se relever : « Maintenant rentrez chez vous. Et ne vous en faites pas : si Bertie ne s'est pas volatilisé, nous le retrouverons. »

Lorsque la porte se fut refermée derrière une Mrs Evans éperdue de reconnaissance, Agatha lança : « Vous ne manquez pas d'air, mais voilà ce que je vous propose : si vous retrouvez ce chat, je vous engage.

– Très bien, répondit calmement Emma en rangeant le carnet dans son volumineux sac à main. Merci pour le café. »

En voilà une dont je n'entendrai plus jamais parler ! pensa Agatha.

Emma Comfrey consulta l'adresse qu'elle avait notée. Dans une animalerie du quartier, elle acheta un panier de transport pour chat, sans oublier de demander un reçu. Puis elle se tassa dans sa petite Ford Escort et se dirigea vers le lotissement de logements sociaux, en périphérie de Mircester, où habitait Mrs Evans. Elle remarqua que la maison de sa cliente appartenait à une rangée dont les jardins jouxtaient des terres agricoles. Les fermiers étaient en train de moissonner : c'était le moment ou jamais pour les chats de chasser les mulots.

Elle se gara et emprunta un chemin menant aux champs. Avec ses chaussures de randonnée, elle ne craignait pas d'avancer dans le chaume. Il faisait un temps agréablement chaud, de fins nuages duveteux se détachaient sur le ciel bleu pâle. Elle scruta le champ, puis reporta son regard vers le jardin des Evans. Une bordure d'ajoncs et de hautes herbes marquait la limite. Elle marcha jusque-là et s'assit brusquement par terre, les jambes flageolantes. Comment avait-elle eu l'audace de s'imposer à ce poste ? Elle n'arrivait plus à y croire maintenant, et elle était certaine qu'il n'y avait aucun espoir de retrouver le chat.

Emma avait épousé Joseph Comfrey, avocat, peu après ses vingt ans. Il gagnait bien sa vie, mais à peine trois semaines après leur lune de miel, il lui avait fait remarquer que ce n'était pas une bonne chose pour elle de rester à la maison et qu'elle devait chercher du travail. Fille unique de parents tyranniques, Emma avait docilement passé les concours de la fonction publique et s'était accommodée d'un travail ingrat de secrétaire au ministère de la Défense. Joseph était avare. Alors qu'il s'autorisait toutes les dépenses – pour se payer la dernière Jaguar, des chemises de Jermyn Street et des costumes de Savile Row –, il s'emparait des revenus d'Emma et ne lui versait qu'un petit peu d'argent de poche. Lorsqu'elle eut pris sa retraite, il passa son temps à se plaindre de la médiocrité de sa pension. Voilà deux ans, il était mort d'une crise cardiaque, faisant d'elle une femme riche. Elle n'avait pas d'enfants : Joseph ne voyait pas les enfants d'un bon œil. Au début, elle avait passé des nuits et des journées interminables, seule dans leur grande villa de Barnes. Les habitudes de stricte économie auxquelles l'avait contrainte son mari avaient la vie dure. La voix autoritaire de Joseph hantait les pièces, continuait de la harceler.

Elle avait fini par trouver le courage de vendre la maison. Elle avait donné les vêtements de son mari à des associations caritatives, offert ses livres de droit à un aspirant au barreau, puis acheté le cottage voisin de celui d'Agatha dans Lilac Lane. Les femmes du village étaient aimables, mais elle s'intéressait surtout aux histoires qu'on racontait sur sa voisine. C'est alors qu'elle avait vu l'offre d'emploi pour le poste de secrétaire. Elle avait du temps à ne savoir qu'en faire. Il lui avait fallu prendre beaucoup sur elle pour franchir la porte de l'agence et demander ce travail. Si Agatha s'était montrée moins agressive, la craintive Emma aurait peut-être gâché toutes ses chances de se faire embaucher à force de s'excuser, mais les manières de sa voisine lui avaient rappelé avec tant de force son mari tyrannique et certains collègues méchants que cela lui avait donné courage.

Elle soupira. Son quart d'heure de gloire était passé. Cette fichue bestiole pouvait se trouver n'importe où : à la fourrière, aplatie sous les roues d'un camion... Même si elle avait petit à petit cessé de pratiquer, Emma avait été élevée dans la foi méthodiste. Elle croyait encore confusément à l'existence d'une force bienfaisante dans l'univers. Elle resta assise longtemps, les bras serrés autour de ses maigres genoux, à regarder les ombres des nuages se pourchasser sur le chaume doré. Elle se sentait apaisée tout à coup, comme si les malheurs de sa vie passée et les incertitudes de sa vie future avaient été effacés de son esprit. Au bout d'un moment, elle se leva et s'étira. Il était temps de faire mine de chercher ce chat.

À l'instant où elle allait partir, un rayon de soleil frappa la bordure de hautes herbes et d'ajoncs, et elle aperçut quelque chose. Elle écarta les herbes et scruta le sol. Un chat noir et blanc dormait profondément.

Sans un bruit, elle alla chercher le panier dans la voiture et revint, espérant contre tout espoir que le chat n'aurait pas bougé. La chance continua de lui sourire. Elle attrapa l'animal par la peau du cou et le fourra dans la cage. Elle regarda les maisons, particulièrement celle des Evans. Personne en vue.

C'est bien la première fois de ma vie que j'ai de

la veine, se dit-elle. Je me demande la tête que fera cette Raisin quand elle verra ça !

Agatha leva un regard plein d'espoir vers la porte de son bureau, mais son visage s'assombrit lorsqu'elle vit entrer Emma. Puis elle vit le panier à chat.

« Ça alors ! C'est Bertie ?

— C'est bien lui !

— Vous en êtes sûre ?

— Je l'ai trouvé dans un champ derrière chez lui. J'ai comparé avec les photos. J'ai le reçu du panier, et il va falloir que j'achète de la nourriture pour chat, un bac et de la litière.

— Mais pourquoi ? Appelez donc cette femme et dites-lui de venir !

— C'est pas une bonne idée.

— Je peux vous rappeler qui commande, ici ?

— Écoutez : est-ce que ce ne serait pas mieux d'attendre ce soir ? Il ne faudrait pas que ça ait eu l'air trop facile. Dites-lui que nous avons trouvé Bertie errant sur l'autoroute et que nous lui avons sauvé la vie. Ensuite, j'appellerai le *Mircester Journal* et je leur servirai une jolie petite histoire au sujet de la nouvelle agence de détectives. »

Agatha, que personne n'avait jamais surpassée en matière de com', éprouva un petit tiraillement de jalousie. Mais comme elle ne reconnaissait jamais ce sentiment quand c'était elle qui l'éprouvait, elle attribua cette sensation désagréable à un excès de café.

« Très bien, bougonna-t-elle.

– Alors vous m'engagez ?

– Oui.

– Je vais juste acheter ce qu'il faut pour le chat, répondit Emma avec un sourire radieux, et ensuite nous pourrons discuter de mon salaire. »

Ce sont les histoires qui finissent bien qui font vendre, le *Mircester Journal* le savait. Après discussion, Emma et Agatha décidèrent de garder le chat à l'agence pendant la nuit et de le remettre officiellement à Mrs Evans le lendemain matin à la première heure, en s'assurant de la présence d'un journaliste et d'un photographe.

C'est tout juste si Emma réussit à dormir cette nuit-là. Elle avait des visions de Bertie mort à l'agence, elle imaginait qu'une voisine de Mrs Evans révélait qu'elle avait vu une femme capturer le chat dans le champ la veille.

Heureusement, tout se passa comme sur des roulettes. Agatha mourait d'envie de tirer la couverture à elle, mais elle ne pouvait guère le faire en présence de sa secrétaire. Elle fut contrariée que le *Mircester Journal* choisisse de publier une photo de Mrs Evans avec Emma et le chat, même si la feuille locale n'oubliait pas de mentionner le nom de la nouvelle agence de détectives.

2

Après une semaine passée à travailler – pas très dur – pour Agatha, la nouvelle personnalité qu'Emma s'était trouvée commençait à se dégonfler. Sa patronne était très autoritaire. Elle lui avait donné pour consigne de préparer des dossiers informatiques pour toutes les affaires qu'elle espérait décrocher, mais à part ça, elle lui adressait à peine la parole et, le soir, elles rentraient à Carsely chacune au volant de sa voiture.

Agatha était en colère que la première publicité faite à l'agence ait chanté les louanges de sa secrétaire. Elle avait sorti son nouveau tailleur de femme d'affaires pour l'occasion, et le journal n'avait même pas publié de photo d'elle !

Bien sûr, elle raconta dans tout le village qu'elle avait de la chance d'avoir « déniché » Emma. Seule Mrs Bloxby ne fut pas dupe.

Elle avait choisi un bureau situé dans les vieilles ruelles médiévales du centre de Mircester, au-dessus d'un magasin d'antiquités. Elle regrettait maintenant de ne pas avoir opté pour un local meilleur marché, dans la zone industrielle par exemple. Elle ne se sentait pas assez visible ici, et les voitures ne pouvaient pas se garer dans la rue.

Au bout de deux semaines, elle trouva qu'elle avait de bonnes raisons de renvoyer Emma. C'était idiot de payer une secrétaire à ne rien faire.

Elle s'arma de courage, rivant un regard agressif sur son employée, qui était plongée dans un livre. Elle toussota. Emma leva les yeux. Elle savait qu'elle allait se faire virer et son cœur se serra.

C'est alors qu'elles entendirent la voix de Dennis Burley, l'antiquaire, qui disait : « Oui, c'est par là. Vous trouverez l'agence à votre droite au premier. »

Les deux femmes se regardèrent, provisoirement unies dans un même espoir.

Un petit homme en polo et pantalon de flanelle informe, coiffé d'une casquette, entra sans frapper. Sur sa figure, son nez semblait prendre toute la place, comme si une divinité avait tiré dessus à la naissance. Une petite moustache en brosse était tapie à l'ombre de cet appendice.

« Asseyez-vous, je vous prie, roucoula Agatha. Thé ou café ?

— Rien, fit l'autre après s'être raclé la gorge. Je me demandais si vous pouviez m'aider. »

Emma sortit son carnet.

« Mon fils a disparu, dit l'homme.

— Votre nom, s'il vous plaît ?

– Harry Johnson. Mon fils s'appelle Wayne. Il a dix-neuf ans.

– Est-ce que vous êtes allé voir la police ?

– Oui, mais Wayne a un petit casier, il a volé des voitures, alors ils ne se donnent pas trop de mal.

– Depuis combien de temps a-t-il disparu ?

– Deux jours.

– Est-ce qu'il habite chez vous en temps normal ?

– Oui. Voici ma carte. »

Il sortit son portefeuille et en extirpa un petit bristol. Emma se leva pour le prendre, remarquant au passage que Mr Johnson était plombier.

« Pouvez-vous nous donner une liste des lieux qu'il fréquente ?

– Il aime bien aller à Poppy's Disco. Y a aussi tous les pubs du coin. C'est à peu près tout. »

Brusquement, Emma prit la parole : « Mr Johnson, pourquoi est-ce que vous vous inquiétez autant pour lui ? Il a dix-neuf ans, il aime les pubs et les boîtes de nuit. Il a très bien pu partir sur un coup de tête, non ? Est-ce qu'il a une voiture ?

– Oui. Il a embarqué ma foutue bagnole. C'est pour ça que je veux le retrouver.

– Marque de la voiture et numéro d'immatriculation ? » demanda Emma, à la grande exaspération d'Agatha : c'est elle qui aurait dû poser les questions !

« Une Rover SL-44 rouge. Je vais vous noter le numéro d'immatriculation.

– Ce n'est pas tout récent, comme modèle, fit remarquer Emma.

– Non, mais je l'ai bichonnée. Je lui avais dit qu'il n'avait pas le droit d'y toucher ! Il a sans doute pris les clés sur la table pendant que je dormais devant la télé. Combien est-ce que vous prenez ?

– Si nous retrouvons la voiture, ce sera cent livres, répondit Emma, auxquelles s'ajouteront nos frais. Ils ne seront peut-être pas très élevés, sauf s'il a quitté la ville.

– C'est que je ne suis pas riche. Oh, et puis allez-y ! Mais je ne veux pas que ça me coûte trop cher. Si vous ne l'avez pas retrouvé d'ici deux jours, laissez tomber.

– Je vous prépare le formulaire à signer », conclut Emma en se dirigeant vers un meuble classeur. Agatha plissa les yeux. Elle ne savait même pas qu'elles avaient un formulaire tout prêt. Et puis Emma avait quitté son vieux tailleur en tweed pour une élégante jupe en lin assortie d'un chemisier. J'espère que cette vieille peau n'a pas l'intention de devenir calife à la place du calife, pensa Agatha avec humeur.

« Voilà, reprit Emma. Je précise le montant… C'est fait, et vous, vous signez ici. Et là. Renseignez votre adresse, vos numéros de téléphone et votre adresse mail si vous en avez une. Si vous voulez bien nous faire un chèque de cent livres maintenant, nous vous facturerons les frais supplémentaires par la suite.

– Vous acceptez les cartes de crédit ? demanda l'homme en sortant un portefeuille fatigué.

– Non, répondit Emma avec un sourire, seulement les chèques et les espèces. Oh ! et il nous faudra une photo. »

Mr Johnson sortit une photo de sa poche intérieure et s'apprêtait à la remettre à Emma quand celle-ci, consciente du regard d'Agatha rivé sur elle, dit : « À Mrs Raisin, s'il vous plaît. »

Agatha regarda la photo, surprise. « Mais c'est votre voiture ! Vous n'avez pas de photo de votre fils ?

– Ah, lui ! Si, j'en ai une ici. »

Il fouilla de nouveau dans sa poche pour en exhumer une petite photo d'identité. Les cheveux noirs, dressés en crête à grand renfort de gel, Wayne avait le nez percé d'un clou et une oreille criblée de cinq petites boucles. Son visage était fin et un rictus contractait ses lèvres.

« Vous me remboursez si vous ne retrouvez pas la voiture, enfin... Wayne ? » demanda Mr Johnson.

Agatha lança un regard à Emma. « Non, mais nous ne vous facturerons pas nos dépenses, dit celle-ci.

– Bon, faut que j'y aille. Tenez-moi au courant. »
Un silence suivit son départ.

« Nous n'avons pas demandé assez, remarqua

enfin Agatha. Le loyer me coûte les yeux de la tête, sans parler de l'impôt sur les sociétés.

– Je me suis dit que ça pourrait être une bonne idée de proposer des tarifs intéressants tant que notre réputation n'est pas établie.

– À l'avenir, consultez-moi, d'accord ? Allez, j'ai du pain sur la planche.

– Est-ce que vous voulez que je cherche ce garçon ?

– Vous êtes secrétaire, mettez-vous bien ça dans le crâne. Alors restez ici et répondez au téléphone. »

Agatha fila au commissariat de Mircester et demanda à voir son ami, l'inspecteur Bill Wong. C'était son jour de chance : Bill était là.

« Excusez-moi de ne pas être passé vous voir, dit-il. J'ai vu dans le journal que vous aviez ouvert votre agence de détectives. Ça se passe bien ? Qui est cette Emma Comfrey qui a retrouvé le chat ?

– Oh ! Juste ma secrétaire. Elle vient d'emménager à côté de chez moi, et elle voulait le poste. En fait elle a eu un coup de bol, c'est tout. J'envisage de la remplacer par quelqu'un de jeune. C'est vrai quoi, elle a soixante-sept ans, quand même ! »

Comme beaucoup de quinquagénaires, Agatha considérait les sexagénaires comme des dinosaures, comme si elle-même n'allait jamais dépasser la soixantaine.

« Bon pied bon œil ?

– Oui.

– Alors cette femme est précieuse, Agatha. Mais oui ! Si quelqu'un arrive à l'agence alors que vous êtes par monts et par vaux, c'est plus rassurant de tomber sur une femme mûre que sur une petite jeunette.

– Je trouve qu'elle se met trop en avant. »

À ces mots, Bill hurla de rire. « C'est vous qui dites ça ! Elle est bonne, celle-là ! Oh, ne faites pas les gros yeux ! Vous vouliez quelque chose. Dites-moi quoi. »

Agatha lui parla de la disparition de Wayne.

« Ah, lui ! fit Bill. Je l'ai pincé deux fois pour ivresse sur la voie publique. Il ne conduisait pas à l'époque. Est-ce qu'il a le permis ?

– Je n'ai pas vérifié », marmonna Agatha, avant de continuer d'une voix plus ferme : « C'est la faute d'Emma. Elle posait toutes les questions. Je n'arrivais pas à en placer une.

– En parlant de permis, vous avez l'agrément pour votre agence ?

– Ce n'est pas nécessaire en Grande-Bretagne, pour l'instant. Vous devriez le savoir. Par quoi est-ce que je commence pour retrouver Wayne ?

– Par tous les pubs et les boîtes de Mircester. La dernière fois que je l'ai arrêté, c'était devant Poppy's Disco.

– Il a emprunté la Rover de son père, et papa tient plus à retrouver sa voiture que son fiston. Si vous pouviez entrer le numéro d'immatriculation dans vos ordinateurs et voir si on n'a pas retrouvé la voiture ratatinée je ne sais où, vous seriez un ange !

– Juste pour cette fois, alors, répondit sévèrement Bill. Vous ne pouvez pas compter que je fasse toute l'enquête à votre place. Attendez là.

– Comme si je n'avais jamais rien fait pour vous ! » grommela Agatha tandis que le jeune policier s'éloignait.

Bill Wong était son plus ancien ami. Son premier ami. Lorsqu'elle avait vendu sa société londonienne de communication pour prendre une retraite précoce et s'installer dans les Cotswolds, Bill, fils d'un Chinois et d'une Anglaise du Gloucestershire, avait enquêté sur ce qu'Agatha aimait à se rappeler comme sa première affaire. Avant lui, ronchonneuse et irritable comme elle l'était, elle n'avait jamais eu d'amis.

En attendant son retour, elle se demanda que faire à propos d'Emma Comfrey. Mrs Bloxby était tellement contente qu'elle l'ait engagée ! Elle ne voulait certes pas décevoir la femme du pasteur, mais elle considérait Emma comme une rivale.

Son portable sonna. Quand on parlait du loup…

« Mr Johnson vient d'appeler, annonça sa voisine et secrétaire de cette voix claire aux accents aristocratiques qui donnait des complexes à Agatha. Il dit qu'on a ramené sa voiture devant chez lui. Elle est en bon état : pas de rayures, et le réservoir est plein. Il a essayé d'annuler l'enquête et de récupérer son argent, mais je lui ai fait remarquer que cela ferait très mauvais effet s'il était arrivé quelque chose à son fils et qu'il n'avait pas levé le petit doigt pour le retrouver. Ça l'a convaincu.

– Je ferais mieux d'y aller », dit Agatha.

Elle raccrocha à l'instant où Bill revenait et lui apprit que la voiture était réapparue.

« Vous me faites perdre mon temps ! s'agaça-t-il. Enfin, il y a une chose dont je me souviens. Wayne avait une petite amie. Elle m'a frappé avec son sac à main la dernière fois que je l'ai arrêté.

– Son nom ?

– Sophy Grigson. Vous la trouverez à la caisse du supermarché Bradford, sur la place.

– Merci Bill, je vous revaudrai ça. »

Agatha se rendit au supermarché, où elle demanda au gérant si elle pouvait s'entretenir avec Sophy Grigson d'une personne disparue. « Elle fait sa pause dans dix minutes, répondit l'homme.

– Je vais l'attendre. »

Elle s'assit sur l'une des chaises en plastique inconfortables placées à l'entrée du magasin à l'intention des clients âgés. Au bout de dix minutes, le gérant revint avec une jeune femme grassouillette à la mine renfrognée. « Sophy Grigson », fit-il, puis il tourna les talons.

« Asseyez-vous, Miss Grigson, dit Agatha.

– Qu'est-ce que vous m'voulez ? » demanda Sophy, qui jouait à faire passer une grosse boule de chewing-gum d'une joue à l'autre.

Elle avait les cheveux blonds ramenés sur le sommet du crâne, et malgré son jeune âge, ses traits étaient déjà figés en une grimace de mécontentement.

« Je veux vous parler de Wayne Johnson.

– Ah, lui ! Le salaud !

– Il a disparu.

– C'est sa cervelle qui s'est fait la malle, ouais.

– Est-ce que vous l'avez vu récemment ?

– Nan. On m'a dit qu'il était devenu trop bizarre.

– C'est-à-dire ?

– Son pote. Jimmy Swithe, il est venu ce matin. "Tu devineras jamais c'qu'est arrivé à Wayne", qu'il me fait. Je lui demande c'qu'y veut dire, mais il commence à peine à m'expliquer que l'aut' nazie, là-bas, elle fait : "T'as des clients qui attendent." Connasse !

– Où est-ce que je peux trouver Jimmy ?

– À Stonebridge.

– La station-essence ?

– C'est ça. »

Agatha quittait le supermarché lorsque son téléphone sonna. Emma, encore. « Mrs Raisin, prononça sa secrétaire avec affectation, vous devriez peut-être rentrer à l'agence. Nous avons une cliente. »

Agatha ne se le fit pas dire deux fois. À son arrivée, Emma servait le café à une femme à la mise cossue, assise sur l'un des fauteuils destinés aux visiteurs.

« Mrs Benington, dit Emma, je vous présente notre détective privée, Mrs Raisin. »

Tout chez Mrs Benington respirait la dureté, de sa chevelure laquée à ses ongles rouges étincelants. Elle avait des yeux légèrement globuleux sous des paupières lourdes, et une petite bouche mince, colorée en rouge vif par un de ces rouges à lèvres qu'on applique au pinceau. Sa peau était hâlée par l'utilisation des douches de bronzage qui sont censées garantir un effet naturel mais ne tiennent jamais leurs promesses. Sa veste ajustée, son chemisier et sa jupe courte lui faisaient une très jolie silhouette. Elle avait des jambes maigrelettes comme on les admirait beaucoup autrefois, et des chaussures qu'on aurait dites fabriquées en peau de crocodile. Mais en cette époque du politiquement correct, ce n'était certainement pas le cas, pensa Agatha, même si Mrs Benington, dont toute la personne rayonnait d'énergie contenue, avait l'air tout à fait capable de tuer un crocodile de ses propres mains.

« En quoi est-ce que je peux vous aider ? demanda Agatha.

— Je pense que mon mari me trompe. Je veux une preuve.

— Nous pouvons vous en procurer. Pour ce qui est des tarifs... »

– Mrs Comfrey en a déjà discuté avec moi et j'ai donné mon accord. »

Les yeux d'Agatha se réduisirent à des fentes. Elle était toute disposée à éreinter sa secrétaire, mais celle-ci s'empressa de lui mettre sous le nez un contrat signé : elle avait fixé un tarif astronomique et procédé à une estimation généreuse des frais annexes.

« Parfait, se força à articuler Agatha.

– J'ai donné un chèque à Mrs Comfrey, précisa Mrs Benington en se levant. Je dois vous avouer que je suis rassurée. Dans cette histoire sordide, c'est si agréable d'avoir affaire à une dame comme il faut. » Sur ce, elle sourit à Emma.

Après son départ, Agatha lança : « À l'avenir, Emma, ne fixez plus jamais un seul tarif sans m'avoir consultée. »

La petite Emma mortifiée d'autrefois était sur le point de pleurnicher une excuse. Mais la nouvelle Emma sentait que si elle était arrivée jusqu'ici, c'était en feignant l'assurance, et elle savait qu'au moindre signe de faiblesse, la redoutable Agatha ne ferait qu'une bouchée d'elle.

« Dans ce cas, répondit-elle avec douceur, combien auriez-vous facturé ? »

Agatha ouvrit la bouche pour lui dire sa façon de penser, mais la referma aussitôt. Pour la première fois de sa vie, une petite voix dans sa tête lui disait qu'elle était jalouse.

Elle regarda longuement sa secrétaire, puis haussa les épaules.

« Je n'en ai aucune idée, mais je n'aurais jamais imaginé demander autant. Bravo ! Bien, il faut que j'appelle notre photographe, Sammy, et Douglas pour la surveillance, pour leur dire de se mettre au boulot. Est-ce que vous aimeriez tâter encore un peu du travail d'enquête ?

– Vous voulez parler du fils Johnson ?

– Oui. Son père a peut-être récupéré sa voiture comme neuve, il n'y a toujours aucun signe de Wayne. Un de ses amis, Jimmy Swithe, travaille à la station-service Stonebridge. Vous pourriez commencer par là. »

Un sourire illumina le visage d'Emma. « Je m'y mets tout de suite. »

Une garce, voilà ce que je suis, se reprocha Agatha, contrite, après que la porte se fut refermée derrière la grande et maigre silhouette de sa secrétaire. Puis elle décrocha le téléphone pour lancer les investigations sur le mari de Mrs Benington.

À la station-essence, Emma demanda Jimmy Swithe. On lui répondit qu'il s'occupait d'une voiture dans le garage à côté.

Menaçant de se laisser submerger par sa timidité habituelle, elle respira à fond. Je vais faire comme si j'étais quelqu'un de courageux, se dit-elle. Un homme solidement charpenté était penché sur une voiture.

« Mr Swithe ? » fit-elle.

L'homme indiqua l'arrière du garage d'un geste brusque. Emma s'enfonça dans l'obscurité. Assis sur un bidon d'essence retourné, sous une pancarte « Interdit de fumer », un jeune allumait une cigarette. Il avait des cheveux châtains informes et un visage blême barbouillé de cambouis.

« Mr Swithe ?

– Oui. »

Il la gratifia d'un regard méprisant. D'un autre côté, se répéta sévèrement Emma, c'était sans doute le traitement qu'il réservait à toute personne de plus de vingt-cinq ans.

« Je suis détective.

– Hein ? Vous ? C'est une blague ou quoi ?

– Mr Johnson m'emploie pour retrouver son fils, Wayne, expliqua Emma en rougissant.

– J'ai rien à voir avec lui.

– Pourquoi ?

– Il est devenu chelou.

– Chelou, vous voulez dire bizarre ?

– Ouais. Il s'est mis à la religion.

– Quelle religion ?

– Les Jeunes avec Jésus.

– Et où puis-je les trouver ?

– À l'écart de Stow Road, dans la zone industrielle. Dans une des vieilles huttes Nissen. Vous pouvez pas la rater. Ils ont mis une croix sur le toit. Tas de branleurs ! »

Emma le remercia et s'en alla. Elle commençait à

éprouver une délicieuse sensation de réussite. Une première petite graine d'antipathie pour Agatha était plantée. Jusque-là, elle ne s'était jamais autorisée à avoir de l'aversion pour quiconque.

Elle prit le chemin de la zone industrielle, en fit plusieurs fois le tour et crut qu'on lui avait donné une fausse adresse. C'est alors qu'elle vit une croix dorée scintiller à travers un bosquet, sur une petite route qu'elle n'avait pas remarquée auparavant.

Elle roula jusqu'à la hutte Nissen, une de ces structures en tôle ondulée héritées de la Seconde Guerre mondiale. Elle entendait chanter. Elle descendit de voiture, marcha jusqu'à l'entrée et ouvrit la porte. Le bâtiment était rempli de jeunes entonnant en chœur un cantique. Ils agitaient les bras et se balançaient pour imiter les chorales baptistes du sud des États-Unis, ce qui n'était pas du plus bel effet, estima-t-elle, car ils n'avaient pas la même fluidité de mouvement et leurs pattes d'insectes blancs s'agitaient à un rythme saccadé.

Heureusement, il s'avéra que c'était le dernier cantique. Un homme fluet portant d'épaisses lunettes, le prédicateur sans doute, donna sa bénédiction.

Emma attendit à la porte que l'assemblée se disperse, photo de Wayne à la main.

Elle faillit le manquer : le piercing sur le nez et les boucles d'oreilles avaient disparu ; les cheveux, fraîchement lavés, retombaient mollement sur son front. Mais elle se jeta à l'eau et risqua : « Wayne ?

– Qui est-ce qui le demande ?

– Votre père. Je suis détective privée. Il m'a engagée pour vous retrouver.

– Ce n'est pas moi qu'il veut retrouver. Ce vieux con voulait juste récupérer sa bagnole. C'est fait, alors bon vent.

– Est-ce que vous allez rentrer chez vous ?

– Non, on a un campement ici, derrière. C'est marrant. Dites-lui que je vais bien mais que je rentre pas à la maison. Les gens ici s'occupent de moi comme il l'a jamais fait. »

Emma extirpa un appareil photo de son sac. « Est-ce que vous acceptez que je vous prenne en photo pour lui montrer que vous allez bien ?

– Ouais, allez-y. »

La religion n'avait pas chassé toute trace de vanité chez le jeune homme. Il s'appuya contre un arbre avec nonchalance, les mains sur les hanches et le visage légèrement de côté.

« C'est mon meilleur profil, expliqua-t-il. Si elle est bonne, faites-moi passer une copie.

– Ce n'est pas une de ces sectes étranges, ici ? demanda Emma. Enfin, vous êtes libre de partir quand vous voulez ?

– Quand je veux, ouais. Personne ne me dit ce que j'ai à faire, à part Dieu. »

Emma décida de passer elle-même voir Mr Johnson. Elle ne voulait pas qu'Agatha s'attribue le mérite de sa découverte. Peut-être que sa patronne aurait voulu garder l'information secrète un peu plus longtemps pour pouvoir faire payer des frais annexes, mais après tout, ce n'était pas Agatha qui avait retrouvé Wayne. C'était elle !

Mr Johnson, en apprenant la nouvelle, manifesta une remarquable absence d'émotion. « Du moment que j'ai récupéré ma voiture, dit-il. Un vrai couillon, ce garçon. J'aurais pu m'éviter ces dépenses. »

Emma se sentit diminuée. Comme tous les gens habitués à se faire tyranniser, elle se réfugiait souvent dans ses fantasmes, et cette fois, elle s'était fait tout un film dans lequel Mr Johnson se jetait à son cou en pleurant de soulagement, tandis qu'un photographe du journal local était opportunément présent pour immortaliser l'heureux événement.

Agatha regrettait d'avoir envoyé Emma sur une enquête. Elle avait donné des instructions à Sammy Allen et Douglas Ballantine, mais elle voulait elle aussi se frotter au terrain. Emma avait pris des notes détaillées sur l'endroit où travaillait Mr Benington, ses loisirs, la marque de sa voiture…

Elle fut donc soulagée de voir s'ouvrir la porte du bureau et entrer sa secrétaire. « Oubliez le fils Johnson pour l'instant, ordonna-t-elle, il faut que je sorte.

– J'ai retrouvé le garçon, annonça Emma. Je l'ai dit au père. Je vais lui facturer des frais annexes, finalement. Tout ce qu'il voulait, c'était récupérer sa voiture. »

Agatha éprouva un tiraillement d'inquiétude. Allait-elle vraiment se laisser damer le pion par cette drôle de bonne femme ? Tout à l'heure, reconnaître sa propre jalousie l'avait contrariée. Elle avait toujours soutenu qu'elle et la jalousie, ça faisait deux. Elle lança un regard à la pendule. « Écoutez, c'est l'heure de la pause déjeuner. Je trouve que vous l'avez bien méritée. L'agence peut bien rester fermée pendant une heure. »

Elles allèrent dans un restaurant chinois du quartier. Agatha évita les algues frites, car elle savait qu'elles avaient la fâcheuse manie de s'incruster entre ses dents ou d'atterrir mystérieusement sur ses vêtements.

« Parlez-moi de vous », dit-elle, bien décidée à se montrer aimable, même si elle se moquait pas mal de ce qu'Emma pourrait lui raconter.

Sa secrétaire décrivit son travail au ministère de la Défense, en le faisant paraître bien plus prestigieux qu'il ne l'était en réalité. Lorsqu'elle eut terminé, Agatha enchaîna : « Vous avez fait du super boulot jusqu'ici. Je pense qu'on va former une bonne équipe, toutes les deux. »

Après le déjeuner, Emma retourna à l'agence, bercée par une délicieuse sensation de satisfaction.

Quant à Agatha, elle commençait à se sentir un peu de trop. En se faisant passer pour un technicien des télécoms, Douglas avait posé un micro sur le téléphone professionnel de Mr Benington, tandis que Sammy attendait le mari volage dehors au volant de sa voiture, armé d'un appareil photo, prêt à le filer quand il quitterait le travail. Agatha regagna l'agence à son tour.

« Puisque vous êtes si douée pour enquêter, finalement, dit-elle à Emma, je ferais mieux d'embaucher quelqu'un pour répondre au téléphone.

– Pourquoi pas Miss Simms ? » suggéra Emma.

Miss Simms, la mère célibataire de Carsely, était la secrétaire de la Société des dames.

« Elle n'a pas de petit ami en ce moment ? demanda Agatha.

– Je crois qu'elle est dans une période sans. Quel est son prénom, au fait ? Je trouve très bizarre que les dames du village s'appellent toujours par leur nom de famille.

– Kylie, je crois. C'est une tradition. Mrs Bloxby est une très bonne amie à moi, mais je ne l'ai jamais appelée par son prénom. J'ai une idée : allez voir Miss Simms tout de suite. Dites-lui que je la paierai au black. Pas besoin de s'embêter avec les cotisations sociales et tout.

– Ce n'est pas illégal ?

– Et alors ? L'argent fond comme neige au soleil ces temps-ci ! »

Une demi-heure plus tard, assise dans le séjour impeccable de la modeste maison de Miss Simms,

Emma se fit la réflexion que la jeune femme affectionnait un look de prostituée démodé. Pas de piercings ni de tee-shirt qui exhibe le nombril chez elle, mais des hauts talons pointus comme des pics à glace, de longs cheveux teints en blond, une courte jupe droite remontée pour laisser entrevoir un jupon en dentelle écarlate, et enfin, un petit corsage blanc noué au col par un lacet noir.

« C'est si gentil à vous, disait Miss Simms.

— Vous connaissez la sténo, vous savez taper à la machine et tout ? demanda Emma.

— Oh, oui ! Et je sais me servir d'un ordi, aussi.

— Quand avez-vous travaillé pour la dernière fois ? »

Miss Simms plissa son front lisse pour réfléchir.

« Ça remonte à l'an dernier. J'ai bossé pour le patron d'une société de tissus d'ameublement.

— Et combien de temps avez-vous travaillé pour lui ?

— Juste une journée ! répondit Miss Simms avec un petit rire. Il a dit que j'étais trop jolie pour travailler et que je serais mieux à la maison pour qu'il puisse… euh… me voir quand il voulait.

— Et que s'est-il passé ?

— On vient de rompre. Il était marié, vous comprenez. Je ne suis pas une briseuse de ménage, moi. Comment est-ce que vous vous entendez avec notre Mrs Raisin ?

— Très bien.

– Ah, elle a un cœur en or ! Et qu'est-ce qui vous a amenée à Carsely ? »

Emma recommença le récit fort enjolivé de sa vie, et Miss Simms avait beau prononcer ici et là un « Oh, là, là ! » de rigueur, elle n'avait pas l'air impressionnée outre mesure. Petite sotte, pensa Emma, déçue. Qu'est-ce qui m'a pris de la recommander ?

« Je vais juste chercher une veste et je vous accompagne au bureau, déclara la secrétaire de la Société des dames quand Emma eut terminé. Autant voir maintenant où tout se trouve. »

Agatha détaillait son local en jouant avec un trombone. Il y avait d'abord son propre bureau, un gros meuble imitation style georgien, et deux fauteuils placés devant pour accueillir les clients. Contre un mur, un canapé faisait face à une table basse sur laquelle des magazines étaient soigneusement empilés. Le bureau qu'elle avait commandé pour Emma, ainsi que deux meubles classeurs, se trouvaient contre un autre mur. Elle avait envisagé d'acheter un troisième bureau et un ordinateur pour Miss Simms, mais décréta qu'il valait mieux que la nouvelle secrétaire s'installe au bureau d'Emma, qui pourrait attendre sur le canapé.

Le local était situé dans un bâtiment ancien : il y avait d'épaisses poutres au plafond et une fenêtre à meneaux qui donnait sur la ruelle.

Elle avait fait paraître des encarts publicitaires

pour l'Agence de détectives Raisin – « Discrétion assurée – Surveillance vidéo et électronique » – mais les clients ne se bousculaient pas au portillon.

Elle entendit des pas dans l'escalier. Eh bien, voilà qui était rapide ! pensa-t-elle. Pourtant ce ne furent ni Emma ni Miss Simms qui frappèrent à la porte, mais une femme grande qui, malgré la chaleur, portait un manteau en toile huilée par-dessus un chemisier et une jupe en tweed, des bas de laine et de grosses chaussures. Les boucles de ses cheveux châtains avaient l'air naturelles. Elle avait de très grands yeux dans un visage étroit. Aucun maquillage.

« Je suis Mrs Laggat-Brown, dit-elle en s'asseyant devant le bureau, face à Agatha. J'ai rencontré votre ami, sir Charles Fraith, lors d'une collecte de fonds, et il m'a conseillé de faire appel à vos services. »

Agatha avait envoyé un prospectus de son agence à Charles. Comme il n'avait pas téléphoné, elle avait supposé qu'il était à l'étranger. Elle était habituée à ce qu'il entre et sorte de sa vie sans crier gare. Ils avaient eu une – brève – liaison autrefois, ce qui ne semblait faire ni chaud ni froid au baronnet, qu'elle avait rencontré il y avait des années de ça, lorsqu'il avait failli se faire arrêter pour meurtre. Par la suite, il avait travaillé avec elle sur certaines affaires. Il était de dix ans son cadet, une différence d'âge qu'elle n'arrivait pas à oublier.

« En quoi est-ce que je peux vous aider ? demanda-t-elle.

– Vous n'êtes pas tout à fait comme je l'imaginais, répondit Mrs Laggat-Brown d'une voix flûtée.

– À quoi vous attendiez-vous ? »

Mrs Laggat-Brown s'attendait à tomber sur une personne du même milieu qu'elle, « une personne comme nous », mais une lueur dans le regard d'Agatha la dissuada de faire le moindre sous-entendu en ce sens.

« Peu importe. Je vous explique la situation. J'habite le manoir d'Herris Cum Magna. Vous connaissez ce village ?

– Pas loin de la route Stow-Burford, c'est ça ?

– Oui. Alors écoutez bien. Demain soir, j'organise un dîner dansant pour les vingt et un ans de ma fille, dont nous annoncerons les fiançailles. Or ma fille, Cassandra, a reçu une lettre de menaces : si elle épouse Jason Peterson, elle mourra. Nous avons prévenu la police, qui nous a dit qu'elle allait envoyer deux agents sur place. »

La porte s'ouvrit alors sur Emma. Agatha fit les présentations. Mrs Laggat-Brown examina la nouvelle venue avec un soulagement visible.

« Asseyez-vous, Emma », ordonna Agatha.

Emma s'exécuta, puis ouvrit son grand sac à main pour en sortir carnet et stylo. « Miss Simms fait des courses, expliqua-t-elle. Elle sera bientôt là. »

Agatha lui répéta ce qu'avait dit Mrs Laggat-Brown et demanda à cette dernière : « Pouvez-vous nous donner un peu plus d'informations au sujet de votre fille et de ce Jason Peterson ?

– Mais bien sûr. »

Ledit Jason était agent de change, issu d'une famille respectable. Cassandra avait mené une vie protégée : elle avait fréquenté le Cheltenham Ladies' College, puis une institution pour jeunes filles de bonne famille en Suisse, et enfin elle avait suivi un cours de cuisine « Cordon-Bleu » à Paris.

La police avait la lettre de menaces en sa possession.

« Ce que j'attends de vous, continua Mrs Laggat-Brown, c'est que vous vous mêliez aux invités afin de repérer le moindre individu suspect. Vous serez en tenue de soirée, je suppose.

– Bien sûr, rétorqua Agatha en lui lançant un regard glacial. Maintenant, parlons de nos honoraires.

– Je vous ai préparé un chèque. Sir Charles a dit qu'il fallait vous payer à l'avance. »

Agatha s'apprêtait à protester que ce n'était pas sir Charles qui dirigeait l'agence, mais un regard à la somme généreuse portée sur le chèque lui cloua le bec. Son ami baronnet avait dû sortir le premier chiffre mirobolant qui lui était venu à l'esprit.

Elle continua à interroger Mrs Laggat-Brown tandis que le stylo d'Emma courait sur les pages du carnet.

À en croire leur cliente, personne n'avait de raison évidente de vouloir empêcher les fiançailles.

Y avait-il un Mr Laggat-Brown ? Pas en ce moment. Ils avaient divorcé il y a trois ans, à l'amiable.

Et que faisait Mr Laggat-Brown ?

« Il est agent de change, répondit son ex-femme. Comme notre cher Jason.

— Sera-t-il à la soirée ? demanda Agatha.

— Il le serait si j'avais pu le trouver. Mais d'après sa société, il est parti en congé longue durée sans laisser d'adresse. »

Miss Simms arriva plus tard, chargée de sacs de courses de différentes boutiques caritatives. Emma passa le reste de la journée à lui montrer les dossiers et la nouvelle liste tarifaire qu'elle avait concoctée.

Agatha était surexcitée à la perspective de ce qu'elle qualifiait in petto de « véritable » enquête.

Impatiente d'en informer Mrs Bloxby, elle n'avait pas plus tôt regagné son cottage qu'elle donna à manger à ses chats et les fit sortir dans le jardin. Elle se fit la réflexion qu'elle devrait payer un petit supplément à sa femme de ménage pour qu'elle vienne en journée s'occuper de ses animaux. Agatha ne se lassait pas de répéter qu'elle n'était pas une amie des bêtes.

Au presbytère, le pasteur l'accueillit avec un sourire pincé qui ne se refléta pas dans ses yeux. « Je crains que nous ne soyons pas disponibles, Mrs Raisin... », commençait-il, lorsque sa femme apparut derrière lui.

« Oh ! Mrs Raisin, entrez donc ! dit-elle par-dessus l'épaule de son mari. On va s'installer dans le jardin, comme ça vous pourrez fumer. »

Le pasteur se retira en marmonnant. Agatha entendit claquer la porte de son bureau.

« Alors, comment ça se passe ? » demanda Mrs Bloxby une fois qu'elles furent assises dans le jardin.

Agatha lui raconta tout et lui parla du bal prévu le lendemain soir.

« Et comment s'en sort Mrs Comfrey ?

– Très bien. Même si au début, j'ai trouvé qu'elle n'avait plus l'âge et qu'elle se mettait trop en avant.

– Qu'elle se mettait trop en avant ! Mrs Comfrey ?

– À moins que ça soit juste une façade. Apparemment, elle avait un poste assez important au ministère.

– À ce qu'elle dit ! Je n'arrive pas à imaginer qu'elle ait la cote.

– Et moi, je n'arrive pas à imaginer le contraire ! Elle a un tel capital sympathie. J'ai embauché Miss Simms comme secrétaire, puisque Emma s'en tire si bien dans les enquêtes.

– Et vous dites que sir Charles vous a recommandée ? C'était gentil de sa part.

– Il ne me rend plus jamais visite, se lamenta Agatha.

– Il a toujours été comme ça, à entrer et à sortir

de votre vie sans prévenir. Il reviendra. Est-ce que vous lui avez téléphoné pour le remercier ?

– Non, j'avais essayé de l'appeler avant, mais il était toujours sorti ou parti je ne sais où. »

Avant de téléphoner à Charles, Agatha appela Sammy sur son portable pour lui demander s'il y avait du nouveau du côté de l'enquête Benington. « Moi, je n'ai rien, répondit le photographe, mais Douglas a entendu quelque chose et il croit que c'est peut-être la clé de tout. Il a posé des micros dans le bureau, pas seulement sur le téléphone. »

Agatha réprima un gémissement en pensant à la dépense.

« Et alors, qu'est-ce qu'il a ?

– Mr Benington a appelé sa secrétaire. Après avoir dicté des lettres, des machins hyper-ennuyeux à propos de fringues et d'autres trucs pour leur catalogue de vente par correspondance, il a demandé à Josie – c'est son petit nom à elle, Josie – si c'était bon pour vendredi. Elle a gloussé et elle a dit oui, qu'elle avait raconté à sa mère qu'elle partait à un congrès d'affaires. Donc avec un peu de chance, il a un rendez-vous secret avec sa secrétaire vendredi.

– Bien. Ne le lâchez pas. »

Agatha téléphona chez Charles, pour s'entendre répondre par sa tante qu'il était dans son bain. « Dites-lui de me rappeler, intima-t-elle. Je suis Agatha Raisin. » La tante raccrocha sans même dire au revoir. Charles ne rappela pas.

Ce vieux chameau ne lui a sans doute pas transmis mon message, pensa Agatha, puis elle monta dans sa chambre en quête d'une robe appropriée pour la soirée.

La bonne fortune accorda du beau temps à Mrs Laggat-Brown. Lorsque Agatha et Emma arrivèrent au manoir, la pleine lune se levait au-dessus des arbres. Des guirlandes lumineuses étaient accrochées dans les branches, et une grande tente rayée trônait sur la pelouse. Sur la terrasse, un orchestre jouait des mélodies démodées. Le manoir lui-même était une de ces bâtisses basses et biscornues en pierre des Cotswolds qui sont beaucoup plus vastes qu'elles n'en ont l'air. Agatha jeta un regard alentour. Elles étaient en avance, mais les invités étaient déjà très nombreux à arriver. Côté toilette, elle avait coupé la poire en deux, en optant pour un tailleur-pantalon en soie et des sandales plates au cas où il y aurait de l'action. Emma portait quant à elle une robe à manches longues en satin noir. Agatha lui trouvait l'air d'un membre de la famille Addams, mais Mrs Laggat-Brown, en accourant à leur rencontre, s'extasia : « Cette robe vous va à ravir, Mrs Comfrey ! », avant de se tourner vers Agatha : « Voulez-vous aller vous changer dans la maison ? »

Ce qui eut le don de la hérisser.

« Je me suis déjà changée. Vous n'imaginez tout

de même pas que je vais traquer un assassin potentiel en robe longue et talons hauts !

– Oh ! très bien. Voici le programme. Les invités vont se regrouper sous la tente, où des boissons leur seront servies, suivies d'un dîner. Ensuite ils sortiront, le temps que la tente soit préparée pour le bal. D'autres rafraîchissements seront proposés dans l'abri piscine.

– Où est-ce ? demanda Agatha.

– À l'arrière de la maison, à côté de la piscine. C'est là que j'annoncerai les fiançailles de ma fille, avant le début de la soirée dansante.

– Vous voulez que je fouille la maison ? Que je m'assure que personne n'y est caché ?

– Mon Dieu, non ! Certains invités sont entrés se changer. Il ne manquerait plus que vous alliez fouiner partout, voyons !

– Je croyais que j'étais là pour ça !

– Contentez-vous d'observer les convives pour voir s'il n'y en aurait pas un qui n'ait pas l'air à sa place ici. »

« Elle ne devrait plus porter de dos-nu à son âge, décréta Agatha avec aigreur en regardant s'éloigner la maîtresse des lieux. On peut compter toutes ses vertèbres.

– Alors, par quoi commence-t-on ? demanda Emma.

– Je ne sais pas vous, mais moi, je boirais bien un bon grand gin-tonic.

« – Je pense qu'il n'y a que du champagne. Voilà une serveuse avec un plateau.

– Oh, ça fera l'affaire ! grommela Agatha en se servant une coupe, imitée par son employée.

– Ce doit être Cassandra », dit Emma, le bras tendu vers la terrasse.

Cassandra avait une belle tignasse parsemée de mèches « effet soleil ». Jeune fille grassouillette au visage rond et avenant, elle portait une robe décolletée destinée à mettre en valeur son meilleur atout, à savoir deux gros seins arrondis. À côté d'elle se tenait un jeune homme en tenue de soirée. Il avait d'épais cheveux noirs, un long nez et une bouche rouge, sensuelle, tellement grande qu'elle semblait prendre trop de place.

Un policier et une policière étaient plantés à quelques pas d'eux, sur leur gauche.

Les invités bavardaient, l'orchestre jouait, les pieds d'Agatha commençaient à lui faire mal. Puis tout le monde se mit à converger vers la tente.

« Super ! s'exclama-t-elle. Venez, Emma, je crève de faim. »

Elles avancèrent vers Mrs Laggat-Brown, qui, flanquée de sa fille et de Jason, s'était postée à l'entrée de la tente pour accueillir les invités. « Nous ne vous avons pas réservé de places, expliqua la maîtresse des lieux. Si vous avez très faim, vous pouvez aller en cuisine. »

Agatha se retint de faire un scandale. Elle faillit hurler qu'elles étaient là pour observer les convives, et que pour ça, elle aimait autant être assise ! Mais elle se rappela à temps que Mrs Laggat-Brown était une cliente et que si elle se tenait bien, cette enquête en amènerait peut-être d'autres.

« Nous ferions mieux d'aller en cuisine, suggéra Emma lorsqu'elles furent ressorties.

– Plutôt crever ! marmonna Agatha.

– Mais si ! Les employés auront peut-être des ragots à nous raconter sur la famille.

– Vous avez raison », admit Agatha, vexée de ne pas y avoir pensé elle-même.

3

Agatha s'était imaginé qu'en cuisine, elle allait trouver une bonne et une cuisinière. C'était oublier que l'époque des domestiques était révolue. Mrs Laggat-Brown avait fait appel aux services d'un traiteur, une femme d'allure redoutable en jean et tee-shirt. Après avoir expliqué la raison de leur présence, Agatha demanda si par hasard il y avait à dîner pour elles.

« Désolée, fit l'autre d'un ton brusque. Tout est dans la tente. Avec des gens comme Mrs Laggat-Brown, on prévoit à l'assiette près, ni plus ni moins. Les filles que j'ai embauchées pour la soirée sont en train de servir. À votre place, j'irais voir dans le réfrigérateur. Il y aura peut-être quelque chose.

– Je crois qu'il ne vaut mieux pas... », commença timidement Emma, mais Agatha avait déjà repéré un congélateur et un micro-ondes, deux éléments essentiels de la conception qu'elle se faisait d'une cuisine efficace.

Elle farfouilla dans les plats surgelés. « Et voilà,

Emma, deux portions de ragoût ! » s'écria-t-elle triomphalement. Elle fit réchauffer les barquettes au micro-ondes, puis estima, après avoir dégusté les premières bouchées : « C'est pas mauvais. Y a même des pommes de terre. »

Enfin, son appétit rassasié, elle reporta son attention sur le traiteur.

« Ça fait longtemps que vous connaissez Mrs Laggat-Brown ?

– Non, c'est la première fois que je travaille pour elle. Et la dernière.

– Pourquoi ça ?

– Elle est radine.

– Nous sommes détectives, expliqua Agatha. Sa fille a reçu des menaces de mort.

– On n'a plus qu'à espérer qu'ils feront la peau à cette vieille bique à la place, dit la femme avec un haussement d'épaules.

– J'espère qu'elle ne nous a pas fait un chèque en bois, s'inquiéta Agatha.

– Non, c'est bon, répondit Emma, j'ai fait le nécessaire pour l'encaisser rapidement.

– Oh, félicitations ! »

Emma rougit comme une écolière. Finalement, je crois que je l'aime bien, pensa-t-elle.

Les deux femmes ressortirent pour localiser la piscine. Une estrade et un micro avaient été installés au bord, face à la maison.

Elles revinrent ensuite sur leurs pas, pénétrèrent sous la tente. Agatha parcourut l'assemblée du regard. « Il ne peut y avoir personne ici qu'elle ne connaisse pas, jugea-t-elle. Aucun risque qu'il y ait des pique-assiettes. Cette vieille peau est du genre à lésiner sur le moindre toast. »

Emma, qui commençait à avoir mal aux pieds dans ses hauts talons, enviait ses sandales plates à sa patronne.

« Bizarre, reprit Agatha. Si Charles est un si bon ami à elle, j'aurais pensé qu'il serait invité. »

Les convives finirent enfin leur repas. Pour le bonheur de nos deux détectives, les discours devaient être prononcés au bord de la piscine. Elles allèrent prendre position derrière l'endroit où Mrs Laggat-Brown allait parler au micro.

Lorsque les invités arrivèrent, riant et bavardant, Agatha éprouva ce sentiment bien familier d'être à l'extérieur de la scène, en spectatrice.

Mrs Laggat-Brown, flanquée de sa fille et de Jason Peterson, avança jusqu'au micro. Agatha se plaça juste derrière eux. Au moment où la maîtresse de maison s'apprêtait à parler, un tonnerre de feux d'artifice retentit dans un champ à côté.

« Pas tout de suite ! » hurla rageusement Mrs Laggat-Brown dans le micro.

Inquiète, Agatha lança un regard aux fenêtres de la maison, en face, et retint son souffle. À l'étage, elle aperçut le reflet de ce qui ressemblait à un viseur télescopique.

« Une arme ! » cria-t-elle. Et aussi sec, les bras grands ouverts, elle bondit en avant et précipita maîtresse de maison, fille et futur gendre dans la piscine, où elle tomba dans la foulée.

Les feux d'artifice s'étaient tus, mais leur bruit avait étouffé le cri d'Agatha, que personne n'avait entendu.

On aida Mrs Laggat-Brown, Cassandra et Jason à sortir du bassin.

Agatha nagea jusqu'aux marches et sortit à son tour.

« Il y avait une arme, fit-elle, la voix haletante. À cette fenêtre. Là-haut ! »

Les deux agents de police se ruèrent dans la maison. Tout le monde attendit. Cassandra fondit en larmes.

Le policier et la policière ressortirent enfin.

« Il n'y a rien là-haut, dit l'homme. Elle s'est fait des idées.

— Non ! protesta Agatha en essuyant l'eau de ses yeux. Et qui est-ce qui a déclenché le feu d'artifice ?

— Fichez le camp d'ici ! siffla Mrs Laggat-Brown. Vous avez gâché la fête de ma fille. Je vais faire opposition sur ce chèque.

— Laissez-moi jeter un coup d'œil à l'étage, implora Agatha.

— Que pourriez-vous trouver de plus que deux représentants de la loi ? Allez-vous en, espèce de harpie. Tout de suite ! »

« C'est comme je vous l'dis, inspecteur, j'aurais voulu que vous soyez là ! »

L'agent Derry Carmichael parlait à l'inspecteur Bill Wong, plus tard ce soir-là. Il venait de le régaler d'un récit haut en couleur de la façon dont Agatha avait poussé Mrs Laggat-Brown et compagnie dans la piscine.

« Une minute ! s'exclama Bill. Vous dites que le feu d'artifice a commencé avant le moment prévu ? Pourquoi ?

– Oh ! une erreur, j'imagine.

– Vous n'avez pas vérifié ?

– Je me suis pas imaginé qu'il fallait. Franchement, ces vieilles folles qui jouent les détectives !

– Agatha Raisin est une amie à moi et elle est loin d'être idiote. Quand s'est terminée la fête ?

– Y a une demi-heure environ. Mrs Laggat-Brown a dit que tout était gâché et qu'elle ne voulait pas continuer.

– J'y vais. J'allais terminer mon service, mais ça ne fera pas de mal de jeter un nouveau coup d'œil. »

Mrs Laggat-Brown, enveloppée dans une robe de chambre, accueillit Bill avec un sermon sur la folie que c'était de laisser des femmes sans aucune qualification s'installer comme détectives. Puis, aiguillonnée par les traits asiatiques de son interlocuteur, elle enchaîna sur une diatribe contre les immigrés, qui causaient la perte de ce pays.

Bill attendit sans broncher que la source de sa bile se soit tarie avant de répondre : « J'aimerais néanmoins fouiller les pièces de l'étage, à l'arrière de la maison.

– Mais j'ai des invités qui y logent !

– Y a-t-il une pièce là-haut qui ne soit pas une chambre ?

– Juste une espèce de débarras.

– Je commencerai par là. Si cela ne vous dérange pas...

– Jason, si tu veux bien, tu seras un ange. Je suis tout bonnement trop choquée pour faire quoi que ce soit.

– Par ici, dit Jason. Mais vos collègues ont déjà regardé. »

Devant le débarras, le futur gendre regarda d'un œil amusé Bill poser un mouchoir sur la poignée avant d'ouvrir la porte. Bill se servit aussi du mouchoir pour appuyer sur l'interrupteur et ordonna au jeune homme d'attendre dehors.

La pièce était remplie de cartons étiquetés « Vieux vêtements », « Livres » et « Vaisselle » empilés de part et d'autre, laissant un passage jusqu'à la fenêtre, laquelle était entrouverte. Bill s'enfonça lentement dans la pièce en scrutant le sol. Il s'agenouilla. Il y avait une tache sombre sur les lames de parquet dénudées, près de la fenêtre. Il se pencha tout près et renifla. « Ça alors, je jurerais que c'est de l'huile pour armes ! » chuchota-t-il.

Il se releva et regarda autour de lui, pendant que Jason s'impatientait dehors. Il sortit une lampe-stylo de sa poche et la promena dans les recoins sombres entre les cartons. Quelque chose de brillant apparut dans le fin pinceau de lumière. Bill déplaça un carton et se pencha de nouveau. Une douille de cartouche.

Il sortit du débarras.

« Personne ne doit être autorisé à entrer ici avant l'arrivée de la police scientifique, dit-il.

– Pourquoi ça ? demanda Jason.

– Mrs Raisin avait raison, et sans son intervention rapide, l'un de vous serait mort, à l'heure qu'il est. »

Le lendemain matin, assises dans leur bureau, Agatha et Emma se demandaient quoi faire. « Il vaut sans doute mieux que je renvoie son chèque à Mrs Laggat-Brown, trancha Agatha. Ou plutôt, puisque vous l'avez déjà encaissé, que je la rembourse. »

Miss Simms, occupée à se vernir les ongles, leva la tête. « Moi je pense que vous avez vraiment vu quelque chose, Mrs Raisin. »

Emma savourait secrètement la détresse de sa patronne : cette femme débordait toujours tellement d'assurance !

« Qu'est-ce qui vous fait sourire ? demanda Miss Simms d'un ton brusque.

– Je suis désolée, répondit Emma, troublée. Mais si cet incident ne devait pas rejaillir sur l'agence une fois que les journaux en auront parlé, ce serait vraiment très drôle. La façon dont Agatha les a fichus à l'eau !

– Il était trop tard pour la presse locale, Dieu merci ! se consola Agatha.

– Je crains qu'elle ne l'apprenne d'une façon ou d'une autre, dit Emma. Avec tous ces invités ! »

La sonnerie du téléphone les fit sursauter.

« Agence de détectives Raisin », chantonna Miss Simms, avant de chuchoter, la main sur le combiné : « C'est elle. Mrs Laggat-Brown.

– Dites-lui que je suis morte, gémit Agatha. Oh, et puis non, qu'on en finisse une fois pour toutes ! »

« Bonjour », fit-elle dans le combiné. Puis elle écouta de toutes ses oreilles Mrs Laggat-Brown cancaner au bout du fil. « On arrive tout de suite ! »

Elle raccrocha avec un sourire triomphal. « J'avais raison ! Bill Wong, ce cher petit ange, s'est rendu au manoir plus tard dans la soirée. Il a trouvé de l'huile pour armes et une douille de cartouche. Allez, Emma, les affaires reprennent ! En nous attendant, Miss Simms, téléphonez à Douglas et à Sammy, histoire de voir s'ils avancent sur le dossier Benington. »

Emma suivit Agatha, pleine de remords. Tard la veille, elle avait appelé le journal local. C'était seulement, avait-elle pensé sur le moment, pour le bien de sa patronne. Elle était si... exubérante, elle avait besoin qu'on lui rabatte un peu son caquet.

Emma avait téléphoné sans donner son nom. Elle se consola en se disant que les journalistes apprendraient la vérité quand ils iraient chez Mrs Laggat-Brown aujourd'hui.

Une unité de police mobile était déjà installée dans le parc du manoir. Les agents passaient les buissons au peigne fin. Ce fut Cassandra qui ouvrit la porte au coup de sonnette d'Agatha. « Maman est dans le salon avec la police, dit-elle. Entrez. »

Dans le salon, l'inspecteur-chef Wilkes, Bill Wong et une policière faisaient face à Mrs Laggat-Brown et à Jason.

En apercevant Agatha, Wilkes s'exclama : « Ah ! Mrs Raisin, nous avions l'intention d'aller vous voir dès que nous en aurions fini ici avec nos interrogatoires. Attendez là-bas. »

Il apparut que c'était un long interrogatoire qui touchait à sa fin. Mrs Laggat-Brown répétait inlassablement qu'elle ne voyait pas du tout qui pouvait bien vouloir empêcher les fiançailles. Cassandra n'avait pas de petits amis éconduits ou jaloux, et Jason ne connaissait personne de dangereux, ni de fou, d'ailleurs.

« Bien, conclut Wilkes. Maintenant, Mrs Raisin, si vous voulez bien me suivre jusqu'à l'unité mobile, nous allons prendre votre déposition. »

Une fois qu'elle eut raconté le peu qu'elle savait, Agatha rentra dans la maison, suivie d'Emma.

« Il faut que vous m'aidiez, implora Mrs Laggat-Brown. Cette histoire est absolument effrayante !

— Emma fixera tout à l'heure avec vous les modalités de notre collaboration, répondit Agatha. Voyons... La personne qui est entrée dans la maison devait connaître l'existence de ce débarras. Et qui a donné l'ordre de lancer le feu d'artifice ?

— C'est Joe Gilchrist, un habitant du village, qui l'avait installé. Il dit qu'il a entendu une voix ressemblant à la mienne qui criait : "Lancez les fusées, Joe !"

— Il y avait donc une femme, une complice ?

— On dirait, oui. »

Mrs Laggat-Brown tortillait un mouchoir entre ses maigres doigts ornés de bagues.

« Il faut que je vous repose la question, pour votre ex-mari, continua Agatha. A-t-il une raison de vouloir empêcher les fiançailles de Cassandra ?

— Non, aucune. Il ne pouvait même pas être au courant de la fête. J'ai essayé de le contacter, mais son entreprise m'a dit qu'il avait pris un congé longue durée.

— Comment s'appelle cette entreprise ?

— Chater's. C'est à la City, dans Lombard Street.

— Est-ce que ça faisait longtemps qu'il y travaillait ?

— Plutôt, oui. Mais ça ne peut pas être Jeremy ! Il adore sa fille.

— Quand avez-vous eu de ses nouvelles pour la dernière fois ?

– À l'anniversaire de Cassandra, en mai dernier. Il lui a envoyé un magnifique bracelet en diamant.

– Il ne venait jamais la voir ?

– Pas depuis le divorce.

– Qui remonte à...

– Trois ans.

– Et vous dites que c'était un divorce à l'amiable ?

– Oh, oui ! »

Elle ment, pensa brusquement Agatha. Je ne sais pas pourquoi, mais je le sens.

À cet instant, Cassandra fit irruption dans la pièce.

« Papa est là !

– Quoi ?

– La police l'interroge. Il était à l'étranger. C'est ce qu'il me racontait quand les policiers sont arrivés et l'ont emmené dans leur espèce de mobil-home.

– Il va être furieux contre moi ! pleurnicha Mrs Laggat-Brown.

– Pourquoi ? demanda Agatha.

– Il va penser que je n'ai pas bien veillé sur Cassandra.

– Voyons, comment pourrait-il dire une chose pareille ? Vous n'avez pas réussi à le joindre après avoir reçu la lettre de menaces, si ? »

Mrs Laggat-Brown se concentra sur ses mains. Ses grosses bagues jetaient de vifs éclats de lumière tout autour d'elle.

« Non, je n'ai pas réussi.

– Cette fête devait être prévue depuis long-temps. Il n'a pas répondu à votre invitation ?

– Cassandra, ma chérie, fit Mrs Laggat-Brown, peux-tu aller me chercher une tasse de café ? »

Elle attendit que sa fille ait quitté la pièce pour continuer : « Je ne lui ai pas envoyé d'invitation.

– Pourquoi ça ?

– Oh ! je ne sais pas. Enfin, c'est lui qui a voulu divorcer, pas moi. Mais c'est moi qui ai la charge de Cassandra. Je ne voulais pas qu'il arrive comme une fleur au dernier moment et qu'il joue les rois de la fête. Mrs Raisin, je tiens vraiment à recourir à vos services. Je signerai tous les formulaires que vous voudrez m'envoyer. Mais pour le moment, j'aimerais me reposer. Je reprendrai cette conversation avec vous plus tard.

– Vous voulez bien demander à votre ex-mari de venir me voir ? Ou de m'appeler quand il sera libre ?

– Je n'y manquerai pas. Maintenant laissez-moi, je vous prie. »

Comme l'entrée du manoir était bloquée par des voitures de police, Agatha s'était garée sur la route. Au moment où elle franchissait le portail, le journaliste d'une feuille locale l'apostropha : « Agatha Raisin, quelques mots pour nous, s'il vous plaît ? »

Elle décrivit succinctement l'acte de bravoure par lequel elle avait sauvé la vie de Cassandra. Sans jamais citer Emma. Le photographe la prit en photo tandis que le journaliste faisait remarquer :

« Bizarre, ça, on a d'abord cru que cette histoire, c'était du pipeau. Il y a quelqu'un qui ne vous porte pas dans son cœur. Hier soir, une femme a téléphoné au journal pour dire que vous vous étiez couverte de ridicule. Vous avez une ennemie.

– Est-ce qu'elle a donné son nom ?

– Non, c'était un appel anonyme.

– La voix, elle était comment ?

– Snob.

– Sans doute une des invitées », murmura Emma.

Agatha avait prévu de procéder comme elle l'avait toujours fait, en concentrant tous ses efforts sur la tentative d'assassinat de Cassandra. Mais de petites enquêtes s'ajoutaient à celles déjà en cours et il fallait aussi s'en occuper. Elle était trop bonne femme d'affaires pour couler son agence en se focalisant sur un seul dossier à la fois.

On s'adressait à elle pour retrouver des ados disparus, des chiens et des chats perdus, ou pour traquer des époux et des épouses infidèles. Il fut enfin démontré que Mr Benington était un coureur de jupons, et sa sinistre femme en emporta la preuve avec une immense satisfaction. Au grand soulagement d'Agatha, elle ne rechigna pas à payer les frais de surveillance électronique.

Un jour qu'il lui rendait visite à l'agence, Bill Wong écouta ses lamentations et lui suggéra d'engager un policier retraité. Il lui recommanda un certain Patrick Mullen dont il lui donna le numéro de téléphone.

« Alors, demanda-t-elle ensuite, quel type de fusil a été utilisé ? Est-ce que la douille vous a permis de le découvrir ?

— On attend toujours le rapport du labo. Mais on a fait un interrogatoire poussé du mari.

— Génial ! Et donc ? Il était censé venir me voir, vous savez.

— Il a un alibi en béton. À l'heure des événements, il était en vacances à Paris. Petit hôtel sur le boulevard Saint-Michel. Le personnel l'a vu ce soir-là, aussi distinctement que je vous vois là. Il est rentré à l'hôtel à dix-huit heures, il est ressorti deux ou trois heures, puis il est revenu et il a filé se coucher. Impossible qu'il ait traversé la Manche et tiré sur qui que ce soit. On a bien une piste, cependant.

— Laquelle ?

— Jason, le fiancé, a l'air blanc comme neige. Mais son père, Harrison Peterson, a fait de la taule pour délit d'initié.

— Quel rapport avec la tentative d'assassinat de Cassandra ?

— Il s'avère que les jeunes tourtereaux ont déjà fait leurs testaments. Si Cassandra meurt, c'est Jason qui hérite de tout.

— Mais est-ce qu'elle a quoi que ce soit à léguer ? Enfin, ce n'est pas plutôt maman qui a toute la fortune ?

– L'an dernier, Cassandra a gagné un million au loto.

– La vache ! Et qu'est-ce que le père de Jason a à dire pour sa défense ?

– C'est là que ça devient intéressant. Il a été vu dans les parages le jour de la fête. Mais depuis, il a disparu.

– Et la mère de Jason ?

– Elle a divorcé d'Harrison quand il est allé en prison. Personne ne sait où elle habite. Le manoir est sous protection policière, mais ça ne pourra pas durer indéfiniment. Nous n'avons pas les moyens. Avec le gouvernement qui ferme les postes de police les uns après les autres dans les campagnes, nous devons couvrir un territoire encore plus grand.

– Je vais téléphoner à cet enquêteur que vous m'avez recommandé. Emma travaille dur, mais j'aurais bien besoin d'un spécialiste. Pouvez-vous me décrire le père de Jason ?

– Grand, mince, cheveux poivre et sel, long nez, yeux noirs, dans les cinquante-cinq ans, et manifestement très alerte pour son âge. Son prénom, c'est Harrison. Comme Harrison Ford. Il n'a pas travaillé depuis qu'il est sorti de prison l'an dernier. Je ne sais pas où il vit ni de quoi.

– Peut-être que Cassandra lui donne de l'argent.

– Elle affirme que non, et je pense que c'est la vérité.

– Il vaudrait mieux que je rende une nouvelle petite visite aux Laggat-Brown. »

Avant toute chose, après le départ de Bill, Agatha contacta Patrick Mullen. Il était intéressé par le poste et passerait à l'agence en début de soirée. Emma était partie à la recherche d'un ado fugueur, Sammy et Douglas s'occupaient d'époux infidèles. Agatha se mit donc en route seule.

Elle prévoyait de demander aux gens d'Herris Cum Magna si on avait de nouveau aperçu le père de Jason, mais elle commença par se rendre au manoir. Ce fut Mrs Laggat-Brown en personne qui lui ouvrit la porte.

« Oh ! Mrs Raisin, fit-elle de sa voix haut perchée. Entrez, entrez ! Vous avez découvert quelque chose ?

– J'y travaille d'arrache-pied, répondit Agatha, qui ne voulait pas avouer qu'elle avait à peine commencé. Votre ex-mari est parti ? Je croyais qu'il venait vous voir.

– Passons dans le salon, je vais vous expliquer. »

Agatha suivit la maîtresse des lieux dans la pénombre du vestibule et pénétra dans un salon à la décoration fleurie, un peu comme si l'ameublement en avait été confié à une Laura Ashley en panne d'inspiration.

« La vérité, reprit alors Mrs Laggat-Brown, c'est que Jeremy et moi, nous nous sommes raccommodés. Il habite ici et fait le trajet tous les jours pour aller à la City.

— Est-ce que cela fait plaisir à Cassandra ?

— Bien sûr. Cassandra adore son père.

— Où est-elle en ce moment ?

— Aux Bermudes.

— Aux Bermudes ?

— J'ai décidé de les envoyer en vacances, elle et Jason, pour leur sécurité.

— Mrs Laggat-Brown…

— Oh ! appelez-moi Catherine, voyons.

— Très bien. Moi, c'est Agatha. Catherine, est-ce que la police sait où se trouvent votre fille et son fiancé ?

— Oui, le directeur de la police est un ami à moi et il a estimé que c'était une excellente idée.

— Je crois savoir que le père de Jason a été vu dans les parages. Vous ne m'aviez pas dit qu'il avait un casier judiciaire. »

Catherine rougit légèrement.

« Eh bien, il a purgé sa peine, et c'est le genre de choses qu'il vaut mieux oublier, vous ne trouvez pas ?

— Pas quand on a affaire à une tentative d'assassinat. D'autres lettres de menaces ?

— Aucune.

— La police a-t-elle trouvé des empreintes sur celle que vous avez reçue, a-t-elle découvert où le papier avait été acheté ?

– Non. J'ai cru comprendre qu'ils venaient de terminer les tests.

– Pas d'ADN sur le rabat de l'enveloppe ? demanda encore Agatha, qui pensait seulement maintenant à toutes les questions qu'elle aurait dû poser à Bill.

– C'était une enveloppe autocollante.

– Est-ce que Mr Laggat-Brown sera ici ce soir ?

– Oui, il arrive à Moreton par le train de dix-huit heures trente.

– Dites-lui de m'appeler. » Agatha extirpa une carte de son sac à main. « J'aimerais vraiment lui parler. Il se peut très bien qu'il se rappelle un détail ayant de l'importance.

– Très bien. Je ferai mon possible. Vous comprenez, il est fâché que je vous aie engagée. Il dit qu'il faut laisser faire la police, que les amateurs ne sont bons qu'à semer la pagaille. La vérité, c'est que, pour le calmer, je lui ai dit que je vous avais virée. »

Agatha regarda Mrs Laggat-Brown avec curiosité.

« On dirait que vous n'avez pas beaucoup apprécié la liberté que vous a procurée le divorce, Catherine. Dès que votre mari rapplique, hop ! c'est lui qui commande.

– Mais sans homme, on est tellement démunie ! C'est vrai : une femme qui n'a pas d'homme se sent si seule et si bête ! Les féministes peuvent bien dire qu'on n'a pas plus besoin d'homme qu'un poisson n'a besoin de vélo, ça m'a toujours paru plutôt stupide. Après tout, de quel droit parlent-elles au nom des poissons ? Les poissons pourraient très bien avoir envie de vélos, s'ils avaient le choix. Elles n'en savent rien !

– Je vous recontacterai, dit Agatha, coupant court à d'autres élucubrations philosophiques du même tonneau. Il y a un pub au village ?

– The Oaks. Pile au centre. Prenez à gauche après le portail. »

Agatha se gara devant le pub. C'était l'heure du déjeuner et elle avait faim. Il fallait bien le reconnaître : sa vie oisive lui manquait. Ses chats, ses discussions avec Mrs Bloxby lui manquaient. Même les soirées de la Société des dames lui manquaient ! Elle travaillait non seulement tous les jours, mais aussi tous les soirs, et Emma en faisait autant. Elle poussa un soupir en ouvrant la porte du pub. Heureusement qu'elle avait Emma ! Sa voisine s'était révélée être une bonne amie et une travailleuse acharnée.

Emma entra dans le bureau, s'assit et déchaussa ses longs pieds.

« Dure journée ? demanda Miss Simms.

– Trop d'allées et venues dans la chaleur, soupira Emma. Mais j'ai retrouvé l'ado en fugue. Je vous donnerai mes notes à mettre au propre après le déjeuner.

– Je vais faire un saut dehors pour m'acheter à manger. »

Miss Simms sortit ses longues jambes de derrière le bureau. Comment est-ce qu'elle peut marcher toute la journée sur ces talons sans avoir les chevilles qui enflent ? s'étonna Emma.

« Je peux vous prendre quelque chose ? proposa la secrétaire.

– Un sandwich au jambon, merci.

– Pain blanc ou complet ?

– Complet.

– Salade ?

– Oui, mais pas de mayonnaise.

– D'accodac. À tout'. »

Emma se massa les pieds. Elle avait hâte de raconter son dernier exploit à Agatha. Sa patronne manifestait tant de reconnaissance ! Emma culpabilisait d'avoir passé ce coup de téléphone malveillant au journal local. Agatha méritait sa loyauté.

La porte s'ouvrit, et un homme entra en coup de vent. La quarantaine bien tassée, la mise impeccable. Un petit visage aux traits bien dessinés et des cheveux blonds.

« Aggie est là ? demanda-t-il en promenant son regard sur la pièce.

– Non, Mrs Raisin est sortie pour les besoins d'une enquête.

– Je suis Charles Fraith.

– Ah ! la personne qui nous a recommandées à Mrs Laggat-Brown.

« – C'est ça.

– Je suis Emma Comfrey. Je travaille avec Agatha. Comme enquêtrice.

– Vous m'avez tout l'air d'une enquêtrice épuisée, répondit Charles avec un sourire. Si on allait manger un morceau ?

– Je viens de demander qu'on me rapporte un sandwich.

– Peu importe. Venez ! »

Pendant le déjeuner, Charles écouta Emma lui parler de l'agence en long et en large en insistant sur ses succès et en minimisant ceux de sa patronne. Elle abreuva ensuite cet auditeur bienveillant du récit de sa vie, que lui, mort d'ennui, ponctua de quelques « Incroyable ! » et « Vraiment ? » prononcés du bout des lèvres.

À la fin de ce tête-à-tête, Emma Comfrey était éperdument amoureuse de sir Charles Fraith.

Agatha s'étonnait toujours que des pubs puissent survivre dans des villages perdus comme Herris Cum Magna. Celui-ci était loin d'être désert et, comme dans la plupart des pubs aujourd'hui, il y avait des tables pour y manger.

Lorsque la serveuse lui apporta son fish and chips, Agatha lui demanda si un certain Harrison Peterson était venu au pub récemment.

« C'est ce qu'a demandé la police, rapporta la plantureuse jeune femme, une hanche appuyée contre la table, aveugle aux signes que lui faisaient les autres clients. J'leur ai répondu qu'il était passé ici deux jours avant la grosse fête, j'dirais.

– Est-ce que vous avez des chambres ? Enfin, est-ce qu'on sait s'il a logé dans le village ?

– Non, on ne loue pas de chambres, et en plus, avec les bolides qu'ils ont tous aujourd'hui, il aurait très bien pu venir de Londres.

– Jess ! cria le patron derrière le comptoir. Les clients ! »

Jess s'éloigna. Agatha mangea son fish and chips en se demandant par où continuer. La police avait certainement fouillé le village de fond en comble. Elle décida de faire une pause pour rentrer voir ses chats et rendre visite à Mrs Bloxby.

Quand elle pénétra dans son cottage, Hodge et Boswell se montrèrent remarquablement indifférents. Elle poussa un soupir. Chaque fois qu'elle les abandonnait un certain temps, ils reportaient leur affection sur sa femme de ménage, Doris Simpson. Comme il faisait encore bon, elle les fit sortir dans le jardin. Puis elle referma toutes les portes et se dirigea vers le presbytère par les rues pavées couvertes de poussière.

Sa main resta en suspens devant la sonnette : le pasteur la regardait toujours comme on regarde une visiteuse importune. Elle préféra donc marcher jusqu'au portail donnant sur le jardin du presbytère, où elle vit Mrs Bloxby qui coupait les fleurs fanées de ses rosiers. Elle constata avec un pincement au cœur que son amie avait l'air fatiguée. Il y avait sur son visage doux des rides qu'elle n'avait jamais remarquées, et sa mince silhouette était toute tassée.

Elle ouvrit le portail et entra.

« Oh ! Mrs Raisin, quelle bonne surprise ! Attendez, je vais chercher du thé.

— Ne vous dérangez pas, je viens de déjeuner. Vous avez l'air fatiguée.

— C'est la chaleur. Venez vous asseoir. Mes obligations paroissiales sont plus lourdes que d'habitude. Beaucoup de nos personnes âgées souffrent de la chaleur. J'allais collecter des fonds pour acheter des ventilateurs, mais figurez-vous que les magasins ont tout vendu ! Vraiment, par ce temps, on aurait pu croire qu'un entrepreneur avisé en ferait venir par camions entiers de Taïwan ou je ne sais où ! Je n'arrête pas de leur dire de boire beaucoup d'eau, mais comme certaines ont de l'arthrose, c'est si douloureux pour elles d'aller aux toilettes qu'elles préfèrent se restreindre sur la boisson.

— Elles n'ont personne pour s'occuper d'elles ?

— Si, si ! Sans compter les infirmières qui passent pour les soins et le service de repas à domicile. Mais beaucoup ont peur de la mort, et Alf est surmené. Alors il faut que j'aide, vous comprenez ?

— Oui », acquiesça Agatha, tout en se disant qu'à la place de Mrs Bloxby, elle aurait peut-être bien laissé tous ces vieux aux bons soins de l'État.

« Parlez-moi de votre dernière affaire, Mrs Raisin. »

Agatha se cala dans son fauteuil et commença à parler. Au bout d'un moment, les paupières de la femme du pasteur clignèrent, puis se fermèrent. Agatha baissa la voix. Mrs Bloxby ne tarda pas à dormir profondément. Agatha resta assise à savourer la tranquillité de ce jardin hors du temps, et soudain, elle sentit qu'on lui secouait le bras. « Réveillez-vous, Mrs Raisin ! Nous nous sommes endormies toutes les deux, et j'ai eu peur que vous manquiez des rendez-vous. »

Agatha consulta sa montre. « Mince alors ! Il faut que je file. Je dois rencontrer un policier à la retraite ! »

Patrick Mullen était un homme grand, à la figure cadavérique, qui souriait peu. Agatha discuta avec lui de son salaire, puis demanda à Miss Simms de lui montrer les dossiers des différentes affaires non résolues.

« Et cette histoire de tentative d'assassinat ? demanda-t-il.

— Je vous mettrai dessus si on arrive à rattraper un peu notre retard sur le reste. Bon, je file ! J'ai quelqu'un à voir à la gare de Moreton-in-Marsh. »

Le train de Londres, comme d'habitude, avait du retard. En attendant près des plates-bandes de fleurs de la gare, Agatha regretta de ne pas avoir demandé une description de Mr Laggat-Brown.

Ce boulot de détective était décidément difficile. Toutes ces questions qu'on oubliait de poser !

Elle aperçut enfin le train tout au bout de la longue, longue ligne droite. Mr Laggat-Brown aurait certainement voyagé en première classe. Ce qui correspondrait aux voitures de queue si c'était un train Great Western, ou au petit bout exigu de wagon réservé aux premières si c'était un Thames.

Voyons, à quoi ressemblerait-il ? Elle se représenta un petit homme chichiteux au cheveu rare, vêtu d'un complet-veston.

Le train arriva et déversa son flot de passagers. Beaucoup de gens faisaient désormais le trajet quotidien entre Londres et la campagne. Un homme correspondant à l'image qu'elle s'était faite marcha d'un air affairé dans sa direction. « Mr Laggat-Brown ? » appela-t-elle.

L'homme la dévisagea, puis passa son chemin.

« Vous me cherchez ? » entendit-elle alors.

Elle leva les yeux sur un homme extrêmement séduisant.

« Mr Laggat-Brown ?

– C'est moi. Qui êtes-vous ?

– Agatha Raisin.

– Ah, la détective...

– Je peux vous parler ?

– S'il le faut. Mais je l'ai dit à ma femme : c'est ridicule de payer une agence de détectives alors que la police fait tout son possible. Enfin, ça la regarde. Allons nous asseoir sur ce banc. »

Agatha se sentit brusquement mal à l'aise, dans son tailleur en lin froissé et ses sandales plates. Jeremy Laggat-Brown était un homme grand au visage carré, au teint hâlé et aux yeux bleu vif. Ses épais cheveux ondulés étaient d'un blanc immaculé. Quant à son costume, c'était une prouesse de couture sur mesure.

« Alors, qu'est-ce que je peux faire pour vous ? » demanda-t-il. Il alluma une cigarette, et Agatha sortit son propre étui de son sac pour faire de même. Avec tous ces affreux avertissements de santé publique sur les paquets, les étuis à cigarettes avaient retrouvé la cote.

« Je me demandais, bien sûr, si vous aviez une idée de la personne qui pourrait vouloir tuer votre fille.

— Pas la moindre. Ça doit être un cinglé.

— Croyez-vous que ça pourrait être le père de Jason ?

— Non. C'est vrai, quoi : qu'aurait-il à y gagner ? Il est tombé pour escroquerie, pas comme tueur psychopathe. » Laggat-Brown lui décocha un sourire. « Vous n'êtes pas du tout comme je m'y attendais d'après la description de ma femme, je dois dire.

— À savoir ?

— Peu importe. Je ne m'attendais pas à une femme aussi séduisante. »

Quelque part au creux de son ventre perfide, Agatha ressentit un titillement familier.

« Ce serait Jason qui hériterait, si Cassandra se faisait tuer, fit-elle remarquer.

– Vous sous-entendez que le père espérerait recevoir de l'argent de son fils ? C'est tiré par les cheveux. Toute cette histoire est bizarre. Vous savez ce que je crois ? Je crois qu'il y a un tireur d'élite détraqué dans le coin qui s'est mis en tête de s'exercer sur nous.

– Et la lettre de menaces, alors ?

– Le même cinglé, j'imagine. Y a beaucoup de jalousie de classe par ici.

– Vous n'avez pas toujours vécu au manoir, si ?

– Non, il a appartenu à la famille Felliet pendant des siècles. Quand ils ont perdu tout leur fric, nous l'avons racheté. À voir les réactions des gens du village, on aurait cru que la reine avait perdu son trône.

– Quand l'avez-vous acheté ?

– Ça fait seulement huit ans, à peu près.

– Et où sont les Felliet maintenant ?

– À savoir sir George et Madame, donc. Je ne sais pas trop.

– Et vous êtes réconcilié avec votre femme ?

– Oh, en quelque sorte. Nous n'allons pas nous remarier ni rien. On se supporte. C'est pour faire plaisir à Cassandra.

– Et vous étiez à Paris le soir du dîner dansant ?

– Oui, et plein de témoins peuvent vous l'assurer, affirma Laggat-Brown avec un grand sourire. J'ai une idée. L'heure tourne et j'ai promis à

Catherine d'être rentré pour dîner. Si nous nous retrouvions autour d'un repas d'ici quelques jours ? Comme ça j'aurai vraiment le temps de répondre à toutes vos questions.

— Volontiers, répondit Agatha, s'efforçant de ne pas paraître trop enthousiaste. Voici ma carte. »

Après le départ de Laggat-Brown, elle décida de rentrer chez elle passer une soirée tranquille, à se pomponner et à teindre les racines de ses cheveux. Épais et châtains, ils commençaient à grisonner.

Allait-il vraiment l'appeler ? Ce n'était pas comme s'il était marié. Qu'allait-elle se mettre ?

Elle entendait vaguement les mises en garde de Mrs Bloxby. « Vous ne pouvez pas vous passer de tomber amoureuse, c'est votre drogue. » Mais son esprit étouffa la petite voix. C'était si merveilleux d'avoir un homme qui vous fasse rêver, de combler par ces rêves exaltants le vide qu'elle avait dans la tête depuis si longtemps ! Sans ses rêves, Agatha se retrouvait seule avec elle-même, c'est-à-dire avec une personne qu'elle n'aimait pas beaucoup, même si elle ne l'aurait jamais admis.

Elle donna à manger à ses chats, passa au micro-ondes une portion de hachis parmentier, puis quelques frites en guise d'accompagnement. Après quoi elle monta faire trempette dans la baignoire avant de s'attaquer à ses racines. Comme il valait mieux confier la teinture de ses cheveux à un coiffeur, elle coupa la poire en deux en optant pour un shampoing « brunette », dont la couleur était censée tenir trois lavages.

Elle scruta ensuite son visage dans le « miroir aux horreurs », une glace grossissante, et, s'emparant de la pince à épiler, arracha deux poils au-dessus de sa lèvre supérieure.

Elle s'enveloppait dans sa robe de chambre quand elle entendit bouger en bas. À la recherche d'une arme pour se défendre, elle prit un flacon de laque, qu'elle pourrait pulvériser dans les yeux de l'intrus. C'est seulement en arrivant en bas de l'escalier qu'elle se rendit compte qu'elle aurait pu appeler la police avec le téléphone de l'étage.

La dernière marche craqua sous ses pieds.

« C'est toi, Aggie ? » fit une voix paresseuse dans le salon.

Charles Fraith !

« Tu aurais pu frapper ! s'emporta-t-elle. Tu m'as fait une de ces peurs !

– Et tu m'as fait un double des clés, tu te souviens ?

– Non. J'avais oublié que tu les avais encore.

– Franchement, Aggie, tu as une de ces têtes ! »

Se rappelant qu'elle avait la figure tartinée de crème et les cheveux enveloppés dans une serviette, elle eut un mouvement de recul, puis haussa les épaules. « Il va falloir faire avec, Charles. Tu veux un verre ? »

Postée à la fenêtre, Emma observait avidement le cottage voisin. Elle avait vu arriver Charles en voiture. Elle attendit qu'il parte, longtemps. Il n'allait tout de même pas y passer la nuit, si ?

Enfin, vaincue par le sommeil, elle alla se coucher. Elle irait rendre visite à Mrs Bloxby demain matin. En ne la voyant pas à l'agence, Agatha supposerait qu'elle enquêtait sur une affaire. Mrs Bloxby saurait de quoi il retournait.

La femme du pasteur se demandait pourquoi Emma lui rendait visite. Elle servit le café pendant que la voisine d'Agatha babillait sur la météo. Au bout d'un moment, elle finit par lui poser la question : « On ne vous attend pas à l'agence ?

– Oh, je n'y vais pas souvent. Il y a tellement de petites enquêtes à mener ! »

Mrs Bloxby laissa le silence s'éterniser, espérant que sa visiteuse y verrait le signal du départ.

« Sir Charles Fraith a passé la nuit chez Agatha, lâcha enfin Emma.

– Ah, il est de retour, alors ? Ce sont de vieux amis.

– Seulement des amis, je suppose ? insista Emma avec un petit rire forcé.

– Oui.

– Quand même, lâcha Emma en reposant brusquement sa tasse sur la soucoupe, Agatha n'attache pas grande importance à sa réputation, si elle reçoit un homme chez elle la nuit.

– Beaucoup de gens du village hébergent des amis chez eux », répondit Mrs Bloxby. Elle observa avec curiosité le visage empourpré de son interlocutrice. « Et tout le monde trouve cela naturel.

– Charles est un homme très séduisant. Il m'a invitée à déjeuner hier.

– Et Mrs Raisin est une femme très séduisante. Mais je peux vous assurer que personne ne trouve rien à redire à sa relation avec sir Charles.

– Agatha, séduisante ?

– Je crois que les hommes la trouvent sexy, oui. Maintenant, je ne veux surtout pas vous mettre à la porte, mais j'ai des obligations paroissiales qui m'attendent.

– Bien sûr. Je m'en vais. »

Seigneur ! pensa Mrs Bloxby. Je crois bien que cette pauvre Mrs Comfrey est tombée amoureuse. Comme c'est curieux, tout de même, tous ces magazines féminins qui n'en ont que pour le sexe... Une majorité silencieuse de femmes aspirent à l'amour : elles trouvent les articles sur les petits trucs érotiques, les vibromasseurs et je ne sais quoi encore, dégoûtants et humiliants ! Nulle part on ne les met en garde contre les dangers de la passion amoureuse, or plus elles sont âgées, plus ça devient dangereux.

L'épouse du pasteur se coiffa d'un chapeau de paille et partit rendre visite à des paroissiens. Elle ne songea même pas à avertir Agatha : elle recueillait tant de confidences qu'elle avait appris, au fil des ans, à les oublier sitôt entendues. L'idée que, en se taisant, elle mettait peut-être en danger la vie de son amie, ne lui traversa même pas l'esprit.

4

« Pour qui est-ce qu'il travaille, ce Jeremy Laggat-Brown ? demandait Charles au petit déjeuner.

– Pour Chater's ou quelque chose comme ça, je crois.

– Bonne entreprise. Je connais un de leurs employés. Je vais lui passer un coup de fil. »

Pendant que Charles téléphonait, Agatha sirota son café en fumant une cigarette. Elle aurait aimé n'avoir qu'une affaire à laquelle se consacrer, comme au temps où elle n'avait pas encore créé son agence de détectives.

Charles revint, tout sourire.

« Écoute un peu ça : Laggat-Brown ne travaille plus pour eux. Il a monté sa propre affaire. Dans l'import-export.

– L'import-export de quoi ?

– Composants électroniques. D'après mon vieux copain d'école, il a un bureau dans un immeuble miteux de Fetter Lane. Ce cher Jeremy voyage beaucoup. Il a l'air de bosser seul, avec une secrétaire pour tenir la boutique en son absence.

— Pourquoi est-ce qu'il a quitté Chater's ?

— Apparemment il en avait assez d'être agent de change.

— Il n'était pas en disgrâce ni rien ?

— Je vais continuer à me renseigner.

— Je devrais vraiment t'embaucher », dit Agatha, avant de se dépêcher d'ajouter, devant la lueur mercenaire qui était apparue dans les yeux de son ami : « Mais j'ai déjà du mal à tenir mon budget. »

Charles poussa un soupir.

« Dire que Cassandra a gagné au loto ! Ce n'est pas juste. Seuls les pauvres devraient pouvoir gagner !

— Comme toi ?

— Comme moi.

— Charles, le prix d'un de tes costumes suffirait à nourrir une famille pendant un an !

— Ce qui me rappelle que je n'ai pas payé mon tailleur. Tu disais que les Felliet étaient les anciens propriétaires du manoir. Je connais George. J'étais au lycée avec lui. Pourquoi est-ce que tu t'intéresses à eux ?

— Parce qu'ils pourraient nous en dire plus sur les Laggat-Brown que ceux-ci n'ont bien voulu le faire. Tu sais où ils habitent ?

— Voyons... Ça y est, je sais ! Ancombe. Ils doivent être dans l'annuaire. Au fait, j'ai emmené ton assistante, Emma, déjeuner hier.

– Ah oui ? C'est gentil. On va rendre visite aux Felliet ?

– D'accord. Comme au bon vieux temps. Et ton agence ?

– Ils n'ont pas besoin de moi tout de suite. Les affaires suivent leur cours. Emma et un policier retraité que j'ai engagé peuvent s'occuper de tout. »

Il s'avéra que les Felliet habitaient un petit cottage à la périphérie d'Ancombe. Même les petits cottages coûtent une fortune aujourd'hui dans les Cotswolds, mais tout de même, pensa Agatha tandis que Charles lui tenait le portail du jardin, troquer leur grand manoir contre cette modeste maison avait dû être sacrément douloureux pour les Felliet.

Un petit homme rond d'environ quarante-cinq ans, vêtu d'un jean délavé et d'une chemise rayée, sans cravate, leur ouvrit la porte. « Ça alors, Charles ! s'exclama-t-il. Qu'est-ce qui t'amène ? Ça fait une paye que je ne t'ai pas vu ! Entrez ! »

Agatha et Charles suivirent leur hôte dans un séjour étriqué. Agatha regarda autour d'elle. La pièce évoquait le salon d'un manoir à une échelle réduite, avec ses jolies antiquités et ses murs tapissés de portraits de famille.

« Ma femme est sortie, précisa George Felliet, mais j'ai du café dans la cuisine. Ça ira ?

– Très bien, fit Charles. Agatha, voici George. George, voici Agatha.

– On ne peut pas s'asseoir dans notre cuisine, s'excusa George. Attendez ici que j'aille chercher la cafetière.

– Son père était un peu flambeur, expliqua Charles à Agatha. Puis une grande partie de leur fortune est passée en droits de succession.

– Est-ce qu'il est baronnet comme toi ?

– Oui, d'une lignée très ancienne. Le manoir était dans la famille depuis des siècles.

– Les pauvres. »

George revint avec un plateau.

« Voilà, voilà ! Du lait, Agatha ?

– Non, je préfère le café noir.

– Sers-toi, Charles. Alors, quel bon vent vous amène ?

– Agatha est détective, et elle enquête sur la tentative d'assassinat du manoir. Tu ne vois pas du tout qui pourrait vouloir tuer la fille de la famille ?

– Non. Si encore on avait visé la mère Laggat-Brown, j'aurais pu comprendre. Tu as vu ce qu'elle a fait à notre manoir ? Il n'a plus aucune âme. Laggat-Brown n'est même pas leur vrai nom.

– Ah bon ? Et quel est leur vrai nom ?

– Ryan. Mais Jeremy Ryan a décrété que Laggat-Brown, ça sonnait mieux, alors il a officiellement changé de patronyme.

– Il aurait pu choisir quelque chose de plus prestigieux, remarqua Charles.

– Crois-moi, toute leur sophistication est en surface. En dessous, ils ne valent pas mieux que la populace. Elle, elle a fait fortune grâce à l'entreprise de papa. Et tu sais ce que c'était ?

– Non.

– Des biscuits pour chiens.

– Tu fais le snob, George. Il n'y a rien de mal à fabriquer des biscuits pour chiens. »

George poussa un soupir. Avec sa figure rubiconde et sa petite bouche, il avait l'air d'un bébé vexé.

« Oui, je sais. Mais c'est à cause de son comportement, tu sais. Elle remuait le couteau dans la plaie. Elle n'arrêtait pas de dire des choses comme : "Si vous n'avez pas les moyens d'entretenir une bâtisse comme celle-là, c'est bien plus raisonnable de la vendre à quelqu'un comme moi, qui les ai." Elle nous traitait avec un mélange de pitié et de mépris. Je hais cette femme, il n'y a pas d'autre mot. Et si moi, je la hais, alors croyez-moi, je ne dois pas être le seul qu'elle ait pris à rebrousse-poil.

– Et ta femme à toi, où est-elle ?

– Au village, elle fait des courses.

– Et ta fille Felicity ?

– À l'étranger. Elle voyage beaucoup.

– Qu'est-ce qu'elle fait en ce moment ?

– Assistante dans une maison de couture.

– Quelle maison ?

– Charles, toutes ces questions commencent à m'énerver. On croirait que tu soupçonnes la famille Felliet d'avoir tenté d'assassiner la fille de cette bonne femme.

– Désolé, George. J'ai tellement l'habitude d'accompagner Agatha pour découvrir qui a tué qui que je me suis un peu laissé emporter. Parlons d'autre chose. »

Agatha but son café en écoutant les deux hommes échanger des souvenirs. Elle avait furieusement envie de fumer, mais ne voyait aucune trace de cendrier.

Charles se décida enfin à partir.

« Pauvre George, dit-il dans la voiture. Je l'ai vraiment mis en boule avec toutes mes questions. Ils n'ont certainement rien à voir là-dedans. Si seulement nous disposions des mêmes moyens que la police ! Ce serait peut-être plus facile de retrouver Peterson. Agatha, tu disais tout à l'heure que tu avais engagé un policier à la retraite. Les anciens flics gardent en général leurs contacts dans la police. Ça ne serait peut-être pas plus mal de le laisser prendre les choses en main pour l'instant.

– Pour que je me retrouve avec toutes les affaires de chats, de chiens et d'enfants perdus ! s'exclama Agatha avec un sourire dépité. Enfin, ça vaut quand même le coup d'essayer. »

Charles l'accompagna à l'agence. Patrick Mullen dictait un compte rendu à Miss Simms, qui le tapait à l'ordinateur avec des doigts aux ongles si longs qu'Agatha se demanda comment elle y arrivait.

Emma était assise sur le canapé, un petit yorkshire terrier à ses pieds. « J'ai appelé la propriétaire, expliqua-t-elle. Elle ne va pas tarder. »

Elle ne regarda pas Charles, qui lui lança gaiement : « Salut Emma ! »

À quoi elle répondit par un murmure, avant de se pencher pour caresser le chien.

« Patrick, dit Agatha, laissez tomber ce que vous faites en ce moment. J'ai besoin de vous sur cette tentative d'assassinat. »

Sur ces entrefaites, la propriétaire du chien arriva et se confondit en remerciements.

Après son départ, Emma consulta ses notes. Encore une ado disparue, une jeune fille de dix-sept ans du nom de Kimberley Bright. Elle poussa un soupir. Charles alla s'asseoir à côté d'elle.

« Vous en avez marre, on dirait. Qu'est-ce qui ne va pas ?

– Il faut que je me lance à la recherche d'une ado, une fille de dix-sept ans qui a disparu. C'est difficile pour moi, avec le fossé générationnel. Je n'ai pas la moindre idée de ce que font les jeunes d'aujourd'hui !

– Miss Simms le saurait, elle », avança Charles, et il interrompit Agatha dans sa discussion avec Patrick : « Emma doit rechercher une jeune de dix-sept ans. Mais Miss Simms saura peut-être mieux comment s'y prendre. Pourquoi ne pas lui laisser tenter sa chance pendant qu'Emma prend le relais à l'ordinateur ?

– Oh, oui ! J'adorerais essayer ! s'écria Miss Simms.

– Bon, d'accord, répondit Agatha. Emma, donnez le dossier à Miss Simms. Il est encore tôt, mais j'emmène Patrick déjeuner pour finir de le briefer sur l'affaire Laggat-Brown. »

Charles fronça les sourcils. Décidément, quand elle était préoccupée comme maintenant, Agatha pouvait se montrer incroyablement grossière.

« Emma ne cracherait pas non plus sur une petite pause, je suis sûr. Allez, Emma, je vous emmène déjeuner ! »

Emma rougit de plaisir. Mais son visage se décomposa lorsqu'elle entendit Agatha rétorquer : « Et qui va répondre au téléphone ?

– Je vais rester ici, proposa Miss Simms. Ça me donnera le temps d'étudier les photos et de voir tous les endroits où vous avez déjà cherché, Emma. »

Celle-ci se fit la réflexion qu'il était ridicule qu'une jeune femme comme Miss Simms puisse l'appeler par son prénom, alors qu'elle-même était absurdement liée par la tradition consistant à appeler les membres de la Société des dames par leur nom de famille.

Mais elle fut vite rappelée au moment présent quand Agatha, à sa grande consternation, se retourna sur le pas de la porte et lança : « Désolée, Charles, j'aurais dû te proposer de te joindre à nous.

– Tu aurais dû, oui. Mais maintenant j'ai invité Emma, alors file ! »

Revoilà donc Emma au septième ciel. Aussi excitée qu'une collégienne, elle passa le déjeuner à jacasser, racontant qu'elle avait subi non seulement la tyrannie de son mari, mais aussi celle de ses collègues. Elle était persuadée de réveiller les forts instincts de mâle protecteur de Charles. Elle ignorait qu'il en était totalement dépourvu et qu'il était en train de la cataloguer comme victime professionnelle.

« Ce Jeremy Laggat-Brown, anciennement Ryan, son alibi parisien, il est solide ? demanda Patrick au déjeuner.

– En béton. Et puis pourquoi est-ce qu'il voudrait tirer sur sa propre fille ?

– Bon, je vais commencer par Herris Cum Magna, et ce soir, j'irai discuter avec Jason Peterson.

– Impossible. Il est aux Bermudes, vous vous souvenez ?

– J'avais oublié. J'ai gardé des contacts dans la police. Avant que vous me le demandiez, j'ai pris l'initiative de lancer quelques vérifs de mon côté. Ils me diront ce qu'ils font pour retrouver la trace d'Harrison Peterson. On a certainement mis les ports et les aéroports sous surveillance, je sais ça, mais je ne veux pas me recoltiner ce qui a déjà été fait ici. J'irai aussi aux archives afin de chercher une photo et de vieux articles sur son escroquerie.

– Est-ce que la police a déterminé quel type d'arme a été utilisé ?

– Je ne vous l'ai pas dit ? Justement, c'est très intéressant. C'était une carabine pour tireur d'élite. Une Parker-Hale M-85. Une arme de précision de première catégorie, capable de mettre dans le mille jusqu'à une distance de neuf cents mètres. Elle est équipée d'un cran de sûreté silencieux, d'un canon fileté pour cache-flamme et d'une queue d'aronde intégrale pour s'adapter à différents types de viseurs. Le genre de matos qu'utilisent les tueurs professionnels.

– Un tueur professionnel n'aurait pas pris la peine d'envoyer une lettre de menaces d'abord, fit remarquer Agatha.

– Très juste. Cette carabine est fabriquée en Grande-Bretagne par Sabre Defence Industries. Les flics épluchent leurs registres pour essayer de retrouver la trace de toutes celles qu'ils ont vendues.

– Est-ce que la Scientifique a découvert autre chose ?

– Seulement qu'on a affaire à un type qui n'a pas froid aux yeux. Il portait des gants et il a tout essuyé en sortant du cagibi pour ne pas laisser d'empreintes. Le couloir et l'escalier sont couverts d'un épais tapis.

– Il n'a pas eu besoin de décamper vite fait, déclara Agatha avec amertume. Les deux agents ont inspecté la maison, mais je crois qu'ils n'ont même pas pénétré dans le débarras. Ils ont juste jeté un coup d'œil par la porte entrouverte. Bon, eh bien, bonne chasse ! Pour être franche, je ne m'amuse pas beaucoup à jouer les détectives professionnelles. Je déteste particulièrement les affaires de fugues : les parents des ados sont naturellement désespérés, et il est affreusement difficile de mettre la main sur quelqu'un que la police n'a pas été capable de retrouver.

— Quand c'est un enfant qui a disparu, la police tout entière passe le pays au peigne fin, oui, mais pour les ados presque majeurs, les recherches ne sont pas aussi urgentes. Que font Sam et Douglas ?

— Ils sont sur des affaires d'adultères. Ça paie bien.

— Je file à Herris Cum Magna.

— Attendez ! Harrison Peterson a été vu là-bas le jour de la fête. Qui l'a vu, exactement ?

— J'ai eu un tuyau là-dessus. Une certaine Mrs Blandford. Je vais commencer par elle. »

Agatha reprit le chemin de l'agence. À côté de Patrick, elle s'était fait l'effet d'un amateur. Pourquoi n'avait-elle pas demandé à Bill de lui communiquer le nom de la personne qui avait repéré Harrison ?

Elle fut contrariée de trouver la porte de l'agence fermée à clé. Emma avait laissé un mot à l'intérieur : « Je ne me sens pas très bien. Je rentre chez moi me reposer. Miss Simms est sortie pour enquêter. Emma. »

L'après-midi traîna en longueur. Miss Simms ne revint pas et Charles ne donna pas signe de vie. Agatha finit par retourner à Carsely, sonnant au passage chez sa voisine, mais personne ne répondit.

Elle rentra chez elle, cria : « Charles ! » Silence dans la maison. Elle monta dans la chambre d'amis. Le nécessaire de voyage avec lequel Charles était arrivé avait disparu. Elle comprit qu'elle l'avait vexé. Or l'expérience lui avait appris que dans ces conditions, elle pouvait attendre très longtemps qu'il remontre le bout de son nez.

Le téléphone se mit à sonner alors qu'elle redescendait. Roy Silver, son ancien assistant, était au bout du fil.

« Aggie ! s'écria-t-il. Ça fait une éternité que tu ne m'as pas donné de nouvelles. Ça te dit de faire un peu de com' en freelance ?

— Je ne peux pas, Roy. J'ai monté une agence de détectives.

— Waouh ! Je peux te rendre visite ce week-end ?

— Bien sûr. Tu viens en train ou en voiture ?

— En train. J'arriverai vendredi vers vingt heures. Mais vu la saison, il y aura sans doute du retard, « en raison de la présence de feuilles mortes sur la voie », comme ils disent.

— Très bien. Je t'attendrai. »

Agatha s'égaya à la perspective de la visite de Roy, mais Charles lui manquait. Elle s'installa à son bureau avec une clé USB sur laquelle étaient enregistrés les comptes de l'agence, ouvrit les documents et commença à les éplucher.

Elle s'aperçut qu'elle commençait à dégager un peu de profit malgré tout le personnel qu'elle employait. Les affaires d'adultères rapportaient gros, or des avocats spécialisés dans les divorces s'étaient mis à leur en confier pas mal.

Elle éteignit l'ordinateur et s'apprêtait à appeler Charles lorsque la sonnerie du téléphone retentit.

« Jeremy Laggat-Brown, fit la voix au bout du fil. Vous vous souvenez de moi ?

– Bien sûr.

– Vous avez dîné ?

– Pas encore.

– Ça vous dirait de venir manger un morceau avec moi ?

– Oui, certainement, répondit Agatha avec circonspection. Votre femme sera là ?

– Non, Catherine a une réunion du Women's Institute ce soir.

– Alors dans ce cas…

– Je passe vous prendre à huit heures ? Où habitez-vous ? »

Agatha n'avait pas inscrit son adresse personnelle sur sa carte de visite, même si elle y avait noté son numéro de fixe en plus du numéro de l'agence. Elle lui indiqua le chemin. Une fois qu'elle eut raccroché, elle consulta la pendule et poussa un cri : déjà sept heures et demie !

Elle monta en quatrième vitesse, arracha ses vêtements de la penderie et les plaça sur le lit. Puis elle se reprocha de gaspiller un temps précieux à choisir une tenue alors qu'elle aurait dû se ravaler la façade.

Elle redescendit enfin, vêtue d'un fourreau noir et chaussée de très hauts talons, une étole en cachemire à la main, à l'instant où on sonnait à la porte.

Son cœur se serra quand elle s'aperçut que Jeremy portait un jean et une simple chemise sans cravate.

« Vous êtes somptueuse, dit-il.

– Trop, peut-être. Est-ce qu'il vaut mieux que j'enfile une tenue décontractée ?

– Non, vous êtes très bien comme ça. »

N'oublie pas, se mit-elle en garde au moment où elle montait dans la Mercedes de son compagnon : il n'est peut-être pas marié, mais il vit avec son ex-épouse, qui pense qu'ils vont se remettre ensemble.

Il l'emmena dans un nouveau restaurant français de Broadway. « Je commande pour nous deux ? proposa-t-il.

– S'il vous plaît », répondit-elle, bien décidée à se conduire de son mieux, même si elle se disait in petto qu'il aurait au moins pu suggérer qu'elle consulte la carte.

Après avoir passé commande, il la regarda en souriant avec ses yeux d'un bleu profond. James a les mêmes yeux bleus, pensa-t-elle, l'esprit brusquement envahi par le souvenir de son ex-mari.

« Parlez-moi de vous, dit Jeremy, racontez-moi comment vous êtes entrée dans le business des enquêtes privées. »

Il savait écouter, et Agatha adorait parler d'elle et de ses aventures ; une chance pour lui, car elle ne remarqua pas grand-chose de ce qu'elle avalait, si ce n'est, tout de même, que le confit de canard semblait consister en morceaux caoutchouteux de volaille quasi crue flottant dans une espèce de confiture aqueuse.

Quand vint l'heure du digestif, elle se rendit compte qu'elle avait monopolisé la conversation pendant toute la soirée.

« Vous ne m'avez pas du tout parlé de vous, fit-elle remarquer d'un air coupable. Comment vous êtes-vous lancé dans l'import-export ? »

Était-ce le fruit de son imagination, ou un éclat dur brilla-t-il vraiment dans le regard bleu de Jeremy ?

Il lui décocha un sourire.

« Vous avez bien fait votre travail, je vois ! J'en ai eu assez d'être agent de change. À l'origine, j'ai une formation d'ingénieur électronicien. Je connaissais plusieurs des meilleures entreprises dans le domaine, alors ça n'a pas été difficile de commencer l'import et l'export de matériel électronique. Mais tout ça est assommant. Vous avez retrouvé Harrison Peterson ?

– L'un de mes employés, un policier à la retraite, est à sa recherche. J'imagine que c'est lui, le coupable. Vous le connaissiez bien ?

– Seulement un peu, quand j'étais agent de change comme lui. Je ne suis pas sûr d'approuver les fiançailles de Cassandra avec Jason. Il y a de lourds antécédents dans cette famille.

– Est-ce que vous pensez que Jason a pu être complice de son père dans la tentative d'assassinat de Cassandra ?

– Pourquoi aurait-il fait ça ?

– Lui et votre fille ont fait des testaments mutuels. Et vous savez qu'elle a gagné au loto. J'espère que je me trompe, parce qu'en ce moment ils sont tous les deux aux Bermudes.

– C'est idiot. Dans ces conditions, Jason ou son père sont les suspects désignés. D'après ce que j'ai entendu dire, Jason est un fils dévoué.

– Et la mère, où est-elle ? Car ce qui est sûr, c'est que la personne qui a tiré sur Cassandra avait une complice.

– Jason ne lui a jamais pardonné d'avoir demandé le divorce. Je ne sais pas où elle habite. »

Agatha poussa un soupir. « Vous voyez ? Toutes ces questions que je n'ai pas pensé à poser ! La police l'a sans doute retrouvée à l'heure qu'il est. »

Au moment où Jeremy demandait l'addition, Agatha s'éclipsa aux toilettes. Tout en retouchant son maquillage, elle commença à s'agiter. Est-ce qu'il va me proposer un autre rendez-vous ? Qu'est-ce qui m'a pris de parler autant ?

« Oh ! grandis un peu, Agatha ! lança-t-elle avec hargne à son reflet dans le miroir. Il n'est pas marié, mais c'est tout comme ! »

Quand elle le rejoignit, il se leva et déclara : « J'ai passé une soirée délicieuse. Il faudra recommencer. »

Après un bref silence, pendant lequel elle eut le temps d'être sur le point de lâcher : « Quand ça ? » et de se raviser, elle répondit sagement : « Cela me ferait très plaisir. »

Il la reconduisit à son cottage. Elle l'invita à rester prendre un verre, mais il répondit qu'il devait regagner ses pénates, si bien qu'elle rentra chez elle assez démoralisée.

Sur son répondeur, elle trouva un message de Patrick Mullen. « J'ai retrouvé la trace d'Harrison Peterson. Il loge à Evesham, dans un petit pub qui loue des chambres, le Hereford. On a rendez-vous avec lui demain matin à dix heures. Il dit qu'il a des tas de choses à nous raconter. J'ai essayé de le faire causer ce soir. Je n'ai pas pu le voir, il m'a parlé à travers la porte. Est-ce que vous voulez que j'aille prévenir la police ? »

Agatha se dépêcha de rappeler Patrick. « N'allez pas voir la police. On va faire un beau coup avec ça ! Je vous retrouve au bureau demain matin, à neuf heures. »

Sa soirée avec Jeremy tomba vite aux oubliettes.

Elle était tellement excitée qu'elle ne ferma guère l'œil de la nuit.

Le lendemain matin, l'apparence d'Emma ne la divertit que provisoirement de ses pensées. Les cheveux de sa voisine et employée était désormais teints en blond, et son visage, habilement maquillé. Elle portait un tailleur-pantalon noir d'excellente coupe. Agatha se fit la réflexion qu'Emma ressemblait maintenant à ces femmes aux grandes dents, bien conservées, gentilles, qu'on croisait parfois dans les salons de la chasse. Elle avait oublié que son employée avait prétendu être malade la veille.

« Alors, Patrick, dit-elle, comment est-ce que vous avez réussi à mettre la main sur le père Peterson ?

– J'ai rencontré Mrs Blandford, une veuve qui habite à Herris Cum Magna. Elle le connaissait un peu. Elle lui a offert le thé. À ce qu'elle raconte, il digérait mal de ne pas avoir été invité à la soirée de fiançailles. J'ai expliqué que c'était parce que son fils ne savait pas où il était. Elle a répondu qu'Harrison lui avait affirmé que son fils était en contact avec lui, mais que c'était Mrs Laggat-Brown qui avait refusé de l'inviter.

– Ce vieux chameau ! Elle s'est bien gardée de me le dire !

– Quand j'ai demandé où Harrison était passé, la veuve a tout à coup eu l'air d'en avoir deux et m'a répondu que si elle l'avait su, elle l'aurait dit à la police. J'ai compris qu'elle avait un faible pour lui. Elle a fini par m'avouer qu'il avait parlé d'une chambre dans un pub d'Evesham. Une description du type en poche, j'ai fait le tour des pubs qui proposent des chambres (il y en a très peu) et je l'ai retrouvé au Hereford.

– Beau travail ! Allez, on y va ! »

« J'ai un mauvais pressentiment, confia Patrick avec inquiétude sur la route d'Evesham. J'ai le sentiment qu'on aurait dû passer le relais à la police.

– Patrick, Mrs Laggat-Brown rémunère généreusement mes services. Si la police met la main sur Peterson avant nous, peut-être qu'elle leur accordera tout le crédit de la découverte et voudra réduire mes honoraires, alors que je commence seulement à dégager des bénéfices.

– Je sais, je sais. Je le sens mal, c'est tout. »

Le Hereford se situait près de la gare. Patrick se gara sur le parking.

« Le pub doit être fermé à cette heure, supposa Agatha.

– C'est rien. On accède à sa chambre par un escalier sur le côté.

– Aucune sécurité, fit remarquer Agatha tandis que Patrick ouvrait la porte latérale. On entre comme dans un moulin, ici.

– Un pub miteux d'Evesham n'a pas grand-chose à craindre des cambrioleurs, il faut dire. Il est dans la chambre deux. »

Ils montèrent un escalier sans tapis qui puait la

bière éventée. Patrick frappa à la porte. « Harrison ?
C'est moi. Patrick Mullen. Ouvrez ! »

Pas de réponse.

« Mince alors ! s'exclama Patrick. Peut-être
qu'il s'est enfui. J'aurais dû en parler hier soir à
la police, Agatha.

– Essayez d'ouvrir », le pressa-t-elle.

Il tourna la poignée et la porte s'ouvrit. La pièce
était petite et sombre, meublée seulement d'une
armoire, d'un lavabo, d'une table avec une chaise
et d'un lit étroit.

Et sur ce lit, un homme gisait à plat ventre.

5

« Attendez ! » ordonna Patrick à Agatha, qui allait s'engouffrer dans la pièce. Il sortit deux paires de gants en plastique. « Enfilez ça. »

Elle obéit, tout en chuchotant : « Il n'est pas mort, si ? »

Patrick marcha jusqu'au corps étendu sur le lit et lui tâta le cou, puis se redressa. « Pas de pouls. »

Ils regardèrent autour d'eux. À côté du lit, ils virent un flacon de somnifères et une bouteille de vodka, vides tous les deux. Contre la bouteille était posée une feuille de papier pliée. Patrick la prit et l'ouvrit avec précaution.

« Qu'est-ce qui est écrit ? » demanda Agatha.

Il lut : « J'ai essayé de tuer Cassandra parce que je voulais que Jason hérite de son argent, pour qu'il m'en donne un peu et que je puisse monter mon entreprise. Je ne peux pas vivre avec ce que j'ai fait. J'ai jeté la carabine dans la rivière.

— C'est tapé à l'ordinateur ?

— Son ordinateur et son imprimante sont sur la

table. Zut ! Il faut qu'on file d'ici. Si on va les voir maintenant, les flics vont nous accuser d'entrave au bon fonctionnement d'une enquête, et en plus j'ai promis à Mrs Blandford de ne pas lui attirer d'ennuis.

– Et s'il y a des caméras de surveillance dehors ?

– J'ai vérifié, il n'y en a pas. Allez, on y va. »

Une fois sur la route qui les menait hors d'Evesham, Agatha avança : « N'importe qui aurait pu écrire ce mot.

– En théorie, oui, mais l'expérience m'a appris que dans la vraie vie, ça ne se passe pas comme dans les romans policiers. S'il dit qu'il l'a fait, c'est qu'il l'a fait. Ne parlez de cette histoire à personne au bureau.

– Ils ont tous entendu ce matin qu'on allait à Evesham. »

Patrick s'arrêta sur une aire de stationnement pourvue d'une cabine téléphonique. « Il vaut mieux que je passe un coup de fil anonyme à la police et qu'ensuite on déguerpisse vite fait, vu qu'ils arrivent à localiser les appels sur-le-champ de nos jours. »

Agatha resta dans la voiture. Patrick parla brièvement, puis se remit presto au volant.

« On file, dit-il, et le plus vite possible ! On rentre à l'agence, on raconte un pieux mensonge comme quoi il était mort et que, comme la police était arrivée avant nous, on a fait demi-tour.

– Ils me sont tous très fidèles. On pourrait leur faire jurer le secret.

– Je ne fais confiance à personne.

– D'accord, faisons comme vous dites. Je peux dire adieu à notre mission pour Mrs Laggat-Brown.

– Et alors, on n'a pas besoin d'elle ! Nous avons des affaires à la pelle. »

Agatha regretta tout à coup l'absence de Charles. La mort d'Harrison Peterson la mettait mal à l'aise. Elle avait le sentiment qu'elle aurait eu les idées plus claires à ce sujet si elle avait pu en discuter avec son ami. Enfin, Roy allait lui rendre visite, et il savait lui aussi prêter une oreille attentive.

Plus tard dans la journée, Mrs Laggat-Brown appela pour informer Agatha qu'on avait retrouvé Harrison, quel soulagement c'était ! En guise de conclusion, elle déclara : « J'aurais dû suivre le conseil de Jeremy et laisser faire la police, ça m'aurait évité toutes ces dépenses. »

Agatha brûlait de répondre que sans l'enquête réalisée par son agence, l'affaire n'aurait peut-être jamais été résolue.

Elle téléphona à Charles, mais sa tante lui annonça qu'il était à l'étranger.

Elle s'assit et tambourina des doigts sur le bureau. Son regard s'éclaira tout à coup : s'il s'avérait que la bouteille de vodka et le verre ne portaient aucune empreinte, cela signifierait que le suicide était une mise en scène. Elle appela Patrick sur son portable pour lui faire part de sa théorie.

« Je vais vérifier, Agatha, promit-il. Mais je crains

que vous n'ayez à vous contenter des affaires de chats perdus, de divorces et de fugues. »

Sur ce, Miss Simms rentra, toute grisée par le succès : elle avait non seulement retrouvé l'adolescente qu'elle cherchait mais l'avait aussi ramenée à ses parents.

« Bravo ! la félicita Agatha. Laissez-moi le temps d'augmenter un peu mes bénéfices, puis j'embaucherai une autre jeune femme pour le secrétariat et je vous enverrai sur le terrain.

– Emma, vous êtes ravissante, fit gaiement Miss Simms. Vous êtes métamorphosée ! Vous vous êtes trouvé un petit ami ?

– Oh ! marmonna Emma, cramoisie, j'avais juste envie de me pomponner un peu. »

Vendredi soir, Agatha récupéra Roy à la gare de Moreton-in-Marsh.

Son jeune ami était tout vêtu de blanc : costume en soie naturelle blanche, panama blanc, bottes à talons tout aussi blanches.

« Qu'est-ce que c'est que ce déguisement ? railla Agatha. On croirait le gringo dans une pub pour du café.

– C'est le look tendance, ma chérie, le look crème glacée. Il a fait si chaud, je te jure, je suis trop frais en blanc, comme disent les jeunes.

– Tu veux dîner dehors ou à la maison ?

– Dehors, trancha Roy, qui avait eu droit plusieurs fois à la "cuisine" au micro-ondes de son ancienne patronne.

– Et qu'est-ce que tu as envie de manger ?

– Chinois.

– Il y en a un super à Evesham. Enfin, si ça ne te dérange pas de conduire. Je suis fatiguée, j'ai eu une semaine éreintante. »

Entre deux bouchées d'un copieux repas chinois dans lequel ils avançaient à coups de baguettes, Agatha raconta en détail à Roy l'affaire Laggat-Brown et le suicide d'Harrison Peterson.

Son récit occupa toute la durée du repas, jusqu'à ce qu'on leur serve le thé vert.

« Eh bien ! s'exclama Roy, en se calant sur sa chaise et en se tapotant les coins de la bouche avec sa serviette d'un geste tatillon. Je trouve ça bizarre. C'est vrai quoi : il prend rendez-vous avec ton détective, et ensuite il se suicide ?

– C'est bien ce que j'ai pensé. Mais Patrick a des contacts dans la police, s'il y avait eu quelque chose de louche, il me l'aurait dit. Peterson a tapé sa lettre d'adieu sur son ordinateur. Si quelqu'un l'avait tapée à sa place, il aurait nettoyé les touches.

– Tu sais, je regarde toutes ces séries qui parlent de la police scientifique à la télé. Ils trouvent de ces trucs !

– Je ne pense pas que ça marche aussi bien dans notre cas. Les labos croulent sous les dossiers. Ils ne vont pas chercher la petite bête alors qu'ils ont une lettre d'adieu, une bouteille de vodka et un flacon de somnifères vides.

– Qui a prescrit les somnifères ? Le nom du médecin doit être sur le flacon.

– Qu'est-ce que ça peut faire ?

– Ce serait intéressant d'en savoir un peu plus sur Harrison.

– Je n'ai pas pensé à regarder. J'étais sous le choc ! Peut-être que Patrick a remarqué, lui. »

Elle téléphona au policier retraité. « Vous n'avez pas remarqué non plus, Roy l'entendit-il dire. Est-ce qu'il y a moyen d'obtenir cette information ? Je sais que ça semble étrange, mais j'aimerais savoir, c'est tout. D'accord, merci. À lundi à l'agence. »

« Tu ne travailles pas le week-end ? s'enquit Roy une fois qu'elle eut raccroché.

– Normalement si. Mais j'ai donné congé à tout le monde. Nous avons tous fait de grosses journées. »

Par une fenêtre de son cottage, Emma regarda Agatha et Roy se garer. Elle vit le jeune homme sortir un sac de voyage du coffre de la voiture et suivre sa voisine dans la maison. Dans son esprit, qui était vieux jeu, une seule raison pouvait expliquer qu'un homme passe la nuit chez une femme. C'était répugnant. Il était manifestement beaucoup plus jeune qu'Agatha. Elle se demanda si Charles était au courant de cette liaison.

Elle redescendit et s'absorba dans la lecture des

informations qu'elle avait recopiées sur le *Peerage and Baronetage*, le livre de référence retraçant la généalogie de toutes les familles nobles d'Angleterre. Charles était propriétaire de Barfield House, dans le Warwickshire. Un plan se mit à germer dans son esprit, et son cœur battit plus fort. Charles l'avait emmenée déjeuner deux fois. Ils étaient intimes. Elle avait entendu Agatha essayer de le contacter, mais elle ignorait qu'on lui avait répondu qu'il était à l'étranger. Demain matin, elle se rendrait chez lui sous le prétexte qu'elle enquêtait dans les environs. Il n'y avait pas de mal à ça. Vraiment aucun mal.

Les nuits s'étaient délicieusement rafraîchies, mais les brumes matinales se dissipaient vite. Ce samedi promettait d'être une nouvelle journée caniculaire. Emma entrait dans le Warwickshire en suivant la Fosse Way, les mains moites de trac sur le volant, une carte d'état-major sur le siège à côté d'elle.

Elle quitta la Fosse Way pour s'engager sur d'interminables routes de campagne, étroites qui plus est, à la recherche de Barfield House. Elle faillit manquer l'entrée du domaine parce que le nom n'était pas écrit sur le portail, sur lequel était seulement accroché un panneau « Propriété privée ». Elle remonta une longue allée sinueuse, entourée de bois. Elle aurait peut-être fait demi-tour si la chaussée n'avait été aussi étroite. Au bout d'un moment elle sortit des bois, après quoi la route passait à travers champs. Elle se rangea sur l'herbe du bas-côté à l'approche d'un tracteur. Le véhicule s'arrêta à sa hauteur et le conducteur lui demanda : « Qu'est-ce que vous faites ici ? C'est une propriété privée.

– Je suis une amie de Charles Fraith », rétorqua-t-elle avec irritation. L'autre hocha la tête, porta une main à sa casquette et reprit sa route.

Elle poursuivit son chemin, contourna une étable, et là, tout à coup, la maison surgit devant elle.

Dans les rêves et les fantasmes qu'elle entretenait sur Charles – et elle n'en manquait pas –, elle s'était imaginé une belle demeure georgienne avec un portique à colonnes. Mais Barfield House était une aberration victorienne parmi d'autres. Ce n'était même pas du néogothique, juste une bâtisse dans le pseudo-style médiéval affectionné par les préraphaélites. Un vaste bâtiment doté de fenêtres à meneaux qui scintillaient dans la lumière du soleil.

« Et voilà », marmonna-t-elle.

Elle appuya sur la sonnette encastrée dans le mur de pierre, à côté d'une énorme porte cloutée.

Une dame âgée à la beauté fanée lui ouvrit.

« Oui ? fit la dame, toisant sans complaisance, de son regard gris délavé, la longue silhouette d'Emma.

– Je voudrais voir Charles.

– Votre nom ?

– Emma Comfrey.

– Et votre visite était annoncée ? Il est à l'étranger.

– Non, mais nous sommes amis, et comme je travaillais dans les environs, je…

– Vous ne collectez pas pour une bonne œuvre, par hasard ?

– Non !!

– Qui est-ce ? cria la voix de Charles.

– Attendez ! » ordonna la femme.

Emma obéit. La femme se retira dans la maison en laissant la porte ouverte. Emma l'entendit appeler : « Charles ! Où es-tu ? Il y a une grande bringue qui te demande. »

Emma, avec ses tout nouveaux cheveux blonds et son tailleur flambant neuf en lin bleu ciel, eut l'impression de se ratatiner.

Ça ne servait à rien. Elle n'y arriverait pas. Elle pivota sur ses talons et se dirigea vers sa voiture.

« Vous vouliez me voir ? » fit la voix de Charles sur le seuil.

Elle se retourna avec réticence.

« Ma parole ! Mais c'est Emma, non ? s'écria le baronnet. Et séductrice en diable, avec ça ! » ajouta-t-il galamment.

Il portait une robe de chambre rayée par-dessus un pyjama de soie bleu. Il était pieds nus. Emma se mit à fixer ses pieds comme si elle était hypnotisée.

« Puisque vous êtes là, entrez ! dit Charles. Prenez un café.

– Cette femme m'a traitée de grande bringue, répondit Emma, le regard toujours rivé sur les pieds nus du propriétaire de Barfield House.

– Cette femme est ma tante, et elle ne pensait pas à mal. »

Apaisée, Emma le suivit dans un sombre vestibule au sol couvert de dalles en pierre, décoré de quelques peintures à l'huile qui auraient eu grand besoin d'un nettoyage, et d'une tête d'élan mangée aux mites.

« Gustav ! cria Charles. Café ! Dans le bureau.

– Vous ne pouvez pas aller le chercher vous-même ? Je nettoie l'argenterie.

– Café pour deux ! Immédiatement ! »

Le bureau, aussi sombre que le vestibule, était tapissé de livres du sol au plafond. Il y avait deux fauteuils confortables flanqués de petites tables à côté de la cheminée. Charles alluma une lampe et ouvrit la fenêtre.

« Asseyez-vous, Emma. Agatha sait-elle que vous êtes ici ?

– C'est idiot de ma part, mais je cherchais un ado disparu dans les environs, alors j'ai décidé de vous rendre visite sur un coup de tête. Pardonnez-moi. J'aurais dû vous prévenir par téléphone.

– Ça aurait été une bonne idée, oui. Enfin, vous êtes là. Comment avance l'enquête sur la tentative d'assassinat ?

– Oh ! vous n'avez pas encore lu le journal ?

– Non, qu'est-ce qui se passe ? Ah ! Gustav, vous voilà. Comment est-ce que vous prenez votre café, Emma ?

– Deux sucres, pas de lait, s'il vous plaît. »

Gustav avait les cheveux grisonnants, de petits yeux noirs et une large bouche expressive. Il portait un pantalon noir et une chemise blanche dont le bouton du col était défait.

Il leur servit le café d'une main experte.

Ses yeux noirs scrutèrent longuement la visiteuse. Puis il se tourna vers Charles.

« Il faut vraiment vous faire enfermer !

– Foutez le camp, Gustav, répondit Charles sur un ton aimable.

– Et ça, qui était-ce ? demanda Emma.

– Mon majordome. De nos jours, bien sûr, plus personne n'a les moyens de payer un majordome à temps plein, et moi encore moins. Alors Gustav est plutôt une bonne à tout faire.

– Il devrait vous montrer plus de respect.

– Vous êtes venue pour critiquer mon personnel ? »

La voix de Charles, habituellement affable, grinçait légèrement. La tasse d'Emma trembla dans sa main.

« Pardon, je suis désolée, bredouilla-t-elle.

– Oh ! arrêtez de vous excuser et parlez-moi plutôt de l'affaire Laggat-Brown. »

Se ressaisissant, Emma lui raconta le peu qu'elle

avait entendu à l'agence et tout ce qu'elle avait lu dans les journaux du matin.

« Voilà qui est bizarre, commenta Charles. C'est si propre et net. Agatha est à l'agence ?

— Non, on a tous notre week-end.

— Mais vous avez dit que vous travailliez ?

— Je suis consciencieuse.

— Je ferais mieux de faire un saut chez Aggie.

— Le moment est peut-être mal choisi, minauda Emma. Agatha reçoit la visite d'un jeune homme.

— Ce doit être l'épouvantable Roy. Il vaut vraiment mieux que j'y aille. Si elle m'avait tenu au courant, je ne l'aurais jamais laissée attendre jusqu'au lendemain matin. Voyez ce qui est arrivé, maintenant ! Emma, j'étais très content de vous voir, mais je vous laisse retourner à votre travail. Gustav ! »

La porte s'ouvrit. « Quoi ?

— Raccompagnez Mrs Comfrey. »

Emma suivit Gustav à travers le vestibule plongé dans la pénombre. « La prochaine fois, téléphonez », lança le majordome, puis il claqua la lourde porte derrière elle.

Elle monta en voiture avec un sentiment de vide et d'humiliation. Elle n'avait plus qu'à rentrer chez elle, consulter les dossiers de ses enquêtes en cours et en choisir un de chat ou de chien perdu, pour pouvoir dire que l'animal avait été vu dans le Warwickshire. Elle démarra, passa une vitesse et s'éloigna lentement au milieu des décombres de ses rêves. Quand elle atteignit le bout de l'allée, toutefois, elle se rappela avec un frémissement de plaisir les mots de Charles : « Et séductrice en diable, avec ça ! » En plus, il s'était senti si à l'aise avec elle qu'il n'avait même pas pris la peine de s'habiller !

Lorsqu'elle s'engagea dans Lilac Lane, elle s'était remise à fantasmer de plus belle. Il fallait qu'elle rende visite à Agatha à l'arrivée du baronnet. Mais pas avant d'avoir trouvé un dossier qui lui permettrait d'expliquer sa visite chez lui.

Dès que ce fut chose faite, elle se posta sur le palier, à côté de la fenêtre donnant sur l'entrée du cottage de sa voisine. La voiture d'Agatha n'était pas là. Pourvu que Charles arrive avant son retour ! Cela lui donnerait l'occasion de l'inviter chez elle en attendant. Elle se laissait bercer par un rêve des plus doux, dans lequel Charles lui confiait : « Je me sens si bien ici, avec vous, Emma. Je n'avais encore jamais réalisé à quel point je mène une vie solitaire », quand elle entendit un bruit de moteur.

Charles descendit de voiture, prit un sac dans le coffre et se dirigea vers le cottage. Mais au lieu de sonner, il sortit un trousseau de clés, ouvrit la porte et entra.

Emma se mordilla le pouce. Après tout, elle s'apprêtait à rendre visite à sa voisine, non ? Il n'y avait aucun mal à aller sonner. Elle retoucha son maquillage à la salle de bains, redonna du volume à ses cheveux et sortit.

Affalé sur le canapé devant une sitcom, Charles entendit son coup de sonnette, mais décida de l'ignorer. C'était sans doute une bonne femme assommante du village.

Emma battit en retraite, interloquée.

À la fin de sa série, Charles décida d'aller voir Mrs Bloxby, histoire de passer le temps en attendant le retour de son amie.

Emma le vit passer depuis sa fenêtre du rez-de-chaussée. Elle se rua vers la porte, mais s'étala de tout son long en trébuchant sur un repose-pieds. Le temps qu'elle se relève et sorte de chez elle, il avait disparu. Elle se lança à sa poursuite, remonta Lilac Lane, passa devant l'épicerie de la grand-rue. C'est alors que tout là-bas, elle l'aperçut qui bifurquait dans la ruelle pavée menant à l'église.

Il n'y a pas d'office aujourd'hui, songea-t-elle, il doit donc rendre visite à Mrs Bloxby.

Elle recula un peu. Mieux valait attendre qu'il soit entré dans le presbytère, et alors elle pourrait arriver l'air de rien et sonner à son tour. La femme du pasteur ne s'en étonnerait pas. Tout le monde au village lui rendait visite. Elle allait patienter cinq minutes.

« C'est gentil à vous de me faire entrer, disait Charles à Mrs Bloxby.

— Et pourquoi aurait-il dû en être autrement ?

— Parce qu'au moment où j'appuyais sur votre sonnette, expliqua Charles, j'ai réalisé que c'était sacrément irritant que des visiteurs débarquent chez vous à l'improviste et s'attendent à y être reçus !

– Vous pensiez à quelqu'un en particulier ?

– Cette Emma Comfrey qui travaille pour Agatha. Elle s'est radinée chez moi ce matin.

– Mon Dieu ! Vous ne lui avez jamais donné de faux espoirs, au moins ?

– Je l'ai emmenée déjeuner deux fois. Mais elle a l'âge d'être ma mère, ou peu s'en faut !

– Venez dans le jardin. Nous allons prendre le café dehors. »

Dans l'agréable jardin du presbytère, à l'ombre d'un vieux cèdre, Charles se détendit. Le soleil flamboyait. Le tintement rassurant de la porcelaine et le parfum des scones chauds lui parvenaient de la cuisine, où l'épouse du pasteur préparait le café. Là-haut sur la colline, un tracteur traversait un champ ; on aurait dit un jouet.

Puis la sonnette retentit.

En entendant la porte s'ouvrir et la voix de Mrs Bloxby articuler très haut : « Ça alors, Mrs Comfrey ! », Charles se raidit.

Il se leva d'un bond, telle une bête traquée, sauta lestement par-dessus le muret du jardin pour atterrir dans le cimetière et se cacha derrière une pierre tombale toute penchée.

« Il était avec moi il n'y a pas deux minutes, expliquait Mrs Bloxby. Il a dû se rappeler quelque chose et partir en urgence. Vous le rattraperez certainement si vous vous dépêchez. »

Charles resta terré jusqu'à ce que Mrs Bloxby lui donne le feu vert : « Vous pouvez sortir ! »

Il escalada de nouveau le muret et épousseta son pantalon.

« Le café est prêt, annonça la femme du pasteur d'un ton placide.

— Je ne vous croyais pas capable de mentir, avoua Charles avec un grand sourire, en s'asseyant à la table de jardin.

— Je n'ai pas menti. J'ai dit que vous étiez parti, ce qui était vrai. Mrs Comfrey a les cheveux teints en blond et le visage maquillé. Que lui avez-vous donc fait ?

— J'ai été gentil avec elle, c'est tout. Elle en a vu de toutes les couleurs, la pauvre vieille. N'en parlons plus. J'attends le retour d'Aggie pour qu'elle me raconte tout ce qu'il y a à savoir sur cette tentative d'assassinat. »

Emma avait repris sa garde sur le palier. Elle vit Agatha rentrer avec Roy, puis Charles descendre Lilac Lane en flânant.

Cette fois encore, elle décida d'attendre cinq minutes avant de les rejoindre.

Elle n'arrêtait pas de consulter sa montre. Que la trotteuse se traînait sur le cadran, décidément ! Enfin elle se redressa, descendit l'escalier et se dirigea d'un pas énergique vers le cottage voisin.

Ce fut Agatha qui lui ouvrit.

« Ah ! Emma. Qu'est-ce que je peux faire pour vous ?

— Je me disais que je pourrais me joindre à vous pour le café…

— Je crains que le moment ne soit mal choisi, répondit Agatha avec fermeté. Vous avez tout le week-end pour vous, profitez-en ! On se voit lundi à l'agence. »

Emma rentra chez elle, le dos raide et les pommettes écarlates de colère.

Elle haïssait Agatha Raisin ! Sa voisine avait dû sentir que Charles s'intéressait à elle, et elle le gardait jalousement pour elle !

« C'était Emma, dit Agatha en rejoignant Roy et Charles dans le jardin. Mais je ne pouvais pas la faire entrer, parce que je compte vous parler de l'affaire, et je ne veux pas qu'elle sache que nous avons trouvé le corps avant la police. Où en étais-je ? Ah oui ! Plus je repense à ce suicide, plus je suis inquiète.

— Admettons que ça ne soit pas un suicide, commença Roy. Qui est l'assassin ? Jason est aux Bermudes, même s'il doit être sur le chemin du retour maintenant. Laggat-Brown a un alibi en béton. Alors qui ?

— Quelqu'un dont nous ignorons tout, suggéra Charles. Ça serait peut-être une bonne idée de mettre la main sur l'ex-femme d'Harrison Peterson.

– Je pourrais appeler Patrick, fit Agatha avec réticence, mais je lui ai dit de se reposer.

– Tu pourrais lui demander s'il a déniché d'autres informations, insista Charles, et il se reposera pendant que nous, on voit ce qu'on peut en faire. »

Roy gigotait sur sa chaise, mal à l'aise. L'arrivée de Charles lui restait en travers de la gorge, même s'il le connaissait de longue date. Il était censé avoir Agatha pour lui tout seul, ce week-end !

« Pendant que vous passez vos coups de fil, je vais me balader dans le village.

– D'accord, acquiesça Agatha. J'appelle Patrick. »

Roy fila troquer son costume blanc contre un vieux jean, une chemise à carreaux et une paire de mocassins. Ceux qu'il appelait perfidement « une bande de culs-terreux » n'auraient pas su apprécier la splendeur de sa garde-robe, de toute façon.

Alors qu'il passait nonchalamment devant le cottage voisin, Emma, qui faisait mine de désherber ses plates-bandes, le héla : « Vous séjournez chez Agatha ?

– Oui, mais elle a des coups de fil à passer et je m'ennuie.

– Venez donc chez moi, nous irons boire le café dans le jardin.

– D'accord, juste en attendant qu'elle ait fini ! » se réjouit Roy.

Il suivit Emma à travers son cottage. Le séjour

avait beaucoup changé depuis l'époque de James Lacey, l'ex d'Agatha. Aux murs tapissés de livres avaient succédé des étagères remplies de bibelots : chats en porcelaine, petites maisons en terre cuite et animaux en verre. La cheminée traditionnelle avait été remplacée par un foyer électrique agrémenté de bûches factices. Le canapé et les fauteuils étaient couverts de chintz. Roy trouva le tout exquis.

« Asseyez-vous, dit Emma avec enjouement quand ils eurent gagné le jardin, et j'irai chercher le café. Je vais juste déplacer ce parasol pour nous mettre à l'ombre. Il fait plutôt chaud. »

Quelle charmante petite vieille, pensa Roy en étirant ses jambes, les pieds dans l'herbe.

Agatha raccrocha le téléphone puis rejoignit Charles.

« Patrick recherche l'adresse de la femme, mais j'ai celle du médecin. Un certain docteur Singh, à Cheltenham. Il a son cabinet dans Portland Lane, à deux pas d'Old Bath Road.

– Il ne travaille sûrement pas le samedi. Il a peut-être des consultations pour les urgences le matin, mais elles doivent être terminées à cette heure. Tu penses que quelqu'un s'est fait prescrire ces somnifères en se faisant passer pour Peterson ?

– C'est tiré par les cheveux, je sais, mais j'aimerais vérifier. J'ai faim ! Je vais nous préparer à manger.

– Oh, non ! La dernière fois, j'ai eu droit à un

curry ultra-épicé réchauffé au micro-ondes. On mangera un morceau à Cheltenham.

– D'accord. Commençons par faire un tour dans le village pour récupérer Roy. »

Mais le jeune homme resta introuvable. Il n'était ni au Red Lion, ni à l'épicerie, ni en train de marcher dans les rues pavées écrasées de soleil.

« On n'a qu'à y aller sans lui, suggéra Agatha.

– Tu ferais mieux de laisser un mot. Tu as la vilaine manie de laisser tes amis en plan quand ça t'arrange. »

Agatha s'apprêta à demander pardon à Charles pour l'avoir abandonné quand elle était allée déjeuner avec Patrick, mais ses excuses moururent sur ses lèvres.

Ils regagnèrent Lilac Lane, où elle gribouilla à l'attention de Roy un mot qu'elle posa sur la table de la cuisine, en appui contre un bocal de café instantané.

Dans le cottage voisin, Roy disait avec regret : « Il vaudrait mieux que j'y retourne. Ils ont peut-être trouvé l'adresse du médecin.

– Quel médecin ? demanda Emma.

– En fait, Harrison Peterson a fait une overdose de somnifères, alors ils veulent s'assurer que c'est bien à lui que les pilules avaient été prescrites.

– Je vous accompagne, décida Emma, sautant sur l'occasion. Après tout, je fais partie de l'agence de détectives.

– Bonne idée ! » fit Roy, enchanté. Emma l'avait

132

materné et entouré de mille petites attentions, un comportement dont Agatha aurait dû, selon lui, prendre de la graine.

Ils sonnèrent à côté. Personne ne vint ouvrir. Agatha avait complètement oublié que Roy n'avait pas la clé de son cottage.

« Sa voiture est là, constata-t-il, mais celle de Charles a disparu. C'est un peu fort, quand même ! En plus j'ai faim. J'ai une idée, tiens : je vous emmène déjeuner. »

Le visage d'Emma s'illumina : ce jeune homme était manifestement attiré par les femmes mûres, et même si elle se languissait de Charles, il était flatteur de se promener escortée par Roy.

Quant à Roy, son patron lui avait suggéré, en apprenant qu'il rendait visite à son amie de Carsely, d'user de toute la ruse dont il était capable pour la faire revenir à Londres travailler en free-lance. S'il payait un bon gueuleton à Emma, il pourrait le faire passer sur sa note de frais comme un déjeuner offert à son ex-patronne.

Ils se rendirent donc à Oxford et se garèrent sur le parking de l'hôtel Randolph. Roy espérait qu'Emma passerait pour sa mère. Elle avait tellement de classe ! C'était le portrait même de la femme à laquelle on aurait rêvé que sa mère ressemble, les jours de fête de l'école. Il ne pouvait se souvenir de sa propre mère, une femme robuste et grossière, sans frémir.

Tout en déjeunant, Emma le régala du récit de

sa misérable existence. Elle avait eu, certes, une vie plutôt malheureuse, mais elle en était en grande partie responsable. Elle s'était vengée de collègues de bureau qui l'avaient contrariée en répandant de fausses rumeurs sur leur compte. Elle avait failli perdre son emploi, une fois. À cette époque-là, une jolie secrétaire, appréciée de tous, gravissait les échelons à toute vitesse. Dans un accès de pure méchanceté, Emma avait vidé un tube de super-glue sur le clavier d'ordinateur de la jeune femme après avoir effacé tous ses fichiers.

Comme certains de ces fichiers contenaient des documents ultra-secrets, on avait fait appel à la police scientifique. Emma avait pris la précaution de porter des gants, mais quelqu'un l'avait vue sortir du bureau de la secrétaire, si bien que même si on n'avait rien pu prouver contre elle, elle avait fini sa carrière au ministère de la Défense en butte aux soupçons. Encore aujourd'hui, elle trouvait qu'on avait fait beaucoup de bruit pour rien : les fichiers avaient été récupérés sur le disque dur et on avait remplacé le clavier, après tout !

Bien sûr, elle s'abstint de confesser ce crime à Roy. Il l'écoutait, fasciné. Alors qu'elle était toujours restée secrétaire, elle prétendit qu'elle avait été envoyée dans différents pays pour de périlleuses missions d'espionnage. Elle agrémenta son récit de plusieurs anecdotes pittoresques de son invention.

Puis elle se rendit compte que si Roy rapportait une de ces histoires à Agatha ou à Charles,

ils ne la croiraient peut-être pas, alors elle ajouta :
« S'il vous plaît, ne dites rien aux autres de ma vie
secrète ! Je n'aurais pas dû vous en parler. Mais
vous savez si bien écouter, et » – elle eut un petit
rire – « vous êtes un jeune homme si charmant ! »

Roy était aux anges. Il regrettait juste de ne pas
porter son costume blanc.

6

« On a de la chance, dit Charles. Dieu bénisse les Asiatiques ! Il consulte à deux heures cet après-midi. On va manger un bout vite fait. Voyons, comment allons-nous nous y prendre ? En allant droit au but ? Ou alors tu fais semblant d'être malade et tu abordes le sujet au passage ?

– En allant droit au but, trancha Agatha. Mais d'abord je téléphone à Roy, j'ai mauvaise conscience de l'avoir abandonné. »

Elle appela chez elle, mais personne ne décrocha.

Ils allèrent manger un sandwich dans un pub, puis ils retournèrent au cabinet du médecin. Cinq personnes attendaient déjà. Agatha donna sa carte à la secrétaire. « Nous aimerions discuter avec le docteur Singh. »

La secrétaire était une femme énorme. Ses cuisses débordaient de la chaise sur laquelle elle était assise. Son opulente poitrine projetait une ombre sur le clavier devant elle, et sa tête paraissait étonnamment petite malgré son triple menton. Agatha ne lui donnait pas plus de trente ans. Son apparence lui rappela des souvenirs de vacances en bord de mer où l'on se faisait photographier, la tête passée dans la silhouette en carton grandeur nature de « la plus grosse femme du monde », comme dans les foires.

« Il faudra attendre que tous les patients aient été vus, répondit-elle. Asseyez-vous. »

Ils s'exécutèrent et patientèrent. Longtemps. Agatha essaya de contacter Roy à plusieurs reprises en appelant tantôt sur son portable, tantôt chez elle, sans jamais obtenir de réponse.

Enfin on leur annonça que le docteur Singh pouvait les recevoir. C'était un petit homme soigné, qui portait des lunettes et une blouse blanche, aussi maigre que sa secrétaire était grosse.

« J'ai déjà dit ce que je savais à la police, commença-t-il. Votre carte indique que vous êtes détective privée, Mrs Raisin. Je suppose que vous désirez m'interroger sur les somnifères que je suis censé avoir prescrits.

— Oui, répondit Agatha, dévorée par la curiosité.

— Mr Harrison était un patient temporaire. Il souffrait d'hypertension. Je lui ai donc prescrit des médicaments contre l'hypertension. La police m'a montré le flacon incriminé. Quelqu'un a soigneusement enlevé l'étiquette d'un autre récipient contenant des barbituriques, il a décollé – à la vapeur, j'imagine – celle du flacon d'antihypertenseurs que j'avais prescrits et l'a remplacée par une étiquette indiquant qu'il s'agissait de somnifères. Puis il a recollé l'étiquette portant mon nom et celui de la pharmacie ayant délivré le médicament.

– Il s'agit sûrement d'un meurtre », conclut Charles.

Une fois dehors, Agatha s'enthousiasma : « L'enquête n'est donc pas close ! Comment l'assassin a-t-il pu s'y prendre pour lui faire ingurgiter ces somnifères ?

– Aucune idée. Je me demande ce qu'a donné l'autopsie, répondit Charles en se dirigeant vers le parking. Après tout, il n'a peut-être pas avalé des somnifères. Il connaissait son assassin : il n'y a aucun signe d'effraction. Ils trinquent ensemble. L'assassin trafique sa boisson avec une substance type "drogue du violeur" puis, quand il tombe dans les vapes, l'étouffe avec un oreiller ou en lui bouchant le nez avec la main. Il n'a plus qu'à faire sa petite mise en scène.

– Tu sais ce que ça implique ? Retour à la case départ ! se lamenta Agatha. Et je ne sais pas par où commencer.

– Appelle Patrick pour savoir s'il a l'adresse de l'épouse. »

Au téléphone, Agatha informa le policier retraité de leurs découvertes. Puis elle s'écria, surexcitée : « Vous avez trouvé sa femme ? Où est-elle ? Attendez une seconde. » Le téléphone coincé sous l'oreille, elle sortit carnet et stylo de son sac à main pour griffonner quelques mots. « Je vais passer la voir. De toute évidence, Peterson connaissait son assassin. »

Après quoi elle raccrocha et dit à Charles : « Elle habite Telegraph Road, à Shipston-on-Stour.

– On devrait retourner chercher Roy, conseilla Charles, prudent. Il doit se sentir un peu négligé.

– J'essaie de le rappeler. »

Une fois de plus, Agatha téléphona chez elle et sur le portable de Roy, sans succès.

« Il n'est pas sagement assis à nous attendre, remarqua-t-elle. Allez, on va rendre visite à cette femme. Ce sera rapide. »

« Agatha n'est vraiment pas gentille de vous abandonner comme ça, observait Emma, assise avec Roy dans son séjour.

– Oh, elle a peut-être essayé de m'appeler, mais j'ai oublié mon téléphone sur la table de chevet.

– Pourquoi ne pas l'appeler, vous ?

– J'oublie tout le temps son numéro de portable. Il est dans mon carnet d'adresses, que j'ai aussi laissé sur la table de nuit. Vous ne l'auriez pas, par hasard ? »

Emma avait une carte de visite de sa voisine sur laquelle figurait son numéro fixe tout comme son numéro de portable. Si elle la donnait à Roy, Agatha reviendrait peut-être, et ce cher Charles avec. D'un autre côté, plus il attendait, plus Roy était en colère, plus Agatha apparaissait sous un mauvais jour. Si cela pouvait aussi lui faire perdre l'affection de Charles, c'était autant de gagné !

En lançant un regard par la fenêtre, Roy aperçut Doris Simpson, la femme de ménage d'Agatha. Il se leva d'un bond. « Mrs Simpson ! Je l'avais oubliée. Elle a sûrement une clé. »

Il se précipita dehors, Emma sur ses talons.

Une heure plus tard, à la gare de Moreton-in-Marsh, il la remercia. « Vous avez été super gentille avec moi, Emma. Non, ne vous embêtez pas à m'accompagner de l'autre côté. » Et il l'embrassa sur la joue.

Le quai d'en face était déjà plein de voyageurs attendant le train pour Londres. La poignée de son sac solidement en main, Roy avança à grandes enjambées jusqu'à la passerelle, en se disant que tout le monde croirait, à les voir, qu'Emma était sa mère.

Quant à Emma, elle le regarda s'éloigner avec un petit frisson d'indécence exquise. Elle était persuadée que Roy passerait aux yeux de tous pour son amant.

« Voilà Telegraph Road, et là, un parking qui tombe à pic. »

Charles bifurqua et gara la voiture. Agatha descendit du siège passager en faisant une petite grimace.

« Rhumatismes ? demanda Charles.

— Non ! rétorqua-t-elle. Une petite crampe, c'est tout. »

Voilà plusieurs semaines qu'elle ressentait une douleur tenace à la hanche. Mais son esprit se rebellait de toutes ses forces contre l'idée même qu'elle puisse souffrir d'arthrose ou de rhumatismes. Ces affections frappaient exclusivement les personnes âgées, non ?

Joyce Peterson habitait un petit cottage dont la façade penchait légèrement vers la route.

La main en suspens devant la sonnette, Agatha s'interrogea tout haut : « Je me demande pourquoi elle n'a pas été invitée aux fiançailles de son fils.

— Sonne ! fit Charles. Tu ne le sauras jamais si tu ne poses pas la question.

— Pourquoi est-ce que je ne pense jamais à téléphoner pour m'annoncer ? se lamenta Agatha.

— Parce que tu n'es pas une vraie pro », s'impatienta Charles, une note d'irritation inhabituelle dans la voix.

Elle se tournait vers lui, interloquée, quand la porte s'ouvrit sur une grande blonde vêtue d'un jean moulant et d'une chemise blanche nouée au niveau de sa taille élancée. Son beau visage, dénué d'expression, était à moitié masqué par une grosse mèche de cheveux.

« Est-ce que Mrs Peterson est là ?

— C'est moi, enfin c'était. Qu'est-ce que vous voulez ?

– Nous enquêtons sur l'assassinat de votre ex-mari, répondit Agatha en lui tendant sa carte.

– L'assassinat ! Mais on m'a dit qu'il s'était suicidé !

– Pouvons-nous entrer, s'il vous plaît ? Je m'appelle Agatha Raisin et voici sir Charles Fraith. Nous allons tout vous expliquer. »

L'ex-épouse acquiesça sans un mot. Ils la suivirent à travers la cuisine jusque dans une pièce spacieuse et tout en longueur. Agatha n'en croyait pas ses yeux : de l'extérieur, le cottage avait l'air très exigu. Cette pièce avait manifestement été ajoutée en empiétant sur le long jardin à l'arrière. Elle était aménagée avec goût, avec un mélange de meubles modernes et de belles antiquités.

Joyce s'installa dans un fauteuil à côté de la porte-fenêtre ouverte. Une agréable brise apportait du jardin le parfum des dernières roses de la saison. Charles et Agatha s'assirent sur un canapé face à elle.

Elle ne posa pas de questions, elle se contenta d'attendre sans souffler mot.

Agatha expliqua comment ils avaient découvert la vérité sur les somnifères. Joyce continua de garder le silence.

« Pourquoi n'étiez-vous pas invitée aux fiançailles de votre fils ? s'enquit Charles.

– Je l'étais, mais j'ai préféré décliner. J'aime beaucoup mon fils, mais il m'a dit des choses impardonnables quand j'ai divorcé de son père.

J'ai rencontré la mère Laggat-Brown une fois. Une bonne femme insupportable. Jason s'aplatit devant elle. Je n'ai rien contre Cassandra, mais elle n'a rien dans la tête.

– Pourquoi avez-vous divorcé ? demanda Agatha.

– Ça me semble évident ! Vous trouvez que j'aurais dû rester avec un taulard ? Il était accusé non seulement de délit d'initié, mais aussi de se servir dans les comptes de ses clients. Et puis il voyait une autre femme.

– Qui ça ?

– Je ne sais pas. Mais un jour, j'ai épluché ses tickets de carte bancaire. Il avait acheté un collier en diamant chez Asprey, payé des hôtels et des restaurants à Paris, du parfum, des vêtements et j'en passe. Quand je lui ai demandé des comptes, il a prétendu qu'il était allé à Paris pour affaires et qu'il avait offert des cadeaux à des clients. J'aurais divorcé même s'il n'était pas allé en prison. Ça m'a facilité les démarches, voilà tout.

– Connaissait-il Mr Laggat-Brown ? intervint Charles.

– En tout cas, il ne m'en a jamais parlé.

– Quel genre d'homme était-ce ? »

La pénombre avait gagné la pièce et on entendait un faible grondement de tonnerre au loin.

« Quand je l'ai rencontré, il était vraiment charmant. Un jeune homme plein d'ambition. J'aime avoir la belle vie. Puis j'ai eu Jason. C'était un petit garçon adorable.

– Vous avez dû vous marier très jeune, remarqua Charles.

– Dix-huit ans. Je voulais élever moi-même mon fils, mais quand il a eu huit ans, Harrison a insisté pour l'envoyer dans une école privée, puis à Winchester College. Jason a changé. Il est devenu un fils à papa. Il s'éloignait de moi. »

Une rafale de vent souleva la mèche de cheveux qui lui cachait le visage et, dans la lumière de la lampe, ils virent qu'une énorme ecchymose lui couvrait la joue.

« C'est un vilain bleu que vous avez là, observa Charles.

– Je me suis fait ça bêtement. J'ai foncé dans une porte de placard de la cuisine, je n'avais pas vu qu'elle était ouverte. »

On entendit le bruit d'une clé dans la serrure de l'entrée, puis une voix d'homme appela : « Joyce !

– Par ici, chéri ! »

Un homme grand entra dans la pièce, un porte-documents à la main. Bien bâti et bronzé, les yeux gris clair, vêtu d'un complet-veston de bonne coupe.

« Mark, ces gens sont détectives. Ils disent qu'Harrison a été assassiné. »

Les yeux du nouveau venu, aussi froids que des éclats de glace, se rivèrent sur les deux visiteurs.

« Vous n'êtes pas de la police, alors fichez le camp.

– Mais Mark...

– Ferme-la. Allez, vous deux, ouste !

– Partez, ça vaut mieux », céda Joyce d'une voix lasse.

Agatha se retourna sur le seuil. « Vous avez ma carte. Si je peux vous être utile...

– Partez. »

Ils regagnèrent en vitesse le parking alors qu'il commençait à pleuvoir à grosses gouttes. « C'est quand même incroyable ! s'étonna Charles. Elles épousent un salaud, puis, dès qu'elles ont retrouvé leur liberté, elles en épousent un autre. Je ne comprendrai jamais les femmes.

– Je viens de me rappeler, dit Agatha en se glissant sur le siège passager. J'ai oublié de laisser une clé à Roy. Voilà pourquoi il n'a jamais répondu à mes appels.

– Oh, Aggie ! C'est pas vrai ! Tu n'as plus qu'à espérer qu'il ait trouvé refuge chez Mrs Bloxby. »

Deux mots attendaient Agatha sur la table de la cuisine. Dans le premier, Doris Simpson l'informait qu'elle avait fait sortir les chats après leur avoir donné à manger. Dans le second, Roy écrivait : « Je ne sais pas à quoi tu joues, espèce de vieille bique, mais si Emma n'avait pas été là, j'aurais passé une journée pourrie. C'est grâce à Doris Simpson que j'ai enfin pu entrer. Je retourne à Londres. Je ne vois pas pourquoi je resterais. Roy. »

« Crénom de nom ! marmonna Agatha.

– Ton problème, se permit Charles, qui avait lu le mot par-dessus son épaule, c'est que depuis que tu cours partout à jouer les détectives professionnelles, tu crois que tu peux voir tes amis et les laisser en plan quand ça te chante. »

La sonnette retentit. « Vas-y, Charles, je vais essayer de joindre Roy sur son portable. »

Charles ouvrit la porte. Emma se tenait devant lui, maquillée de frais, en tailleur-pantalon doré, protégée de la pluie par un parapluie de golf.

« Ah, entrez ! fit-il. Agatha est au téléphone. » Il la conduisit à la cuisine. « Vous voulez boire quelque chose ?

– Non, merci. J'ai pensé : je vous dois non pas un, mais deux déjeuners. La prochaine fois, c'est moi qui invite. »

Sur cette promesse, elle le contempla d'un regard de pure adoration.

Des sirènes d'alarme se mirent à résonner dans la tête de son idole. « C'est très gentil à vous, dit-il, mais il faut que je file, malheureusement. J'ai des trucs à régler. »

Le visage d'Emma se décomposa tandis qu'Agatha entrait dans la cuisine. « Ah, c'est vous, Emma ! Merci de vous être occupée de Roy. Il m'a chanté vos louanges.

– Est-ce qu'il vous a pardonné ?

– Oh, oui ! »

Charles décela une lueur de déception dans les yeux de son admiratrice.

Agatha avait amadoué son ancien assistant en lui promettant de l'inviter dans le meilleur restaurant de Londres.

« Quel dommage, reprit Emma avec un enjouement étudié, Charles vient de m'annoncer qu'il doit partir.

— Partir ! s'exclama Agatha, ses petits yeux d'ourse rivés sur son ami. Mais on a encore du pain sur la planche !

— Désolé, Aggie. Pas le choix. Je n'ai pas défait mon sac, alors je file.

— Moi aussi, annonça Emma, bien décidée à se cramponner au baronnet le plus longtemps possible.

— Vous ne voulez vraiment pas rester ? insista Agatha en les suivant jusqu'à la porte.

— Désolé. »

Charles ramassa son sac et planta un baiser sur sa joue avant de se diriger vers sa voiture, talonné par Emma. « Au revoir », dit celle-ci en lui tendant la joue. Il fit mine de ne rien remarquer, balança son sac dans le coffre et s'installa au volant.

Emma regagna son cottage, où elle resta debout sur le seuil à agiter le bras encore et encore, jusqu'à ce que la voiture disparaisse au coin de Lilac Lane.

Agatha se sentit délaissée.

Arrivé à Moreton-in-Marsh, Charles se gara à

côté du monument aux morts. Il sortit son portable et composa le numéro de son amie.

« Ça te dit de dîner avec moi ?

– Oui, mais je te croyais parti !

– Je suis au monument aux morts de Moreton. Viens me chercher, je t'expliquerai tout. »

Ils mangèrent dans un pub. Entre la poire et le fromage, Agatha s'exclama une énième fois : « Je n'arrive pas à y croire. Emma !

– D'où le changement de coiffure et les nouveaux habits.

– C'est une personne si simple, si gentille ! Tu dois te tromper !

– Non, je ne me trompe pas. Elle pourrait devenir dangereuse.

– Comment ça ?

– Je le sens, c'est tout. Je vais rentrer en douce avec toi. Je suis sûr qu'elle se couche tôt. Puisqu'on en est au chapitre des amours, tu n'as pas beaucoup parlé de Laggat-Brown, au fait.

– J'ai dîné avec lui, il a l'air très sympathique.

– Il est mon suspect numéro un.

– Voyons, Charles ! Il a un alibi en béton, et pourquoi voudrait-il tuer sa propre fille ? Il l'adore, c'est évident. Non, moi, je parie sur Jason. Il est le seul à avoir un mobile.

– De là à tuer son propre père… Minute ! Impossible, il se trouvait aux Bermudes au moment du meurtre.

— Ah oui ! Nous tournons en rond, décidément !

— Et le nouveau copain de Joyce Peterson ? Peut-être qu'il crevait de jalousie et qu'il voulait se venger de l'ex-mari. Peut-être qu'il voulait tuer Jason. Tu sais, Aggie, c'est cette lettre de menaces qui embrouille tout. Et si elle n'était qu'une fausse piste ? Si la cible n'était pas Cassandra ? Tu ne vois pas que c'est toujours sur elle que nous butons ? Tant que nous la considérerons comme la victime visée par le tireur, nous resterons au point mort. Imaginons que la cible ait été Jason.

— Je ne vois pas pourquoi on aurait voulu le tuer, objecta Agatha.

— Si c'était Mrs Laggat-Brown ?

— C'est possible. Son mari est hors de cause. Et les Felliet ?

— Ça fait longtemps que je connais George, et je ne l'imagine pas impliqué dans un crime, de près ou de loin.

— Et leur fille ? Elle a peut-être des informations sur les Laggat-Brown.

— Je ne l'ai jamais rencontrée. Tout ce que je sais, c'est que Felicity est très belle.

— Il y a peu de chances que ce soit elle. Est-ce que tu peux appeler George pour lui demander s'il sait où elle se trouve, maintenant ?

— Il va s'étonner qu'on pose la question. Il vaut mieux que je fasse un saut à Ancombe demain et que j'aborde le sujet au détour de la conversation. Je dirai que je passais par hasard. »

En entendant le bruit d'un véhicule s'engageant dans Lilac Lane, Emma se précipita sur le palier à l'étage pour regarder dehors. Charles et Agatha descendaient de voiture. Ils riaient allègrement. De moi ? s'interrogea-t-elle, et elle serra les bras contre son corps, au comble de la jalousie.

À cet instant, elle haïssait Agatha Raisin. Elle se prépara à dormir et s'allongea sous sa couette, en proie à de nouveaux fantasmes : si Agatha disparaissait, Charles se tournerait vers elle. Il avait de toute évidence un penchant pour les femmes plus âgées. Si Agatha se faisait tuer au cours d'une enquête, personne ne soupçonnerait Emma. Bien entendu, elle ne ferait jamais une chose pareille. Quoique…

Le lendemain matin, Charles flâna dans Ancombe. Agatha l'avait déposé à Moreton, où il avait récupéré sa voiture. Elle-même était partie pour l'agence, et il avait décidé de se rendre à Ancombe, de se garer non loin du cottage des Felliet et de s'arranger si possible pour croiser George comme par accident.

Il décida d'acheter des cigarettes à l'épicerie. Il fumait rarement, préférant en général « emprunter » des cigarettes aux autres, mais aujourd'hui, une fois n'est pas coutume, il avait vraiment envie de fumer.

Au moment où il entrait dans le magasin, il

entendit la caissière dire : « Ça fait sept livres cinquante, Lady Felliet. »

Il en oublia ses cigarettes. Comment s'appelait-elle, déjà ? Un prénom bizarre. Ah oui, Crystal !

Il avança vers elle alors qu'elle se détournait du comptoir.

« Crystal ? »

Lady Felliet était une grande femme. De l'époque où il fréquentait les bals de débutantes, quand il avait une petite vingtaine d'années, il gardait le souvenir d'une belle blonde. À présent les cheveux blonds étaient striés de blanc et noués en chignon sur la nuque. Les yeux noisette n'avaient rien perdu de leur beauté, mais deux rides dures encadraient la bouche figée dans une moue de mécontentement. Elle portait un tailleur en tweed qui avait connu des jours meilleurs par-dessus un chemisier en soie, des bas épais et des chaussures de marche plus pratiques qu'élégantes.

« Qui êtes-vous ?

— Charles Fraith.

— Charlie ? Ça alors, mais bien sûr ! George m'a dit que tu étais passé l'autre jour. Qu'est-ce qui t'amène ici ?

— Je suis en visite chez une amie, à Carsely. Je me baladais en voiture, et puis j'ai brusquement eu envie d'une cigarette.

— Achète ton paquet et viens boire le café à la maison. On ne voit plus grand monde ces temps-ci. »

Charles opta pour des Benson et la rejoignit. Crystal expliqua : « Ça n'était pas si terrible que ça au début. Oh, merci, dit-elle quand il lui prit son panier. Je devrais vraiment acheter un chariot à roulettes. Mais c'est tellement ringard.

– Plus maintenant. Alors ? Tu parlais d'autrefois.

– Oh ! ce n'est pas si vieux. À m'entendre, on pourrait croire que des siècles se sont écoulés. J'avoue que c'est l'impression que ça me donne parfois. Quand nous nous sommes installés ici, on nous invitait dans des fêtes le week-end, ce genre de choses. Les gens, toutefois, attendent d'être invités en retour. J'ai organisé quelques dîners dans notre cottage exigu, mais ça n'a rien donné et les invitations ont cessé. Je hais la mère Laggat-Brown.

– Enfin, ce n'est pas de sa faute si vous êtes ruinés.

– Non. Mais je pense aux humiliations qu'elle nous a fait subir. Elle avait une façon de pavoiser ! On y est. George va être ravi. »

C'est en effet ce qui parut à Charles.

« Ça ne vous dérange pas que je vous laisse entre hommes ? demanda Crystal. Il faut absolument que je jardine un peu.

– Vas-y, approuva George. Je vais préparer le café. »

Charles suivit son vieil ami dans la cuisine, où il attendit qu'il fasse bouillir de l'eau et verse du café instantané – la préparation la moins chère du marché, remarqua-t-il – dans des mugs.

« Bien ! fit George. Prends ton mug, mon vieux, et viens t'asseoir avec moi. J'ai vraiment de la peine pour Crystal. Ça la mine de devoir faire des économies de bouts de chandelle.

– Tu pourrais chercher du travail, suggéra Charles.

– Personne ne voudra de moi à mon âge ! lui répondit George en le regardant d'un air stupéfait.

– Tu n'as que… quoi ? Quarante-quatre ans ?

– Quarante-cinq. Et où est-ce que je pourrais travailler ?

– Le supermarché Tesco de Stow recherche du personnel, il passe toujours des annonces.

– Mon cher ami, tu me vois à la caisse ? Crystal en mourrait de honte.

– Ils ont aussi besoin de monde pour remplir les rayons. Ou sinon, tu sais, ces garages ouverts vingt-quatre heures sur vingt-quatre ? Ils cherchent toujours des employés. Ça te permettrait de payer les factures. Votre fille ne vous aide pas ?

– Felicity a des goûts de luxe. Je ne crois pas qu'il lui reste un sou à la fin du mois.

– Que fait-elle, déjà ?

– Assistante personnelle d'un grand couturier.

– Où ça ?

– À Paris, où veux-tu que ça soit ? Rue Saint-Honoré.

– Comment s'appelle cette maison de couture ?

– Tu en poses, des questions. Thierry Duval. Tu connais ses collections ? Très bizarres. Je les ai vues à la télé. Sans parler de la façon dont les mannequins doivent marcher de nos jours. On dirait qu'elles viennent de mouiller leur culotte.

– Quand est-ce que tu l'as vue pour la dernière fois ?

– À Noël. Elle est venue. Elle a l'air de se plaire dans son travail.

– J'aimerais bien voir une photo d'elle.

– Pourquoi est-ce que tu t'intéresses tant à Felicity ? Elle est trop jeune pour toi ! »

Charles parcourut la pièce du regard et tomba sur le portrait d'une magnifique blonde. Le menton appuyé sur ses mains, elle regardait directement l'objectif, à la Lady Di.

« C'est elle, n'est-ce pas ? s'enquit-il.

– Oui, et alors ? Franchement, mon vieux, t'as changé. Je n'ai pas le souvenir que tu mitraillais les gens de questions comme ça autrefois, sans leur laisser le temps de dire ouf.

– Désolé », s'excusa Charles, puis il se mit à parler avec légèreté de connaissances communes, parsemant son bavardage d'une quantité de ragots suffisante pour que George oublie les étranges questions qu'il avait posées et paraisse navré de le voir partir.

Agatha eut de la chance que la police, convaincue qu'Harrison Peterson s'était suicidé, n'ordonne pas à la Scientifique une fouille minutieuse de la chambre ni de l'escalier y menant. Quand il en fut enfin question, la chambre comme l'escalier avaient été nettoyés à fond et un nouveau pensionnaire s'était installé. Agatha n'avait donc plus à craindre qu'on découvre leurs empreintes de pas sur le tapis ou un de ses cheveux égaré sur le lieu du crime.

Ce matin-là, Emma se montrait particulièrement agréable : sa patronne ne devait jamais deviner ce qu'elle avait mijoté la concernant, même si elle se répétait de temps à autre qu'il ne s'agissait que d'un fantasme destiné à apaiser sa jalousie et sa rage.

Charles passa à l'agence pour faire son rapport sur Felicity Felliet. Il avait décidé de ne pas prendre la peine d'expliquer à Emma pourquoi il était encore dans les parages.

« Paris, encore Paris ! conclut Agatha. Je me demande ce que faisait Felicity le soir de la fête.

— Pourquoi ne pas aller lui demander ? Vol aller, vol retour, ça doit pouvoir se faire dans la journée. »

Emma planta ses ongles vernis de frais dans la chair de ses mains. Les imaginer, tous les deux, dans la capitale des amoureux !

« Si on y allait demain ? proposa Agatha.

— Il va falloir attendre un jour de plus. J'accueille la fête du village chez moi. Bref, quel est le programme maintenant ?

— On devrait essayer de rencontrer Bill Wong. Voir s'il a d'autres informations à nous donner.

Et vous, Emma, qu'est-ce que vous faites ? Où en êtes-vous avec Biggles, le chat perdu ?

– Je m'apprêtais justement à sortir pour m'en occuper. »

Bill Wong les reçut dans l'une des salles d'interrogatoire.

« J'espère que vous avez quelque chose à m'apprendre, prévint-il. Je ne suis pas censé aider les détectives privés.

– Nous avons entendu une rumeur comme quoi Harrison Peterson a été assassiné, commença Agatha.

– Ce n'est pas encore dans les journaux. Où avez-vous entendu ça ?

– Je ne peux pas vous répondre, Bill.

– Alors je n'ai rien à vous dire non plus.

– Sans doute parce que vous ne savez rien, avança Charles.

– Écoutez, vous deux, fit Bill en les dévisageant, il se trouve que Wilkes était là quand j'ai eu votre message disant que vous vouliez me voir. Il m'a ordonné de me débarrasser de vous, et vite fait. Cela dit, je serai au Wheatsheaf à l'heure du déjeuner.

– On vous y retrouvera. Viens, Charles. »

Emma se traînait dans les rues de Mircester à la recherche du chat perdu sans cesser de retourner dans sa tête les paroles de Charles ce matin-là. Il accueillait la fête du village. Elle pouvait se mêler à la foule et l'observer pour voir s'il s'intéressait à une autre femme. En faisant des recherches dans la presse locale, elle avait appris qu'il avait été marié à une Française mais qu'il était divorcé.

Ce serait plus marrant que de chercher ce chat. Agatha en avait deux. Emma commençait à détester ces bestioles.

Elle bifurqua dans la rue où habitait la maîtresse de Biggles et scruta le jardin par-dessus la haie. Ledit Biggles se prélassait au soleil sur la pelouse. Elle réfléchit à toute vitesse. Elle savait que sa propriétaire, Mrs Porteous, était partie travailler.

Elle ouvrit le portail du jardin, bondit sur le chat endormi et le fourra dans le panier de transport qu'elle avait apporté. Elle décida ensuite de le ramener chez elle. Il serait porté disparu un jour de plus, ce qui lui donnerait le temps d'aller à la fête. C'était incroyable, le nombre de gens qui n'attendaient même pas de voir si leurs chers petits minous n'allaient pas ressurgir avant de contacter un détective privé !

Elle posa le chat désormais enragé dans son panier à l'arrière de sa voiture, garée à quelques rues de là. Puis elle s'inquiéta : peut-être que Mrs Porteous savait que son chat était rentré et l'avait laissé dans le jardin en partant travailler... Emma ouvrit son carnet d'adresses, trouva le numéro professionnel de la cliente et appela.

« Emma Comfrey à l'appareil. Je voulais juste vous dire que nous cherchons toujours.

– Merci mille fois ! s'exclama Mrs Porteous avec des trémolos dans la voix. Je me ronge les sangs pour lui. J'ai peur qu'il soit mort.

– Allons, allons ! Je travaille toute la journée pour le retrouver. »

Bill Wong n'avait rien à apprendre à Charles et Agatha. Eux, en revanche, lui parlèrent du compagnon de Joyce Peterson et de sa brutalité.

« Elle ne nous a pas informés qu'elle vivait avec quelqu'un, s'étonna Bill. On a eu un mal fou à la localiser. Comment est-ce que vous l'avez retrouvée ?

– Un tuyau.

– Je me demande bien d'où venait ce tuyau. Enfin, vous dites que ce Mark est violent. Qu'est-ce qui vous fait penser ça ?

– Elle avait un énorme bleu sur la joue. Elle a prétendu qu'elle avait foncé dans la porte ouverte d'un placard. Une variation sur le thème "Je suis tombée dans les escaliers" commun à toutes les femmes battues.

– On va se renseigner sur lui. Vous connaissez son nom de famille ?

– Non, seulement son prénom, Mark. Il a peut-être tué Harrison Peterson dans un accès de jalousie.

– J'espère que non.

– Pourquoi ?

– Parce que ça nous laisserait la tentative d'assassinat chez les Laggat-Brown sur les bras. Ce Mark n'aurait aucune raison de vouloir tuer leur fille. Encore une affaire qui va traîner en longueur. Je n'ai pas du tout eu le temps de m'occuper de mon jardin, et malgré la pluie de la nuit dernière, il est complètement desséché. Vous y croyez, vous, à cette histoire de réchauffement climatique ?

– Apparemment, répondit Charles, il faisait une chaleur de tous les diables au Moyen Âge. Encore une centaine d'années, et vous verrez qu'on entrera dans une nouvelle mini-ère glaciaire. »

Sur ce, ils se séparèrent.

« Et maintenant ? demanda Charles.

– Paris, j'imagine. Pendant que tu joues les châtelains à ta fête, je vais prendre un jour de congé et courir à Londres pour inviter Roy à déjeuner.

– Tu ne devrais pas travailler un peu ?

– J'ai du personnel pour ça. À quoi bon nourrir toute une meute de chiens si ce n'est pas pour aboyer à ma place ? »

Le visage d'Emma s'illumina lorsque Agatha lui annonça qu'elle irait à Londres le lendemain pour voir Roy.

« Quel garçon charmant ! » roucoula-t-elle, avant d'ajouter, d'un air de sainte nitouche : « Embrassez-le de ma part !

– OK. »

Une fois qu'Agatha aurait débarrassé le plancher, pensa Emma, elle pourrait remettre ce sale matou à sa maîtresse reconnaissante et occuper le reste de sa journée comme elle l'entendait.

7

Qu'était-il arrivé à la ville de Londres ? se demanda Agatha. Une question qu'elle s'était déjà posée bien des fois. Les rues avaient-elles toujours été aussi sales ? Peut-être ne le remarquerait-elle pas si elle revenait habiter dans la capitale.

Elle emmena Roy au Caviar Restaurant de Piccadilly. Elle n'appréciait pas le caviar et trouvait que c'était jeter l'argent par les fenêtres, mais elle voulait plus que tout conserver l'amitié de son ancien assistant et savait que la lecture des prix affichés sur la carte suffirait à le ravir.

Vêtu d'un très conventionnel complet-veston, avec chemise et cravate, il l'écouta attentivement lui raconter le meurtre de Peterson.

« Il n'en a pas été question dans les journaux, dit-il.

– La police préfère sans doute que ça ne s'ébruite pas. Franchement, j'ai retourné tous les éléments dans ma tête.

– Peterson devait connaître son assassin », commenta Roy, qui se servait une cuillerée de caviar en espérant susciter l'envie des personnes passant sur Piccadilly, de l'autre côté de la grande baie vitrée. « C'est vrai, tu n'as pas mentionné que la porte de sa chambre avait été forcée. Qui aurait pu savoir qu'il se trouvait là ? Quelqu'un qui aurait mis ton téléphone sur écoute ?

— Tu as lu trop de romans d'espionnage.

— Figure-toi que j'ai discuté avec un véritable espion, récemment : la vérité dépasse la fiction.

— Un véritable espion ? Qui ça ?

— Oh ! quelqu'un que j'ai rencontré. Je n'ai pas le droit d'en parler. Est-ce qu'ils ont enterré le corps ?

— Je ne pense pas. Une seconde autopsie va être pratiquée si la police estime qu'un élément a pu échapper à la première.

— Tu ferais peut-être bien de t'intéresser au petit copain de Joyce Peterson. À t'entendre, c'est une brute.

— J'envisage de rendre visite à Joyce demain, à l'heure où je sais qu'il sera à son travail. Mais je ne crois pas à cette piste. L'auteur du coup de feu avait une carabine très sophistiquée. À la limite, on pourrait penser qu'il était payé pour ce qu'il a fait.

— Il s'agirait d'un tueur à gages ?

— Oui, quelque chose dans ce goût-là.

— Est-ce que je peux prendre du homard ?

— Prends tout ce que tu veux.

– Emma est vraiment un ange, tu ne trouves pas ?

– Oui, elle s'est avérée une très bonne employée.

– Elle cache bien son jeu.

– Je ne crois pas, répliqua Agatha, qui se vantait de bien cerner les caractères. Je pense que chez elle, on peut se fier aux apparences. »

Emma gara sa voiture dans un champ, à côté de Barfield House, transformé en parking pour la journée. Elle s'estimait suffisamment camouflée par un chapeau à large bord et des lunettes de soleil.

Les affaires allaient bon train aux différents stands vendant confitures et gelées maison, gâteaux, vin artisanal, saladiers en bois, tenues campagnardes et livres d'occasion. L'entrée n'était pas payante, mais le programme des festivités coûtait deux livres. Emma l'étudia. Il devait y avoir, entre autres, une chorale, un cent mètres, un lancer de bottes, une course de furets, un concours hippique, et un autre canin. Elle ne connaissait pas le lancer de bottes, mais supposa que cela consistait à lancer une botte le plus loin possible.

Comme elle avait soif, elle se dirigea vers une grande tente proposant des rafraîchissements. Son cœur battit la chamade quand elle aperçut Charles. Assis à une table près de l'entrée, il vendait des tickets de tombola. Elle mourait d'envie d'aller le trouver, mais elle craignait qu'il ne la reconnaisse, ce qui l'aurait obligée à inventer un nouveau mensonge. De plus, il risquait de dire à Agatha qu'elle était allée à la fête au lieu de travailler. Elle s'offrit une tasse de thé puis s'assit dans un coin de la tente et dévora le baronnet des yeux. Que n'aurait-elle pas donné pour accueillir les villageois, assise à ses côtés, pendue à son bras !

Une jolie fille le rejoignit. Il se leva, lui planta un baiser enthousiaste sur chaque joue et sortit, pendant que la nouvelle venue prenait sa place.

Emma finit son thé et le suivit. Il monta sur une estrade dominant un pré pour annoncer le départ du cent mètres. Elle resta là à le regarder juger un concours après l'autre. Le soleil tapait et elle commençait à avoir mal aux jambes. Elle chercha autour d'elle s'il n'y avait pas un endroit où elle pourrait s'asseoir sans perdre Charles de vue.

C'est alors qu'elle vit la tente de la diseuse de bonne aventure.

Emma était une adepte de l'astrologie, des médiums et des voyantes en tous genres. Peut-être que Madame Zora pourrait lui dire si elle avait ses chances avec Charles…

Madame Zora n'était autre que Gustav, or Gustav était de mauvaise humeur. Lui qui d'habitude aimait son employeur décida ce jour-là qu'il le détestait. La femme du village qui s'était portée volontaire pour jouer Madame Zora était tombée malade, et Charles avait insisté pour qu'il se déguise et la remplace.

Emma dut faire la queue. On se bousculait pour

voir Gustav. À mesure que la température montait et que son esprit s'échauffait, ses prédictions devenaient de plus en plus bizarres. Le bruit se répandit dans la fête, et les gens voulurent à tout prix consulter cette extravagante diseuse de bonne aventure.

Le tour d'Emma arriva enfin. Elle souleva le rabat de toile et entra. Comme il faisait sombre à l'intérieur, elle ôta ses lunettes. Il régnait une atmosphère délicieusement sinistre. La tente était presque entièrement plongée dans les ténèbres. Seule une bougie parfumée brillait sur une petite table devant Madame Zora, dont un châle aux couleurs vives masquait le visage.

« Asseyez-vous », ordonna Gustav. Il identifia Emma comme la cinglée qui avait rappliqué à Barfield House sans s'annoncer. Voyons, qu'avait dit Charles à son sujet ? Ah oui : « Ne soyez pas trop dur avec elle. Elle pense qu'elle a eu une vie malheureuse : tyrannisée par son mari, tyrannisée par ses collègues. »

« Donnez-moi votre main droite. »

Après avoir fait mine d'examiner la paume d'Emma, il commença : « Vous avez eu une vie très malheureuse. Votre mari vous tyrannisait, mais il est mort. Vos collègues de bureau ne vous appréciaient pas. Mais votre existence est sur le point de basculer.

– Dans quel sens ? demanda Emma.

– Vous vous intéressez à un homme plus jeune que vous.

– Oh, oui ! »

Et maintenant ? pensa Gustav. Tiens, pourquoi ne pas en profiter pour créer aussi des ennuis à cette fichue Raisin ? Il savait par Charles qu'Emma travaillait pour elle.

« Une femme se dresse entre vous et votre amour. Voyons voir… » Il sortit une boule de cristal de sa boîte, à ses pieds. Il n'avait pas pris la peine de s'en servir jusqu'ici. Il la contempla fixement. « Oui, je la vois. Entre deux âges, cheveux marron, petits yeux. Tant qu'elle sera là, vous n'avez aucune chance. Absolument aucune.

– Aucune chance, répéta Emma d'une voix tremblotante.

– Aucune, assena Gustav, lugubre.

– Qu'est-ce que je dois faire ?

– La solution est entre vos mains. Madame Zora est fatiguée, elle ne voit plus rien. Ça fait dix livres, s'il vous plaît. »

Emma était tellement ébranlée qu'elle paya sans un murmure de protestation.

Après son départ, Gustav glissa dans la boîte destinée à recueillir les dons une pièce d'une livre sortie de sa poche – le tarif qu'il aurait dû faire payer – et garda le billet pour lui.

Emma était toute tourneboulée. La petite voix du bon sens avait beau lui répéter que tout ça, c'étaient des bêtises, Madame Zora avait vu son passé, elle lui avait décrit Agatha Raisin !

Elle décida de partir. Il faisait une chaleur inhabituelle pour la saison, et elle avait mal aux jambes et aux pieds.

Le fantasme consistant à « supprimer » Agatha commença à devenir plus qu'un fantasme dans son esprit obsédé.

Pourtant, elle fut à deux doigts d'oublier toute cette histoire lorsque sa patronne, de retour de la capitale, lui rendit visite ce soir-là.

« J'ai profité de mon escapade à Londres pour aller voir mon notaire, Emma, lui annonça-t-elle. S'il m'arrivait quelque chose dans un avenir proche, j'ai décidé de vous laisser l'agence.

– Oh, Agatha, comme c'est gentil !

– Je sais que vous n'êtes plus toute jeune, alors si rien ne m'arrive d'ici, disons, cinq ans, j'annulerai ce codicille. Vous avez fait du très bon boulot pour moi. »

Mais elle ajouta : « Bien, il faut que j'aille préparer mes bagages. Je pars avec Charles demain matin pour Paris. »

Après son départ, Emma resta assise, les poings serrés. C'est elle qui aurait dû aller à Paris avec Charles ! Débarrassée d'Agatha, elle serait en charge de l'agence. Charles aimait manifestement jouer les détectives. Ils pourraient résoudre des affaires ensemble. Mais comment se débarrasser de sa voisine ? Il faudrait que ça ait l'air d'un accident, cogitait-elle, fiévreuse, la tête prête à éclater.

Agatha et Charles s'envolèrent tôt le matin pour Paris, puis filèrent en taxi de l'aéroport Charles-de-Gaulle à la boutique de haute couture de la rue Saint-Honoré. Après avoir donné leurs cartes de visite, ils attendirent Felicity, assis sur des fauteuils à dorures.

Une femme d'âge mûr finit par les rejoindre dans le salon, tenant leurs cartes du bout des doigts.

« Je suis navrée, Miss Felicity n'est pas là, fit-elle avec un accent français.

– Où est-elle ? » demanda Agatha en regardant la silhouette irréprochable de la Française qui se tenait debout devant elle. Était-il possible de trouver une Parisienne qui n'ait pas la ligne ?

« Miss Felicity est en *vacances**.

– Quand son retour est-il prévu ?

– Pardon ? »

Charles traduisit dans un français parfait : « Où Felicity est-elle partie en vacances, et quand attendez-vous son retour ? »

Il s'ensuivit un rapide échange dans la langue de Molière, pendant lequel Agatha trépigna d'impatience. Puis Charles se leva pour prendre congé.

« Qu'est-ce que vous vous êtes raconté ? voulut savoir Agatha.

– Elle est en congé dans le sud de la France et doit rentrer demain. Ça fait seulement quelques mois qu'elle travaille pour eux. Elle avait une expérience de secrétaire, et ils avaient besoin de quelqu'un qui ait des notions d'informatique.

– Mince ! Si on change nos billets, on va perdre la remise sur le vol aller-retour.

– On pourrait toujours réserver un vol low cost ou prendre l'Eurostar. Ce serait dommage de rentrer bredouilles. Et tant qu'on y est, on pourrait revérifier l'alibi de Laggat-Brown.

– Bon, d'accord. Dans quel hôtel était-il descendu, déjà ?

– L'hôtel Duval, boulevard Saint-Michel. On n'a qu'à y prendre une chambre pour la nuit. Il ne doit pas y avoir trop de clients en cette saison.

– J'appelle Emma et Miss Simms pour les prévenir qu'on reste un jour de plus. »

Pour Emma, c'en était trop. Il fallait qu'elle passe à l'action. Elle se rappela qu'elle avait toujours une boîte de mort aux rats datant d'avant son déménagement. Une régulation européenne quelconque empêchait désormais d'empoisonner les rongeurs. On était censé les piéger et les frapper sur la tête avec un marteau, ou quelque chose dans le genre. Mais d'abord, il fallait s'introduire chez Agatha.

Celle-ci l'avait priée de demander à Doris de s'occuper des chats un jour de plus. Elle passa chez la femme de ménage. « J'ai pensé, puisque j'habite à côté, ce serait plus facile pour moi de passer les nourrir, ça vous éviterait des allées et venues.

« – Ce serait super, fit Doris. Je vous accompagne pour vous montrer comment désactiver l'alarme électronique. »

Une fois en possession des clés d'Agatha, Emma prit congé de Doris, alla dans l'abri au fond de son jardin et sortit la boîte de raticide. Elle ne se laissa pas le temps de réfléchir à l'énormité de l'acte qu'elle allait commettre.

Elle entra chez Agatha. Avança jusqu'à la cuisine, où les deux chats, Hodge et Boswell, la regardèrent avec des yeux ronds. Les fit sortir dans le jardin en les poussant du pied.

Alors elle ouvrit un bocal de café instantané, y versa la moitié des granulés de poison, non sans avoir pris la précaution d'enfiler des gants, puis revissa le couvercle.

Elle se sentit soudain très calme. Elle remplit deux gamelles de pâtée pour les chats. Au bout d'une demi-heure, elle les fit rentrer et regagna son propre cottage, sans penser à reprogrammer l'alarme ni à fermer à clé la porte de derrière. Voilà, c'était fait.

Le réceptionniste de l'hôtel Duval se rappelait très bien Mr Laggat-Brown, d'autant plus que la police avait pressé le personnel de questions à son sujet. Mr Laggat-Brown était un homme absolument charmant. Il parlait français comme si c'était sa langue maternelle. Les policiers avaient interrogé les compagnies aériennes, et Mr Laggat-

Brown n'avait pas menti sur la date de son retour en Angleterre.

Le réceptionniste savait-il où l'homme d'affaires s'était rendu après avoir pris possession de sa chambre ? demanda Agatha. Il était rentré deux heures plus tard.

L'homme répondit qu'il avait parlé d'aller voir son parrain.

Malheureusement, ils n'avaient plus qu'une chambre libre pour cette nuit. *Madame** et *Monsieur** allaient devoir la partager. *Madame** rétorqua furieusement que puisque c'était comme ça, ils allaient chercher un autre hôtel. Elle ne voulait pas renouer une relation amoureuse avec Charles et n'était pas sûre d'avoir la force de résister si elle se retrouvait dans le même lit que lui. Charles lui demanda d'arrêter de se conduire en vierge effarouchée. Il échangea rapidement en français avec le réceptionniste et conclut : « Ça suffit, Aggie. Ce sont des lits jumeaux. »

Ils déposèrent leurs affaires, puis déjeunèrent dans un restaurant du coin. Après quoi Charles se déclara fatigué de s'être levé aux aurores et suggéra qu'ils aillent faire une petite sieste à l'hôtel.

Agatha, qui pensait ne pas pouvoir dormir, fut toute surprise de se réveiller en début de soirée.

Ils firent une longue promenade sur les berges de la Seine tandis que la nuit tombait sur l'une des plus belles villes du monde. Les terrasses se remplissaient de gens venus boire un café ou prendre l'apéritif après le travail.

« Regarde la ligne qu'ils ont tous ! s'émerveilla Agatha. En plus ils marchent comme s'ils portaient une pile de livres sur la tête. On doit donner des cours de maintien dans les écoles françaises.

– Les femmes sont magnifiques », commenta Charles, et Agatha éprouva un élan de jalousie. « Si on cherchait un resto ?

– Il y en a un tout à fait valable à Maubert-Mutualité. Ils proposent des petites choses à grignoter. On a beaucoup mangé ce midi. »

Le restaurant était bondé, mais ils trouvèrent une table au fond de la salle. Ils commandèrent des croque-monsieur et une carafe de vin de la maison.

Au bout d'un moment, Agatha eut la désagréable sensation que quelqu'un la dévisageait. Elle parcourut la salle du regard. La mort dans l'âme, elle reconnut Phyllis Hepper, une chargée de communication qu'elle connaissait à l'époque où elle vivait à Londres. Une pocharde notoire.

Et voilà que, horreur ! Phyllis s'avançait vers eux.

« Agatha ?

– Phyllis ! fit Agatha, soulagée de voir que l'autre avait l'air sobre. Qu'est-ce que tu fais à Paris ?

– Je suis mariée à un Français.

– Je te présente Charles Fraith. Charles, je te

174

présente Phyllis. Nous nous croisions quand je travaillais à Londres.

— Je suis étonnée que tu m'aies reconnue, plaisanta Phyllis en riant. J'étais toujours soûle à l'époque.

— Oh, euh…

— Ne t'en fais pas. J'étais une horrible ivrogne, expliqua Phyllis à Charles. Mais j'ai rejoint les Alcooliques Anonymes. Je vais aux réunions AA et j'ai un parrain.

— Tu dois très bien parler français.

— Pas encore. Je vais aux réunions pour anglophones, quai d'Orsay. Beaucoup de Français y participent. Je pense à un type, c'était un vieil alcoolique en haillons quand il est arrivé, mais il s'en est sorti, et maintenant on ne le reconnaîtrait plus. Il a l'air en si bonne santé, et si beau ! Il faudra me rendre visite. Voici ma carte. »

Agatha répondit qu'ils repartaient le lendemain, mais qu'elle passerait la voir si elle revenait à Paris.

« Je croyais que c'était censé être les Alcooliques ANONYMES, fit remarquer Charles quand ils se retrouvèrent seuls.

— Elle doit être nouvelle dans l'association. J'ai rencontré des gens comme elle à Londres. À peine entrés, ils voulaient en parler au monde entier. »

Ils terminèrent leur carafe de vin et Charles en commanda une autre, arguant que cela les aiderait à dormir. Ils discutaient tranquillement d'anciennes

enquêtes quand il demanda à brûle-pourpoint :
« Et Emma ?

— Quoi, Emma ?

— Elle me poursuit partout.

— Voyons, Charles ! Décidément, la vanité mas-
culine est sans limites !

— Je t'assure. Hier à la fête, j'étais sur l'estrade,
et à un moment, j'ai regardé au loin et j'aurais
juré l'avoir vue. J'ai interrogé Gustav : il lui a dit
la bonne aventure.

— Gustav disait la bonne aventure ?

— Oui, la femme qui devait jouer ce rôle est
tombée malade, alors j'ai demandé à Gustav de se
déguiser pour la remplacer. Il a fait un tabac. Les
gens aiment qu'on leur fasse peur, et avec lui, ça
n'a pas manqué.

— Qu'est-ce qu'il a raconté à Emma ?

— Il a eu pitié d'elle, alors il lui a sorti le clas-
sique : "Vous allez rencontrer un bel et sombre
inconnu."

— J'en toucherai un mot à Emma. Tu sais que
j'ai fait ajouter un codicille à mon testament pour
lui léguer l'agence de détectives ?

— Oh, Aggie ! Tu lui as dit ?

— Oui.

— Fais-le supprimer.

— J'aurai une petite discussion avec elle pour
savoir ce qu'elle a à te suivre comme ça. D'un autre
côté, qu'est-ce que tu croyais ? Tu l'as invitée deux
fois à déjeuner. Elle se sent peut-être seule.

– Je vois que tu ne fais pas grand cas de mes charmes. »

Agatha le regarda. Même en tenue décontractée, chemise – sans cravate – et chino bleus, il paraissait tiré à quatre épingles.

« Finis ton assiette », dit-elle.

Emma se tenait la tête entre les mains. Et si Charles venait à boire le café ? Et puis Doris allait raconter à la police qu'elle lui avait confié les clés ; elle serait alors le suspect numéro un. Qu'elle avait été stupide !

Un coup de sonnette retentit à la porte. Doris Simpson se tenait sur le seuil.

« Je préfère reprendre les clés, annonça-t-elle. Mon Bert, il m'a fait remarquer qu'Agatha me paye pour m'occuper de ses chats, alors c'est un peu du vol de vous faire faire le travail.

– Mais ça ne me dérange pas ! fit Emma d'un ton suppliant.

– Il faut que je les récupère, insista Doris. Où sont-elles ? »

Eh bien, pensa la femme de ménage, Mrs Comfrey a l'air au bord de l'évanouissement !

« Ah, les voilà ! » s'exclama-t-elle en apercevant les clés sur un petit guéridon derrière la porte. Elle s'en empara, passant devant Emma toute tremblante. « Ce serait mieux, poursuivit Doris, qui était à peu près la seule femme du village à appeler Agatha par son prénom, si vous ne disiez

177

pas à Agatha que je vous les avais laissées. J'ai vraiment besoin d'argent en ce moment et je ne veux pas qu'elle se mette à penser que je l'ai volée.

– Je n'en soufflerai pas un mot, assura fougueusement Emma. Promis. »

Après le départ de la femme de ménage, Emma s'assit en serrant les bras autour de son corps fluet. Puis elle se leva, alla chercher le raticide dans l'abri au fond du jardin et l'enfouit sous le tas de compost.

Elle attendrait qu'ils reviennent, le temps qu'il faudrait, et les suivrait chez Agatha. Elle renverserait alors le bocal de café, balaierait le contenu et l'emporterait chez elle. Miss Simms savait certainement quand ils étaient censés rentrer, vu qu'Agatha restait en contact avec elle.

« Tu ne viens pas te coucher avec moi ? demanda Charles.

– Non, rétorqua Agatha. Et j'aimerais que tu arrêtes de parader nu comme un ver dans la chambre. C'est déconcertant.

– Tu te fais vieille, Aggie, regretta Charles en se mettant au lit avec un soupir.

– Non ! protesta-t-elle, furieuse. Tu n'as aucune moralité, voilà la vérité.

– Je suis tel que j'ai toujours été. Bonne nuit. »

Agatha resta un long moment éveillée. Elle avait déjà couché avec Charles – et ça lui avait plu. Mais l'expérience semblait ne laisser aucune trace chez son compagnon, et elle avait parfois eu le sentiment qu'il s'était servi d'elle, qu'il lui avait fait l'amour comme il aurait pu boire un verre ou fumer une cigarette.

Bientôt, cependant, assommée par la quantité de vin qu'elle avait bue, elle s'endormit et sombra dans des rêves inquiétants.

L'homme n'arrivait pas à y croire. Quelle chance ! Il avait escaladé la clôture du jardin d'Agatha et gagné à pas de loup la porte de la cuisine, qu'il avait trouvée à peine entrebâillée. Emma avait oublié de la refermer lorsqu'elle avait fait rentrer les chats.

Il se glissa à l'intérieur et fouilla la maison. Personne. Bon, quand faut y aller, faut y aller, pensa-t-il. Je vais attendre qu'elle revienne. Deux paires d'yeux luisants le fixèrent dans l'obscurité. « Saletés de chats », maugréa-t-il. Mais comme il aimait les bêtes, il les fit sortir dans le jardin en les poussant avec le pied avant de refermer la porte.

Où est-ce qu'elle était passée, cette bonne femme ? D'après son informateur, elle devait rentrer ce soir. Remarque, il n'était que minuit. Mieux valait attendre.

Dans le clair de lune qui inondait la pièce, il vit un bocal de café instantané à côté d'une bouilloire. Tant qu'à faire, je vais en boire un peu, se dit-il, ça m'aidera à ne pas dormir.

Emma se réveilla à l'aube, assise tout habillée dans un fauteuil. Elle ne se souvenait pas de s'être endormie. Elle se demanda tout à coup si elle avait refermé la porte de derrière de sa voisine après avoir fait rentrer les chats. Elle sortit de chez elle, regarda alentour : il n'y avait pas âme qui vive. Elle remonta le petit chemin longeant le cottage d'Agatha, fit le tour jusqu'à la porte de derrière et poussa un petit soupir de déception. Puis elle vit les chats dans le jardin.

Je suis pourtant sûre de les avoir fait rentrer ! se dit-elle. Après avoir enfilé ses gants, elle appuya sur la poignée de la porte, qui, à son grand soulagement, s'ouvrit. Elle alluma la lumière. Et alors elle laissa échapper un cri étouffé. La cuisine empestait le vomi. Un homme était étendu sur le sol. Il y avait un revolver sur la table. Elle attrapa le bocal de café et recula vers la porte. Elle se précipita chez elle. Elle avait un bocal de café identique dans sa cuisine. Elle l'essuya avec un torchon pour éliminer ses empreintes, retourna en vitesse chez Agatha, posa son bocal sur le plan de travail. Avec un chiffon, elle effaça ensuite les empreintes de ses pas à mesure qu'elle battait en retraite vers la porte. Minute, Emma ! vociféra une voix dans sa tête. Comment est-ce qu'il est entré ? Doris dira certainement qu'elle t'a confié les clés, et on va t'accuser d'avoir laissé un inconnu entrer dans le cottage. Ça ne pouvait pas être une connaissance d'Agatha. Sinon, pourquoi la cagoule noire et le revolver sur la table ? Avec un caillou ramassé dans la rocaille du jardin, elle défonça un carreau de la porte. Pourquoi l'alarme anti-cambriolage ne s'était-elle pas déclenchée ? J'ai forcément oublié de la programmer, se dit-elle. Je vais le faire maintenant. Pour ça, il faut que je ressorte par l'avant de la maison.

Une froide détermination s'était emparée de son esprit. Dans un placard sous l'escalier, elle trouva un aspirateur portatif qu'Agatha utilisait pour nettoyer sa voiture. Elle le passa soigneusement derrière elle jusqu'à la porte d'entrée et programma l'alarme, en espérant de toutes ses forces qu'elle ne se déclenche pas. Ce qui aurait été étonnant, puisque le verre était déjà brisé. Alors seulement, elle réalisa que l'homme avait dû boire dans une tasse. Que faire ? La laisser où elle était ? Oui, il le fallait. Elle ne supportait pas l'idée de retourner là-bas. Le petit chemin contournant la maison était en graviers, elle était donc certaine de ne pas y avoir laissé d'empreintes de pas en arrivant. Elle n'avait plus les clés du cottage, mais les serrures se fermèrent automatiquement. Elle emporta l'aspirateur.

De retour chez elle, elle se déshabilla et se mit au lit. Sa dernière pensée avant de s'endormir fut que son Charles chéri ne saurait jamais qu'elle lui avait sauvé la vie.

Le lendemain matin, ce fut Charles qui secoua Agatha pour la réveiller.

« Lève-toi, vite ! Il y a des policiers en bas, des Français, ils veulent te parler.

— Quelle heure est-il ?

— Neuf heures. Qu'est-ce qu'on a bu ! On ne s'est pas réveillés. Tu n'as même pas entendu le téléphone sonner. Habille-toi, je vais descendre en premier voir ce qu'ils veulent. »

Agatha enfila ses vêtements à la va-vite, se demandant ce qui diable avait bien pu se passer. Lorsqu'elle arriva à la réception, elle trouva deux agents en tenue accompagnés de ce qu'elle jugea être deux enquêteurs de la PJ.

« Il vaut mieux que je t'explique, commença Charles, parce qu'ils ne parlent pas très bien anglais. On a trouvé un homme mort dans ta cuisine, à Carsely. Il aurait été empoisonné.

— Et qui est-ce ?

— Qu'est-ce que j'en sais, moi ? Tout ce qu'ils veulent pour le moment, c'est notre emploi du temps, avec notre heure d'arrivée à Paris et les endroits où on est allés. Je leur ai tout dit, ils peuvent vérifier. »

Charles parla rapidement en français aux enquêteurs. L'un d'eux répondit. Agatha trépignait d'impatience.

« Apparemment, il s'est introduit par effraction chez toi. Le carreau de la porte de la cuisine était brisé. Il y avait une cagoule noire et un revolver sur la table. Quelqu'un voulait ta peau, Aggie. Il faut qu'on les suive au commissariat. »

Il questionna de nouveau les policiers.

« Il dit qu'il vaut mieux qu'on fasse nos valises et qu'on règle l'hôtel. La journée promet d'être longue. »

L'un des enquêteurs ajouta quelques mots, que Charles traduisit : « Si on veut, on peut petit-déjeuner pendant qu'ils fouillent notre chambre. »

Agatha acquiesça d'un signe de tête. Une fois n'est pas coutume, la voix lui manquait.

Le même matin, Emma monta la garde à sa fenêtre. Enfin, elle vit passer Doris. Elle attendit un cri, mais tout resta silencieux. Puis, au loin, elle entendit les hurlements des sirènes de police.

Elle bondit sur ses pieds. Elle allait se précipiter chez Agatha avant l'arrivée des policiers. Comme ça, si des traces de pas avaient échappé à l'aspirateur, ça n'aurait pas d'importance.

La porte était ouverte. Elle entra. Doris sortit de la cuisine, livide.

« N'y allez pas, il y a un cadavre.

– Qui ça ?

– Un homme que je n'avais jamais vu.

– Laissez-moi jeter un coup d'œil, je le reconnaîtrai peut-être. »

Emma pénétra dans la cuisine. Elle n'avait pas regardé attentivement l'inconnu la veille. C'était un homme trapu aux épais cheveux noirs. Il avait les traits tellement convulsés qu'il était impossible de savoir à quoi il ressemblait en temps normal.

Bill Wong fut le premier sur les lieux.

« Vous deux, sortez d'ici immédiatement ! ordonna-t-il d'un ton brusque. Où est Agatha ?

– À Paris, répondit Emma.

– Est-ce que vous savez dans quel hôtel elle est descendue ?

– Miss Simms doit le savoir.

– Mrs Comfrey, vous êtes en train de marcher sur la scène de crime. Je dois vous demander de partir.

– Bien sûr. Mon Dieu, quel choc ! » s'exclama Emma, avant d'éclater en sanglots, à bout de nerfs.

Doris l'emmena hors de la cuisine. Elle se tamponna les yeux, se demandant éperdument si elle avait couvert toutes ses traces. Elle avait enfoui le bocal de café sous le compost, avec le poison à rats. Mais si Doris racontait à la police qu'elle avait eu les clés en sa possession, on viendrait peut-être perquisitionner son cottage et son jardin.

« Il faut que je retourne faire ma déposition, s'excusa la femme de ménage. Ça va aller ?

– Je n'irai pas à l'agence aujourd'hui, répondit Emma, se ressaisissant. Je vais faire un peu de jardinage, ça me distraira. »

Agatha et Charles passèrent la matinée à attendre au commissariat. On leur avait pris leurs passeports et leurs billets d'avion.

« Ils voudront savoir ce qu'on faisait à Paris, chuchota Charles. On ferait mieux de prétendre qu'on a essayé de voir Felicity parce que George est un vieil ami à moi. On n'a qu'à dire qu'on avait besoin de changer d'air.

– En choisissant de descendre dans le même hôtel que Laggat-Brown ?

– Bah ! Mrs Laggat-Brown t'a confié une enquête, alors tu peux toujours dire que tu voulais revérifier l'alibi de l'ex-mari.

– Soit. Je me demande combien de temps il va falloir attendre ici. »

La porte s'ouvrit à cet instant pour laisser entrer un inspecteur qui savait parler anglais. Il leur remit leurs passeports et deux billets d'avion. « Mes collègues britanniques veulent que vous preniez le vol de treize heures à destination d'Heathrow. Ils estiment qu'il est important que vous retourniez en Angleterre. Une voiture de police vous attendra à l'arrivée.

– Il vaut mieux qu'on se mette en route tout de suite, dit Charles en consultant sa montre.

– Un de nos véhicules va vous accompagner à Charles-de-Gaulle. »

Sur le chemin de l'aéroport, Charles demanda avec inquiétude : « Est-ce que tu penses la même chose que moi ?

– À savoir ?

« – Le revolver et la cagoule noire… Agatha, est-ce que tu penses qu'il y a un contrat sur ta tête ?

– Dans les Cotswolds ?

– Réfléchis un peu. Celui ou celle qui a tiré sur Cassandra s'est servi d'une carabine pour tireur d'élite de premier ordre. Ça n'était pas un truc d'amateur.

– Cette histoire commence à me donner la chair de poule. Pourvu qu'on découvre que le mort était un cambrioleur notoire ! Mais pourquoi l'alarme électronique ne s'est-elle pas déclenchée ? »

Emma déterra le bocal de café et le raticide, les fourra dans un sac et se dirigea vers sa voiture. Dans sa déposition à la police, elle avait déclaré qu'elle avait dormi à poings fermés et n'avait pas entendu le moindre bruit. C'est avec un soupir de soulagement qu'elle s'éloigna au volant de son véhicule. Doris allait certainement informer la police qu'elle lui avait laissé les clés du cottage d'Agatha. Elle rejoignit Old Worcester Road et roula jusqu'à la décharge municipale. Quand elle eut déposé le sac contenant café et poison dans un container d'ordures ménagères, elle poussa à nouveau un gros soupir de soulagement.

Elle n'avait plus aucune raison de s'inquiéter maintenant, vraiment. On penserait que l'homme s'était introduit par effraction. On supposerait que l'alarme anti-cambriolage était défectueuse. En se rappelant le cadavre étendu sur le sol de la cuisine, elle fut prise d'une telle nausée qu'elle s'arrêta, descendit de voiture et vomit violemment.

8

Agatha et Charles furent conduits droit au commissariat de Mircester et placés dans une salle d'interrogatoire.

L'inspecteur-chef Wilkes apparut aux côtés d'un homme qu'il présenta comme l'inspecteur William Fother, de la Special Branch, la section renseignement de la police. Un troisième homme les suivit dans la pièce et s'appuya contre le mur, les bras croisés.

« Qu'est-ce que la Special Branch a à voir là-dedans ? s'étonna Agatha.

– C'est nous qui posons les questions », rétorqua Fother.

C'était un homme à la peau mate, aux cheveux châtains clairsemés et aux grandes mains affreuses, qu'il croisa sur la table devant lui. Sa première question surprit Agatha.

« Mrs Raisin, à quand remonte votre dernière visite en République d'Irlande ?

– Quel est le rapport ?

– Répondez à la question, s'il vous plaît », fit l'autre d'un ton brusque.

Malgré son apparence quelconque, il se dégageait de lui quelque chose de menaçant.

« Je n'y suis jamais allée, répondit Agatha. Enfin, je n'ai jamais trouvé l'occasion. En vacances, je vise le soleil, vous savez.

– Et l'Irlande du Nord ?

– Jamais allée non plus.

– Nous pourrons vérifier.

– Mais je vous en prie ! répliqua Agatha, déjà passablement échauffée.

– Avez-vous déjà entendu parler d'un certain Johnny Mulligan ?

– Non. Qui est-ce ?

– Le monsieur qui gît sur le sol de votre cuisine. Il était soldat de l'Armée républicaine irlandaise provisoire. Il a été incarcéré pour homicide à la prison de Maze, mais il a été libéré grâce à la célèbre amnistie de Tony Blair.

– Il n'a pas pu se tromper de maison ? demanda Charles. C'est vrai, Agatha n'a rien à voir avec l'Irlande, nord ou sud, ni avec la politique.

– Nous nous occuperons de vous plus tard, sir Charles. En attendant, vous nous aideriez beaucoup en gardant le silence. »

Fother riva à nouveau son regard sur Agatha.

« Mulligan est mort empoisonné. Une tasse à café vide était posée sur la table. Le contenu est en cours d'analyse, tout comme celui du bocal de café. Pour l'instant, nous savons seulement qu'il n'y a aucune empreinte sur ce bocal, ce qui laisse à penser que quelqu'un y avait mélangé du poison. Une personne qui attendait sa visite, peut-être ?

– J'ai moi-même utilisé le café que j'ai laissé dans la cuisine avant de partir pour Paris. J'en ai bu une tasse. Est-ce que tu te sens bien, Charles ? Tu es tout pâle.

– Et si quelqu'un qui n'a aucun rapport avec tout ça avait décidé d'empoisonner Agatha, suggéra Charles, et que ce Mulligan avait bu le café à sa place ?

– Qui, par exemple ? »

Faut-il leur parler d'Emma ? se demanda désespérément Charles. Quelle horreur, si elle se révélait complètement innocente !

Il se ressaisit et répondit : « Une personne impliquée dans une de ses enquêtes, peut-être.

– La police épluche ses dossiers en ce moment même. Vous avez l'air contrarié. Vous êtes sûr de n'avoir aucune idée du nom de la personne qui a pu faire ça ?

– Non, aucune.

– Pourquoi êtes-vous allés à Paris ? poursuivit Fother en s'adressant à Agatha.

– J'avais envie de changer d'air, et Charles voulait rendre visite à la fille d'un ami à lui qui travaille pour la maison de couture Thierry Duval. Felicity Felliet. On nous a dit qu'elle était en vacances mais devait rentrer le lendemain.

— Et vous avez sacrifié deux billets d'avion rien que pour pouvoir la voir ?

— Pas vraiment. Comme on était à Paris, on s'est dit qu'on n'avait qu'à en profiter pour revérifier l'alibi de Mr Laggat-Brown. Mrs Laggat-Brown m'a engagée pour enquêter sur la tentative d'assassinat de sa fille.

— Laissons cette affaire de côté pour l'instant », décréta Fother. Il joignit ses grandes mains, se pencha en avant et continua : « Avant de devenir terroriste, Mulligan était un cambrioleur expert. À ce qu'on disait, il pouvait s'introduire n'importe où. Pourtant, le carreau de la porte de votre cuisine a été fracassé avec un caillou. Si vous aviez été là, vous l'auriez entendu, croyez-moi.

» Ce qui me ramène à l'hypothèse de sir Charles. Peut-être avons-nous affaire ici à deux individus distincts. L'un veut vous empoisonner, l'autre vous abattre d'un coup de revolver. Imaginons que l'empoisonneur soit revenu pour s'assurer qu'il n'avait laissé aucune trace compromettante. Il découvre le cadavre. Il panique et maquille la scène en effraction. Emporte le café empoisonné pour le remplacer par un nouveau bocal, sur lequel il a effacé les empreintes. Bien, Doris Simpson a les clés de votre maison. Le fait que l'alarme anti-cambriolage ne se soit pas déclenchée quand Mulligan s'est introduit chez vous suggère qu'elle n'était pas active, mais qu'elle a été réactivée plus tard.

– Doris ne me ferait jamais de mal ! s'exclama Agatha.

– Nous verrons ça. Elle est en train de déposer. »

On frappa à la porte. La tête de Bill Wong apparut dans l'embrasure. « Il faut que je vous parle, inspecteur-chef. »

Le supérieur de Bill Wong fit mine de se lever, mais Fother le prit de vitesse et sortit de la pièce.

« Mrs Raisin, commença Wilkes, si seulement vous pouviez vous comporter comme la retraitée que vous êtes !

– L'enregistrement tourne toujours », fit remarquer Charles.

Le policier se leva pour l'arrêter, mais se rassit aussitôt en voyant son collègue de la Special Branch rentrer dans la pièce.

« Doris Simpson a déclaré dans sa déposition qu'une certaine Mrs Emma Comfrey, qui travaille pour vous et habite à côté de chez vous, lui a demandé les clés de votre cottage, en disant que ça lui éviterait des allées et venues pour s'occuper de vos chats. Puis Mrs Simpson a changé d'avis et demandé à récupérer les clés, parce que comme vous la payez pour faire ce travail, elle aurait eu l'impression de vous voler en le confiant à d'autres. Qu'est-ce que vous dites de ça ? »

Ce ne fut pas sur Agatha que se riva le regard de Fother, cependant, mais sur Charles.

« Sir Charles ? Je crois que vous avez une idée

193

du nom de la personne qui a tenté d'empoisonner Mrs Raisin.

— J'ai emmené Emma Comfrey à déjeuner deux fois, concéda Charles d'une voix blanche. Je crois qu'elle a le béguin pour moi. Elle s'était mise à me suivre partout. Elle est peut-être jalouse de ma relation avec Agatha. Et pourtant, j'ai du mal à croire qu'elle ait pu aller jusque-là.

— Nous verrons ça. Nous sommes en train de l'amener ici. Je l'interrogerai moi-même. Maintenant, reprenons les choses au commencement. Donnez-moi le détail de vos déplacements, Mrs Raisin, à compter de votre vol pour Paris. »

Assise à l'arrière de la voiture de police, Emma sentait les pensées se bousculer dans sa tête. Elle avait par moments l'impression que son cerveau tourbillonnait littéralement sous l'effet de la peur.

Elle était sûre et certaine que la police n'avait rien pu trouver. Mais Doris avait dû leur dire qu'elle lui avait confié les clés ! Eh bien, pensa-t-elle, le souffle court, elle déclarerait qu'elle n'était pas allée chez Agatha avant que la femme de ménage les lui reprenne, voilà tout. Elle devait garder son sang-froid. Elle avait travaillé de longues années pour le ministère de la Défense. Elle était une femme respectable. Personne ne pouvait la croire capable de tentative d'assassinat.

Il s'était mis à faire gris et frisquet. L'été indien

terminé, les feuilles des arbres viraient aux tons bruns, rouges et jaune d'or de l'automne.

On la conduisit dans une salle d'interrogatoire. Courage ! s'exhorta-t-elle. Tu as survécu à l'enquête sur la super-glue, tu survivras bien à celle-là.

Elle s'attendait à être interrogée par Bill Wong, qui avait recueilli sa première déposition. Pourtant ce ne fut pas le jeune inspecteur qui entra dans la pièce, mais les deux hommes qui avaient interrompu leur interrogatoire avec Agatha et Charles pour voir ce qu'ils arriveraient à tirer d'Emma.

Elle pâlit un peu quand Fother se présenta. L'affaire devait être grave. Sinon, qu'est-ce qu'un agent de la Special Branch fabriquerait à Mircester ?

Le magnétophone fut mis en marche et Fother commença : « Vous êtes Mrs Emma Comfrey. Vous habitez Lilac Lane, à côté de chez Mrs Agatha Raisin.

— C'est exact, confirma Emma, gagnée par une immense sérénité maintenant que l'interrogatoire avait débuté.

— Lilac Lane est une impasse dans laquelle il n'y a que deux cottages.

— Oui.

— Bien, vous êtes allée voir la femme de ménage de Mrs Raisin pour lui demander les clés de son cottage. Pourquoi ?

— Je me disais que je lui ferais gagner du temps en m'occupant des chats.

— Vous êtes employée à l'agence de détectives

de Mrs Raisin. Pourquoi n'étiez-vous pas au travail ?

– J'avais travaillé très dur les jours précédents. J'ai décidé de prendre ma journée.

– Mais vous aviez déjà pris la journée d'avant pour aller à la kermesse à Barfield House. »

À ces mots, tout son calme abandonna Emma.

« Ce n'est pas vrai, protesta-t-elle d'une voix tremblotante.

– Sir Charles et son majordome, Gustav, affirment tous les deux qu'on vous y a vue. Le majordome était déguisé en Madame Zora. Vous l'avez consulté.

– Oh, j'aurais dû travailler, je sais », admit Emma, reprenant du poil de la bête malgré le choc que lui causait cette révélation. « Mais Charles est un ami, et il se trouve que je recherchais un… un chien perdu dans les parages. Il faisait beau après la pluie. Charles m'avait parlé de la fête.

– Pourtant vous n'êtes pas allée le trouver.

– Il était débordé. Je suis restée un peu puis je suis retournée travailler.

– Sir Charles estime que vous le poursuivez partout. »

Emma se ficha tout à coup éperdument de ce qu'il adviendrait d'elle.

« C'est ridicule ! s'insurgea-t-elle. La vanité des hommes ne manque jamais de me surprendre. Vous leur faites un geste amical, et ils s'imaginent tous que vous leur courez après.

– Laissons ce sujet pour le moment », dit Fother. Il se pencha vers elle par-dessus la table. « Dites-moi plutôt à quelle heure exactement vous êtes entrée dans le cottage de Mrs Raisin !

– Je n'y suis pas entrée ! Je n'en ai pas eu le temps. Doris a récupéré les clés avant.

– Aviez-vous déjà vu le mort ? Vous avez rejoint Mrs Simpson pendant qu'elle attendait la police.

– Non, jamais.

– À quand remonte votre dernière visite en Irlande ?

– À quatorze ans. Pour des vacances. Nous étions allés à Cork. »

L'interrogatoire s'éternisa, tandis que Charles et Agatha patientaient nerveusement dans la pièce voisine.

« Ça ne rigole plus, Aggie, disait Charles. Le mort dans ta cuisine avait des liens avec l'IRA provisoire. C'était un tueur à gages. Quelqu'un voulait t'éliminer.

– Je n'arrête pas de penser à Emma, répondit Agatha en passant une main dans ses cheveux. Enfin, tu crois qu'elle a pu tenter de m'empoisonner ?

– J'ai essayé de te mettre en garde. Il y a quelque chose qui cloche chez elle.

– Si elle a utilisé de la mort aux rats, la police en retrouvera des traces quelque part. Où a-t-elle pu la cacher ? Dans son jardin ?

– Je croirais plutôt qu'elle l'a planquée le plus

loin possible de chez elle. À sa place, je l'aurais bazardée quelque part dans les bois. Tu sais, dans les broussailles. Enfin, qu'est-ce que l'IRA peut bien venir faire là-dedans ? Est-ce que Peterson travaillait pour eux, comme collecteur de fonds par exemple ?

– Si c'est le cas, on peut penser que les terroristes sont à la recherche de celui ou celle qui l'a tué. »

Au bout d'une heure et de plusieurs tasses de café imbuvable servies par une policière, Fother et Wilkes revinrent.

Ce dernier prit en main l'interrogatoire. Une fois l'enregistrement lancé, il attaqua : « Mrs Raisin, saviez-vous que votre ligne téléphonique était sur écoute ?

– Non ! s'écria Agatha, les yeux écarquillés.

– Je vous demande de nous dire tout ce que vous savez sur la tentative d'assassinat perpétrée chez les Laggat-Brown. »

Agatha organisa savamment son récit, en omettant un fait capital, à savoir que Patrick Mullen lui avait téléphoné pour lui dire où était descendu Peterson et qu'il voulait leur parler.

Des questions à n'en plus finir. La journée traînait en longueur. Enfin Fother annonça : « Nous vous avons trouvé un lieu où vous serez en sûreté, Mrs Raisin. Je vous déconseille de vous rendre à votre agence de détectives dans les prochains jours.

Sir Charles, pour votre sécurité, je vous suggère de rester avec Mrs Raisin. Nous passerons vous voir demain pour poursuivre les interrogatoires. Avant que vous partiez, nous voudrions nous assurer que vos téléphones portables sont sûrs. Ensuite, vous nous direz quels vêtements vous voulez que nous allions vous chercher. »

Pendant qu'ils attendaient qu'on s'occupe de leurs téléphones, Agatha se remit à penser à Emma. Par mesure de précaution, elle avait intérêt à appeler son notaire pour faire supprimer le codicille.

Mrs Bloxby avait eu une journée éprouvante. Des gens du village n'avaient pas arrêté de venir au presbytère, furieux, pour demander qu'on expulse Agatha de Carsely. La nouvelle s'était répandue, comme une traînée de poudre, que l'assassin assassiné était muni d'une arme à feu et d'une cagoule. En créant une agence de détectives, Agatha Raisin avait amené la terreur à Carsely, affirmaient-ils.

L'épouse du pasteur répondait à chacun le plus patiemment possible, en soulignant que sans Mrs Raisin, plusieurs meurtriers seraient encore dans la nature. Elle finit par dire à son mari qu'elle n'irait plus ouvrir la porte ce soir-là. Elle se servit – fait exceptionnel – un verre de sherry et l'emporta dans le jardin. Elle était en train de s'asseoir à la table lorsque la sonnette retentit une fois de plus. Faisant la sourde oreille à cet appel impérieux et perçant, elle but une petite gorgée de vin en regardant le jour s'éteindre au-dessus du cimetière, au bout du jardin.

C'est alors qu'une voix plaintive s'éleva d'entre les tombes.

« Mrs Bloxby !

– Qui est là ? fit-elle avec brusquerie.

– C'est moi, Emma Comfrey. Il faut que je vous parle.

– Faites le tour jusqu'à la porte », fit Mrs Bloxby avec un soupir.

En voyant Emma, elle se dit que la pauvre femme avait l'air au bord de l'effondrement. Ses yeux étaient rougis par les pleurs et ses mains tremblaient.

« Venez dans le jardin. Vous voulez un verre de sherry ?

– Non, merci. Il faut absolument que je parle à quelqu'un », répondit Emma. Puis, sitôt qu'elles furent assises, elle s'écria : « Ils croient que j'ai essayé d'empoisonner Agatha !

– Est-ce vrai ? demanda calmement la femme du pasteur.

– Bien sûr que non ! Jamais de la vie... Mais il y a pire !

– Je ne vois pas ce qui pourrait être pire. Parlez.

– Charles a dit à la police que je le poursuivais partout.

– Et est-ce que c'est vrai ?

– Mais non ! » cria Emma, avant d'ajouter plus

doucement : « C'est une terrible erreur. Je suis allée à la kermesse à Barfield House, c'est tout.

– Pourquoi y être allée alors que vous auriez dû travailler ?

– Je menais une enquête dans le coin. Charles est... c'était... un ami.

– Qu'a-t-il dit quand vous l'avez vu ?

– Je ne me suis pas approchée de lui, il était si occupé.

– Si vous n'avez rien à vous reprocher, vous n'avez pas à vous inquiéter. Tout ce que vous avez à faire, c'est garder vos distances avec sir Charles Fraith à l'avenir.

– Mais vous ne comprenez pas qu'il faut que je lui parle ! Que je lui demande pourquoi il a déclaré une chose aussi affreuse ! On m'a questionnée pendant des heures ! »

Le bruit suraigu de la sonnette retentit à nouveau. « Il vaut mieux que j'aille ouvrir », dit Mrs Bloxby, qui redoutait tout à coup de se retrouver seule avec Emma.

« Police ! fit l'homme en civil qu'elle trouva sur le pas de sa porte. L'équipe de la Scientifique a terminé le cottage de Mrs Raisin pour le moment, elle voudrait entrer dans celui de sa voisine. Elle est ici ?

– Oui, je vais la chercher. » Mrs Bloxby retourna au jardin. « Mrs Comfrey, une équipe de la Scientifique souhaite examiner votre cottage. »

Emma devint pâle comme un linge.

« Je ne peux pas juste leur donner les clés et rester ici ?

– Je crains que non. Il n'y a plus qu'à espérer que rien n'arrive à Mrs Raisin, parce que si c'était le cas, j'ai bien peur que vous ne soyez le suspect numéro un.

– Vous me croyez coupable ! » s'écria Emma en se cramponnant au bras de Mrs Bloxby.

L'épouse du pasteur se dégagea. « Partez, je vous prie. Je dois préparer à dîner pour mon mari, et la police vous attend. »

« Je m'étais toujours demandé à quoi ressemblaient les planques de la police, dit Agatha. Pas génial, hein ? En plus ce n'est même pas une maison, seulement un appartement. »

Ledit appartement se situait à la périphérie de Mircester, dans un immeuble de construction récente en partie inoccupé. Il était meublé du strict minimum et se composait de trois chambres : une pour elle, une pour Charles et une pour leur gorille, un policier en civil solidement charpenté qui répondait au nom de Terry.

Dans la cuisine, Agatha trouva du lait dans le frigo, ainsi que des sachets de thé et un bocal de café instantané sur le plan de travail.

« Rien à manger ? s'étonna-t-elle.

– J'ai une liste de restaurants qui font des livraisons, répondit Terry. Dites-moi ce qui vous fait envie, je téléphonerai. Il y a un chinois, un indien, des pizzas... tout ce que vous voudrez.

– Et pour boire, alors ? demanda Charles. Je prendrais bien un petit remontant.

– Je peux nous faire livrer par le supermarché du coin. Il est ouvert vingt-quatre heures sur vingt-quatre.

– Je vais vous donner une liste de courses, annonça Agatha, parce qu'il nous faudra aussi de quoi petit-déjeuner. »

Pendant que Terry téléphonait, Charles attira Agatha à part et chuchota : « Dis qu'on va partager une chambre.

– Franchement, Charles, à un moment pareil !

– Confidences sur l'oreiller. Il faut qu'on discute et ce n'est pas possible en sa présence.

– Bon, d'accord. »

Après avoir dîné et regardé plusieurs émissions à la télévision, Charles annonça qu'Agatha et lui allaient se coucher.

Terry affirma qu'il valait mieux qu'il dorme sur le canapé, « par mesure de précaution ». Il ajouta l'avertissement suivant : « N'utilisez pas vos portables et ne dites à personne où vous vous trouvez. »

Une fois au lit, Charles se blottit contre Agatha.

« Bas les pattes ! chuchota-t-elle rageusement.

– Il faut qu'on discute. Commençons par Emma. Supposons, simple hypothèse, qu'elle ait essayé de t'empoisonner. Elle est assez intelligente pour s'être débarrassée du produit. Où donc aurait-elle pu le mettre ? Où est-ce que tu l'aurais mis, toi ?

– Comme toi… quelque part dans les bois.

– Elle aurait eu peur qu'on la voie, ou alors de rencontrer un garde-chasse. Les forêts sont sillonnées de chemins pour les randonneurs et les gens qui promènent leur chien, par ici. Réfléchis encore.

– Je sens que ça vient, commença lentement Agatha. Ça y est ! Un jour, à l'agence, Emma a dit qu'elle avait des encombrants dont elle voulait se débarrasser, dans son abri de jardin. Une chaise cassée, une table à laquelle il manquait un pied, ce genre de trucs. Miss Simms lui a répondu : "Vous n'avez qu'à tout emporter à la décharge municipale, sur Old Worcester Road", et elle lui a indiqué le chemin. Dès qu'on sortira d'ici, on ira jeter un coup d'œil.

– Je me demande combien de temps ils ont l'intention de nous garder.

– Va savoir. On se croirait en prison. Il doit y avoir un lien entre le tueur à gages et l'assassinat de Peterson.

– Attends un peu. Tu ne m'avais pas dit que Laggat-Brown avait changé de nom, qu'il s'appelait Ryan avant ? Ryan est un nom irlandais.

– Ça ne peut pas être lui ! s'agaça Agatha. C'est un homme charmant et civilisé. Et puis il ne peut pas être mêlé à la tentative d'assassinat. Sur sa propre fille, qui plus est ! En plus on a revérifié son alibi.

– Tu as un faible pour lui, Aggie.

– Il m'a invitée à dîner et il a réglé l'addition, chose que tu n'as jamais faite. »

Ils se chamaillèrent, discutèrent de l'affaire, puis se re-chamaillèrent jusqu'à ce qu'ils s'endorment tous les deux.

Terry, qui avait collé son oreille contre la porte de leur chambre, recula sans un bruit et décrocha le téléphone. Il suggéra que la Scientifique aille inspecter la décharge municipale d'Old Worcester Road.

Emma s'était installée pour la nuit dans un hôtel de Moreton-in-Marsh. Inquiète pour sa sécurité, elle n'arrêtait pas de se tourner et retourner dans son lit.

Il fallait qu'elle aille au matin à la décharge pour essayer de savoir quand les containers étaient enlevés. Tant qu'elle ne le saurait pas, elle n'aurait pas de repos.

Le matin se leva, froid et brumeux. Seul le rouge des feuilles d'automne tranchait sur la grisaille du paysage. Elle roula à un rythme régulier, avec précaution, même si elle avait les mains moites d'appréhension sur le volant.

Elle bifurqua sur Old Worcester Road en direction de la décharge et s'apprêtait à y entrer quand plus loin, à travers les volutes de la brume matinale, elle aperçut les silhouettes en combinaison blanche des techniciens de la Scientifique.

Elle fit lentement marche arrière puis, une fois revenue sur la route, appuya sur le champignon et retourna à l'hôtel à toute allure.

Dans sa chambre, elle rassembla vite fait les quelques affaires qu'elle avait emportées pour la nuit. Elle régla sa note, estima qu'elle disposait de très peu de temps avant qu'on retrouve le bocal de café et le raticide. Elle n'avait laissé aucune empreinte, mais le seul fait qu'on fouille la décharge signifiait qu'on la soupçonnait.

Elle monta en voiture, hésita un instant à prendre le risque de rentrer chez elle récupérer d'autres affaires, puis renonça. Elle avait pris des dispositions pour pouvoir retirer de l'argent dans une banque de Moreton, mais si elle voulait vider son compte, elle devait se rendre au siège, à Londres. Une heure et demie de trajet. C'était juste, mais faisable.

À la banque, elle attendit dans l'angoisse que l'on traite sa demande de retrait de vingt mille livres. Quand on lui remit enfin la somme, elle fonça chez le coiffeur le plus proche pour en ressortir avec d'épais cheveux coupés très court et teints en châtain foncé. Ensuite elle alla acheter jeans, pulls et tee-shirts, ainsi qu'un anorak et des tennis. Elle changea d'accoutrement dans une cabine d'essayage, où elle sortit de sa valise ses anciens vêtements pour les remplacer par ses nouvelles acquisitions. Une vendeuse, trouvant plus tard les vêtements abandonnés, n'eut pas l'idée de signaler sa découverte à la police. Elle apporta le tout à sa mère.

Emma savait qu'il lui fallait un nouveau véhicule, une voiture qu'on ne pourrait pas repérer avant un moment. Elle abandonna la sienne dans une petite rue, prit un taxi pour la gare Victoria, mit sa valise à la consigne et se rendit en métro dans l'East End.

Là, elle dégota un vendeur de voitures pas très net, lui acheta cash une petite camionnette Ford, puis retourna dans le centre de Londres et se gara dans un parking souterrain près de Victoria. Elle retourna à la gare, terrorisée à l'idée d'être reconnue par des agents en patrouille. Dans l'East End, elle avait aussi acheté un chapeau de pluie, dont elle avait rabattu le bord pour masquer son visage.

Elle regagna sa camionnette et jeta sa valise à l'arrière. Et maintenant ? Elle envisagea d'abord de rouler vers le nord, jusqu'au fin fond de l'Écosse, mais elle avait lu des histoires de gens qui avaient eu la même idée, pour s'apercevoir qu'ils passaient moins inaperçus dans les Highlands sauvages que dans les villes.

Scarborough ! pensa-t-elle. Une ville au bord de la mer, où il y aurait encore plein de touristes en fin de saison. Elle sortit de Londres et roula sans s'arrêter vers le nord. Lorsqu'elle atteignit le Yorkshire, le moteur de sa camionnette émettait un drôle de cliquetis. Elle songea à l'abandonner sur les landes, puis se ravisa : un véhicule isolé, sans

conducteur, serait forcément signalé à la police.
Elle préféra rouler jusqu'à York et se garer dans un
quartier résidentiel. Après avoir pris ses bagages,
elle abandonna sa camionnette en laissant les clés
sur le contact, dans l'espoir que la Ford serait
volée.

Elle se rendit en bus jusqu'à la gare, où elle
monta dans un train pour Scarborough. À l'arrivée, elle mourait d'envie de prendre un taxi pour
l'emmener en ville parce qu'elle commençait à fatiguer, mais elle estima que, malgré son changement
d'apparence, ce serait plus sûr d'y aller en bus. Elle
prit une chambre dans un petit bed-and-breakfast
quelconque.

C'est seulement lorsqu'elle se retrouva dans une
petite pièce miteuse, la porte fermée à clé, qu'elle
s'effondra sur le lit et sentit la colère bouillonner
en elle tel un poison. Charles l'avait trahie ! Charles
l'avait humiliée ! Il l'avait accusée de le harceler,
et elle allait le lui faire payer, dût-elle en mourir.

Au bout de quatre jours, on décida de libérer
Agatha et Charles de l'appartement sécurisé. « Ce
n'est pas comme si elle allait témoigner devant un
tribunal, argua Fother, et ça coûte cher à l'État.

— Mais quelqu'un a essayé de tuer Mrs Raisin »,
objecta l'inspecteur-chef Wilkes. À quoi l'autre
répondit avec aigreur : « Tant mieux, je ne supporte pas les amateurs. »

Fother se chargea d'aller annoncer à Charles

et Agatha qu'ils étaient libres de vaquer à leurs occupations. « Toujours aucune trace d'Emma Comfrey, dit-il. Mais nous avons trouvé du raticide et le bocal de café empoisonné à la décharge municipale d'Old Worcester Road. »

Agatha mitrailla Terry du regard : « Vous, vous avez écouté aux portes !

– Vous sous-estimez la capacité de renseignement de la police, répondit sèchement Fother. À l'avenir, Mrs Raisin, je vous suggère de laisser tomber l'affaire Laggat-Brown et de vous concentrer sur les divorces et les chats perdus. »

Agatha et Charles furent reconduits à Lilac Lane, où le baronnet récupéra sa voiture.

« Je rentre chez moi, annonça-t-il.

– Tu ne vas plus m'aider ? demanda Agatha.

– Je pense qu'on a besoin de prendre des vacances l'un de l'autre, expliqua-t-il d'un ton froid. Ces derniers jours, tu n'as pas arrêté de t'en prendre à moi chaque fois qu'on nous interrogeait. »

Frustrée d'être enfermée, Agatha avait en effet passé ses nerfs sur Charles, mais elle n'aurait jamais admis, ne serait-ce qu'intérieurement, qu'elle ait quoi que ce soit à se reprocher.

« C'est tout toi, ça ! lança-t-elle avec brusquerie. Égoïste jusqu'à la moelle.

– Et tu t'y connais ! rétorqua Charles. T'es experte en la matière. »

Sur ce il s'en alla, suivi par la voiture de police.

Agatha les regarda partir, seule comme une âme en peine sur le seuil de son cottage.

Quand elle rentra chez elle, aucun chat ne vint l'accueillir. Elle appela Doris Simpson, qui expliqua : « C'est moi qui les ai. Ils s'amusent bien avec Scrabble, mon chat. Je vous les ramène. Je ne voulais pas laisser ces pauvres bêtes là-bas. Après le départ de la police, j'ai tout récuré.

– Vous aurez une prime. À tout à l'heure. »

Agatha téléphona à l'agence et tomba sur Patrick Mullen. « Ne vous tracassez pas, la rassura-t-il. Tout va comme sur des roulettes. Toute publicité est bonne à prendre, et ce n'est pas le travail qui manque ici ! J'ai pris la liberté d'engager une intérimaire pour répondre au téléphone, vu que votre Miss Simms est douée pour les enquêtes. Elle a ça dans le sang. Vous venez à l'agence aujourd'hui ?

– Pour l'instant, j'attends mes chats. Je vous rejoins dans une heure environ. »

Lorsque Doris arriva, Agatha se sentit soudain seule et essaya de la retenir, mais sa femme de ménage, qui allait prendre son service dans un supermarché d'Evesham, ne pouvait pas rester.

Elle s'assit par terre dans la cuisine et câlina ses chats. Puis elle se releva, sortit du poisson du congélateur et le leur fit cuire. Quand ils eurent fini de manger, elle les caressa une dernière fois avant de partir pour Mircester.

En entrant dans le local de l'agence et en voyant Patrick assis derrière son bureau, elle ne put s'empêcher de penser que dans le rôle du détective, il faisait beaucoup plus crédible qu'elle.

« Il faut que je mange un morceau, Patrick, dit-elle. Venez déjeuner avec moi, vous me mettrez au courant des dernières affaires. »

Patrick commanda une assiette de saucisse, bacon et œufs, tandis qu'elle, consciente que la ceinture de sa jupe la serrait désagréablement après plusieurs jours d'inactivité forcée, optait pour une salade.

« D'après ce que j'ai compris, commença le policier à la retraite, ce Mulligan est connu de la Special Branch depuis l'époque où il travaillait pour l'IRA provisoire. Ils essaient de comprendre pourquoi il vous avait dans sa ligne de mire. La seule de vos enquêtes où il y a eu tir d'arme à feu, c'est l'affaire Laggat-Brown, ils disent.

– Laggat-Brown s'appelait Ryan. Il a changé de nom. Pourquoi ?

– Les flics, avec leur cynisme habituel, pensent que c'est parce qu'il voulait épouser Mrs Laggat-Brown et toute sa fortune accumulée grâce aux biscuits pour chiens, et que Madame jugeait Ryan trop ordinaire. Mais il a l'air blanc comme neige. Il a quitté la boîte d'agents de change pour laquelle il bossait sans laisser de mauvais souvenirs. Il dirige une société d'import-export de composants électroniques. Il travaille principalement en solo, mais il a un diplôme dans le domaine. Il a aussi une licence de physique avec mention très bien de Cambridge. Ses deux parents sont morts. Ils vivaient à Dublin, ils ont emménagé en Angleterre avec Jeremy l'année de ses quinze ans. La mère était femme au foyer, le père plombier.

— Plombier ! La famille ne devait pas être riche.

— Si c'est ce que vous croyez, c'est que vous ne connaissez pas les plombiers. Certains s'en mettent plein les poches.

— J'ai dîné avec Jeremy Laggat-Brown. Il a été charmant. »

Patrick la fixa de son regard lugubre.

« S'il vous réinvite, ne discutez pas de l'enquête avec lui.

— Pourquoi ? Vous dites qu'il est blanc comme neige !

— Ça, c'est ce que dit la police. Mais mieux vaut être prudent. Quant à Harrison Peterson, il semble qu'on lui ait administré une forte de dose de digitaline, non pas dans la vodka, mais dans du café. Il avait le cœur faiblard, ça l'a tué. Le légiste qui a réalisé la première autopsie explique que la cause réelle de la mort lui avait échappé parce qu'il était surmené et que, d'après le rapport de police, c'était un cas de suicide évident. On a retrouvé des traces de café dans son estomac. La police pense que l'assassin l'a hissé sur le lit quand il a perdu conscience.

— Son assassin connaissait donc son état de santé ?

– Exact. Alors pour le moment, levez le pied et laissez tomber les Laggat-Brown. »

Agatha poussa un petit soupir. Passer la soirée avec un bel homme comme Jeremy Laggat-Brown était justement ce dont elle avait besoin ! Et Patrick, alors ? pensa-t-elle tout à coup. Était-il marié ? Avait-il une famille ?

La soixantaine, grand, les épaules voûtées, les cheveux bruns et gras, il avait une apparence plutôt négligée.

« Vous êtes marié ? demanda-t-elle.

– Je l'étais. Le temps que je passais au boulot a brisé mon ménage.

– Des enfants ?

– Un fils et une fille. Mariés tous les deux, des enfants. Je vais vous briefer un peu sur ce qu'on a fait pendant votre absence. »

Patrick exposa brièvement les nouveaux dossiers, les affaires suivies par Miss Simms, ce que faisaient Sammy Allen et Douglas Ballantine.

Agatha commença à se sentir inutile. « Il vaudrait mieux que je me remette au boulot, dit-elle.

– Et si vous preniez plutôt deux ou trois jours de congé ? suggéra Patrick. De toute façon, il vaudrait mieux laisser tomber l'enquête Laggat-Brown jusqu'à ce que les choses se tassent. »

Elle s'apprêta à protester, mais en sortant un miroir de son sac à main pour retoucher son rouge à lèvres, elle remarqua avec consternation qu'elle avait un début de moustache.

« Une seule journée alors, peut-être », céda-t-elle.

Elle roula droit jusqu'au salon de beauté Beau Monde d'Evesham, où elle s'assura les services de son esthéticienne préférée, une jolie femme du nom de Dawn. Après l'élimination de sa moustache et l'épilation de ses sourcils, elle s'offrit un lifting non chirurgical, et quand elle ressortit, au bout d'une heure et demie, elle se sentait une autre femme.

Elle rentra chez elle, joua avec ses chats, puis se rendit compte qu'elle n'avait pas consulté son répondeur.

Deux messages l'attendaient : l'un de Roy Silver, qui l'interrogeait avec excitation sur l'empoisonnement, l'autre de Jeremy Laggat-Brown, qui s'inquiétait pour elle et lui proposait un rendez-vous.

Roy pouvait attendre. Elle composa le numéro de portable que lui avait donné Jeremy.

« Agatha ! fit-il de sa voix si agréable. On dîne ensemble ?

— Et votre femme ?

— Elle est partie au funérarium avec Jason. La police a remis le corps. Si je passe vous prendre dans une demi-heure, ça vous va ?

— Une heure, c'est possible ? Il faut que je me douche. »

Après avoir raccroché, elle bondit à l'étage, remarquant une fois de plus ce tiraillement familier à la hanche. Un muscle froissé, sans doute. Elle se doucha en vitesse avant d'enfiler une robe en laine noire toute simple assortie d'escarpins de la même couleur. Avec ça et un manteau léger, elle n'aurait pas l'air endimanchée comme la dernière fois.

Assise dans un pub de Scarborough, Emma se goinfrait consciencieusement d'une énorme tourte à la viande garnie de frites. Elle cherchait à prendre du poids et remarquait avec satisfaction que son visage s'était déjà empâté, ce qui, combiné à ses cheveux très courts, la rendait très différente de l'Emma Comfrey recherchée par la police.

Elle n'avait pas grand-chose à faire de ses journées à part s'empiffrer aux repas, changer d'hôtel et se promener sur le front de mer en contemplant le déferlement des vagues et en concoctant sa vengeance.

Sa haine se focalisait sur Charles Fraith, qui lui avait volontairement donné de faux espoirs, avant de la trahir. C'était à cause de lui qu'elle était en fuite. Elle n'éprouvait pas l'ombre d'un remords à l'idée qu'elle avait tenté d'empoisonner Agatha. Tout était de la faute de Charles. Elle avait vu une photo d'elle apparaître aux journaux télévisés, mais c'en était une vieille datant de l'époque où elle travaillait au ministère de la Défensc, et elle savait qu'il n'y avait aucune ressemblance entre son nouveau visage et celui montré à l'écran. Elle avait aussi adopté un accent plus « populaire », imitant les intonations du parler de Birmingham.

Ces derniers temps, son nom et sa photo avaient disparu des journaux. Encore quelques jours et, dès qu'elle aurait décidé du sort qu'elle allait réserver à Charles, elle pourrait reprendre la route du sud.

9

Agatha n'apprécia pas le dîner autant qu'elle s'y attendait. Elle s'inquiétait pour Charles, finalement.

Du temps où elle travaillait à Londres, elle n'avait pas d'amis. Sa société de communication marchait bien et absorbait toute son énergie. À Carsely, Bill Wong avait été son premier ami, puis il y avait eu Mrs Bloxby et Charles. Elle se rendit compte avec un serrement de cœur coupable qu'elle avait toujours considéré l'amitié de Charles comme acquise. Il allait et venait dans sa vie, logeant souvent chez elle pendant d'assez longues périodes. Et elle, elle se souciait plus du bien-être affectif de ses chats que du sien.

« Vous ne m'avez pas parlé des progrès de votre enquête, fit remarquer Jeremy. Je vous ai posé deux fois la question, mais vous regardiez dans le vide et n'écoutiez pas. Apparemment il y a eu un black-out total dans la presse. Les journaux ont rapporté qu'on avait retrouvé le corps d'un homme dans votre cuisine, mais rien sur son identité.

– Excusez-moi, je suis un peu distraite ce soir. Il faut absolument que j'appelle votre femme. La police et la Special Branch m'ont ordonné de laisser tomber l'affaire pour le moment.

– La Special Branch ? Qu'est-ce qu'elle vient faire là-dedans ? »

Jeremy la regarda dans le fond des yeux en souriant, mais elle se rappela la mise en garde de Patrick et décida de mentir : « Ils n'ont pas voulu me dire.

– Et où étiez-vous ces derniers jours ? Je vous ai téléphoné plusieurs fois.

– À l'hôtel avec Charles. Je ne voulais pas rentrer chez moi tant que la maison grouillait de techniciens de la Scientifique. D'autant que les journalistes ont tendance à rappliquer en masse.

– Donc vous ne savez pas qui était cet homme ?

– Non.

– Vous ne l'aviez jamais vu ? » insista Jeremy, puis il ajouta, le regard taquin : « Ce n'est pas un amoureux éconduit, par hasard ?

– Pas du tout », répondit Agatha avec un sourire.

Que faisait Charles en ce moment ? S'était-elle montrée aussi grossière avec lui qu'il l'affirmait ?

« Foutue roquette », lâcha-t-elle en plantant sa fourchette dans le monticule de verdure sur son assiette.

Jeremy parut interloqué.

« Pardon, fit-elle. Je ne pensais pas avoir parlé

tout haut. La roquette n'est pas mon légume pré-féré.

– J'ai appris que vous étiez à Paris au moment du meurtre. Que faisiez-vous là-bas ?

– J'avais besoin de changer d'air, et Charles voulait passer voir la fille d'un vieil ami à lui.

– Comment s'appelle-t-elle ?

– Je ne sais pas, mentit Agatha, en proie à un petit tiraillement d'inquiétude naissant. Nous n'avons pas pu la voir. La police nous a rapatriés manu militari, fin de l'histoire. Au diable cet horrible meurtre ! Si on parlait d'autre chose ? Vous allez à l'enterrement ?

– Non, j'ai du travail. Je vais peut-être m'absenter un peu.

– Est-ce que vous vous êtes réconcilié avec votre femme ?

– Plus ou moins. C'est seulement pour Cassandra : elle veut que nous restions ensemble. Mais notre mariage sera de façade, ajouta Jeremy en souriant à Agatha. Nous pourrons nous voir souvent.

– Je ne sors pas avec des hommes qui vivent avec leur ex.

– C'est pourtant ce que vous faites ce soir ! s'esclaffa Jeremy.

– Ce n'est pas pareil. Vous êtes lié à une affaire sur laquelle j'enquête.

– Je croyais que vous n'enquêtiez plus.

« — Comme je vous l'ai dit, pas pour le moment. Et vous êtes l'ex-mari d'une cliente.

— Ne suis-je que cela ? » demanda-t-il en lui prenant la main.

Jeremy Laggat-Brown était un homme extrêmement séduisant, et peut-être, si elle ne s'était pas fait du souci pour Charles, aurait-elle succombé à son charme. Au lieu de cela, elle retira sa main avec douceur et répondit : « Je ne suis pas d'humeur à flirter en ce moment, Jeremy. Avec ce meurtre et tout ce qui s'ensuit, j'ai tellement peur que j'en perds la tête. Vous le voyez bien.

— Bien sûr, bien sûr », assura-t-il, et il parla d'autre chose, avant de la reconduire chez elle.

Elle lui dit au revoir sur le pas de la porte. Il essaya de l'embrasser sur la bouche, mais elle détourna la tête, si bien que le baiser atterrit sur sa joue.

Une fois dans son cottage, elle appela Roy.

« Tu m'as l'air d'avoir le trouillomètre à zéro, ma chérie, dit-il. Tu veux que je vienne ?

— Tu ferais ça ? demanda-t-elle, submergée de gratitude.

— J'ai quelques jours à prendre. Attends-moi demain, il y a un train qui arrive à Moreton vers midi trente.

— J'y serai. »

Agatha appela ensuite chez Charles. « De la part de qui ? voulut savoir Gustav quand elle demanda à parler à son patron.

– Agatha Raisin. »

Le majordome lui raccrocha au nez, et elle fixa sur le téléphone un regard furibond.

Alors qu'elle s'en éloignait, l'appareil sonna. Elle répondit par un prudent : « Oui ?

– C'est Mrs Bloxby. On m'a dit au village que vous étiez de retour. Vous êtes seule, ou bien Charles est avec vous ?

– Seule. Charles est parti.

– Il vaut mieux que je prépare mon sac pour venir passer la nuit chez vous. »

Agatha s'apprêtait à répondre que oui, ce serait merveilleux, lorsqu'elle entendit en arrière-fond le pasteur grommeler : « Franchement, Margaret, tu vas te crever à la tâche ! Cette Raisin est assez grande pour se garder toute seule !

– Un instant », fit Mrs Bloxby. L'épouse du pasteur posa la main sur le combiné, ce qui n'empêcha pas Agatha de discerner des bruits de dispute étouffés.

Aussi s'empressa-t-elle de répondre, à la fin de l'aparté : « Ça va aller. Je vous assure. Roy arrive demain pour me rendre visite.

– Si vous êtes certaine…

– Absolument certaine. »

La veille, la propriétaire du bed-and-breakfast Sea View, le mal-nommé (il fallait marcher cent mètres sur la route pour voir la mer), avait commencé à se faire de la bile à propos d'une de ses clientes.

Bien sûr, Mrs Elder était une bonne cliente, elle payait comptant, mais elle s'était mise à parler toute seule – pas à voix haute, mais ses lèvres bougeaient sans arrêt et elle lançait des regards noirs. La logeuse, Mrs Blythe, était veuve. Elle aurait aimé avoir un homme auprès d'elle pour la conseiller. La saison touristique était terminée, si bien qu'elle devait compter sur les visiteurs du week-end.

Emma, alias Mrs Elder, revenait maintenant du salon télé. Quand Mrs Blythe la croisa dans le hall, regard vitreux et lèvres formant des mots silencieux, elle se décida enfin. « Mrs Elder ! » fit-elle d'un ton brusque.

Emma sursauta et focalisa son attention sur elle.

« Je suis désolée de vous prévenir si tard, mais je vais avoir besoin de votre chambre. »

Sa cliente la fixa longuement. Mrs Blythe s'attendait à des protestations, mais Emma décréta que c'était LE signe qu'elle attendait. L'heure était venue de reprendre le chemin du sud.

« Merci, répondit-elle doucement. Je partirai après le petit déjeuner. »

Mrs Blythe regarda sa pensionnaire monter l'escalier. Eh bien ! Mrs Elder s'était comportée de manière tout à fait normale !

Après une nuit d'un sommeil agité, Agatha fut bien contente de voir l'aube se lever. Le problème des vieux cottages couverts de chaume, c'était les craquements des poutres et les bruissements qui s'échappaient du toit. Les premiers vents d'automne s'étaient levés dans la nuit et les branches du lilas raclaient contre la fenêtre donnant sur le jardin de devant.

Elle descendit dès l'ouverture à l'épicerie pour acheter de quoi gâter ses chats. Plusieurs autres personnes faisaient leurs courses dans une atmosphère glaciale. Les gens du village continuaient à lui en vouloir d'avoir apporté à Carsely la violence qui se déchaînait dans un monde livré au crime et au chaos.

Elle était toutefois trop nerveuse et préoccupée pour le remarquer. Elle acheta du pâté, de la crème et du poisson surgelé pour ses chats, rentra chez elle, leur donna à manger, puis se mit en chemin pour Mircester. Des feuilles balayées par le vent voletaient sur la route devant la voiture. L'automne était la seule période de l'année durant laquelle Agatha regrettait Londres. Les saisons passaient à peu près inaperçues en ville. Mais à la campagne, en automne, on sentait presque mourir tout ce qui vous entourait et on prenait conscience de sa propre condition de mortel.

À l'agence, Patrick semblait avoir la situation bien en main. Agatha décida de rendre une petite visite à Joyce, l'ex-épouse d'Harrison Peterson. Son nouveau compagnon était manifestement un homme violent.

L'idée inquiétante qu'Emma était toujours dans la nature lui traversa l'esprit. Mais elle n'oserait pas retenter le coup, si ?

Une fois la brume matinale dissipée, un petit soleil blanc brilla sur la terre marron des champs labourés.

Agatha roula sans s'arrêter sur la Fosse Way, jetant de temps en temps un coup d'œil au compteur, car la police, équipée de radars, utilisait depuis peu des véhicules banalisés.

Elle tourna sur la route de Shipston-on-Stour et roula jusqu'au parking en face de chez Joyce Peterson. Elle éprouva un sentiment de triomphe lorsqu'elle trouva la dernière place libre : une voiture arrivée après elle dut faire plusieurs fois le tour du parking en attendant qu'un automobiliste s'en aille.

Elle ignorait que la conductrice malchanceuse n'était autre que l'agent Betty Howse, à qui on avait donné l'ordre de la filer.

Agatha traversa la rue et appuya sur la sonnette. Un long silence lui répondit. Elle appuya de nouveau.

Joyce Peterson finit enfin par ouvrir la porte. Elle avait pleuré. Son beau visage était rougi par les larmes.

« Je me demandais comment vous alliez, expliqua Agatha.

– Votre visite tombe mal, répondit Joyce en

224

jetant un regard inquiet par-dessus son épaule. Je suis occupée. »

Sur ce, elle fut brutalement poussée sur le côté et Mark surgit dans l'encadrement de la porte. « Vous ! » cracha-t-il. Il se dressa de toute sa hauteur devant Agatha, la forçant à reculer sur le trottoir, où il la suivit.

Elle portait ce jour-là, sous son manteau ouvert, un chemisier en soie. Mark l'empoigna par le col du chemisier, le retourna et la plaqua brutalement contre le mur du cottage.

« Foutez-nous la paix, espèce de vieille salope », lança-t-il avec rage, avant de lui cogner violemment la tête contre le mur.

« Lâchez-la immédiatement », ordonna une voix calme derrière lui.

C'était Betty Howse, en tenue civile.

« Va te faire…, fit Mark, en cognant une nouvelle fois le crâne d'Agatha.

— Ça suffit ! » Betty sortit sa carte de police. « Mark Goddham, je vous inculpe d'agression », déclara-t-elle, puis elle lui rappela ses droits.

Mark s'était figé. Dans les livres, Agatha avait lu des descriptions dans lesquelles les yeux des personnages devenaient rouges de fureur, et elle avait toujours pensé qu'il ne fallait pas les prendre au pied de la lettre, mais les yeux du compagnon de Joyce flamboyaient de colère, littéralement rouges.

Il relâcha Agatha et baissa les yeux vers Betty.

« Et comment vous allez vous y prendre pour m'emmener, hein ? »

Au moment où il tendait les mains pour l'attraper, la policière sortit de derrière son dos une matraque télescopique comme en utilise la police et lui assena un coup dans les jambes. Il s'effondra, et elle en profita pour le retourner et lui passer les menottes.

« Attendez ici », intima-t-elle à Agatha. Elle appela des renforts par radio. « Vous l'accusez d'agression, non ? demanda-t-elle ensuite.

– Oh que oui ! »

Le changement intervenu chez Mark était presque grotesque : il restait planté là, tête basse, toute sa fureur envolée.

« Écoutez, on peut s'expliquer, implora-t-il. C'est un malentendu.

– Je vais voir comment va Joyce », annonça Agatha.

Elle entra dans la maison. Assise sur un canapé, Joyce se balançait d'avant en arrière, les traits contractés par la douleur.

« Je crois qu'il m'a cassé les côtes », chuchota-t-elle.

Agatha ressortit : « Joyce Peterson a besoin d'une ambulance.

– C'est grave ? s'enquit Betty après avoir demandé des secours par radio.

– Elle croit qu'elle a des côtes cassées.

– Tenez-lui compagnie jusqu'à l'arrivée de l'ambulance. Moi, je surveille ce salaud. »

Agatha retourna auprès de la compagne de Mark. « Est-ce que vous voulez une tasse de thé ? »

Joyce refusa d'un signe de tête.

« Je vais porter plainte pour agression, vous n'avez qu'à faire comme moi », dit Agatha.

Des bruits de lutte leur parvinrent de l'extérieur, puis elles entendirent Mark pousser un cri de douleur et la voix de Betty l'inculper calmement d'agression contre un policier.

« Et voilà ! fit Agatha. Deux inculpations d'agression. Avec la vôtre, ça fera trois.

– Il ira en prison ?

– Bien sûr. »

Joyce eut un petit sanglot étouffé. « Alors je vais porter plainte aussi. Est-ce que je peux avoir un peu de brandy, s'il vous plaît ? La bouteille est là-bas, avec les autres. »

Agatha songea qu'un bon thé chaud et sucré aurait été plus conseillé, mais décida qu'un petit remontant ne lui ferait pas de mal non plus. Elle en servit donc deux verres bien tassés.

Joyce but une gorgée et frissonna.

« Avec les hommes, on ne sait jamais à quoi s'attendre, commença-t-elle. Quand j'ai rencontré Mark, j'ai cru que c'était une aubaine. Il était si charmant et plein d'attentions ! C'est juste après son emménagement avec moi qu'il s'est mis à me battre. Après, il demandait toujours pardon en pleurant, mais il remettait ça au bout de quelques jours.

— Qu'est-ce qui a provoqué l'agression d'aujourd'hui ?

— J'ai dit que je voulais assister aux obsèques d'Harrison, ça a suffi.

— Vous avez aimé Harrison ?

— Pendant assez longtemps, oui. Ensuite il s'est mis à voyager beaucoup, il n'était presque plus jamais à la maison. Quand on l'a envoyé en prison, je lui en voulais tellement que j'ai décidé de divorcer, de couper les ponts avec lui. Jason était dévoué à son père. Je pense qu'il ne m'a jamais pardonné. Quand j'ai reçu l'invitation à la fête des Laggat-Brown, Mark n'a pas voulu que j'y aille. »

Des hurlements de sirènes annoncèrent l'arrivée de la police et de l'ambulance. Joyce fut examinée puis accompagnée jusqu'à l'ambulance tandis qu'Agatha se faisait prendre en photo pour le journal local. Tout le village de Shipston-on-Stour semblait être sorti dans la rue pour suivre les événements.

On poussa Mark Goddham dans une voiture de police. Agatha se retrouva face à Bill Wong.

« Vous feriez mieux de me suivre jusqu'à Mircester, dit le policier, pour faire votre déposition. Vous êtes en état de conduire ? »

Agatha palpa l'arrière de son crâne, qu'elle trouva douloureux. « Je me sens un peu chancelante. Il n'a pas fait semblant, quand il m'a cogné la tête contre le mur. Mince ! s'exclama-t-elle en consultant sa montre. Je suis censée passer chercher Roy à la gare de Moreton.

– Laissez votre voiture ici et montez avec moi. On fera un détour pour le récupérer. »

À la demande pressante d'Agatha, Bill alluma la sirène et fonça sur la Fosse Way sans respecter les limitations de vitesse, pour enfin débouler en trombe sur le parvis de la gare au moment où les passagers du train de Londres débarquaient.

Agatha héla Roy, qui se glissa à l'arrière de la voiture, les yeux luisant d'excitation.

« Qu'est-ce qui se passe ?

– Agatha s'est fait agresser, répondit Bill. On l'emmène faire une déposition au commissariat.

– Est-ce que ça va ? demanda Roy. Qui t'a agressée ? »

Agatha lui raconta son histoire avant d'éclater en sanglots. Bill lui tendit une boîte de mouchoirs. « Je vais vous faire examiner par un médecin, Agatha. C'est la première fois que je vous vois pleurer. »

Emma avait gagné le Warwickshire par des chemins détournés, en prenant des cars de campagne, même si elle avait le sentiment qu'avec son nouvel accoutrement, ses cheveux tout courts et le poids qu'elle avait pris, aucun policier ne la reconnaîtrait.

Elle avait acheté un couteau de chasse, qu'elle cachait tout au fond de son volumineux sac à main.

La pensée de la lame d'acier tranchante nichée tout contre elle la réconfortait. Elle descendit du dernier car à Stratford-upon-Avon et se lança à pied dans les longs kilomètres la séparant de Barfield House.

Charles n'étant pas du genre rancunier, il serait retourné voir Agatha s'il ne s'était pas entiché d'une brune toute en jambes du nom d'Elaine Wisbich qui était venue solliciter un don pour une association de défense des campagnes. Il l'avait emmenée dîner la veille et devait la retrouver pour déjeuner à Stratford ce jour-là encore.

Elle l'attendait déjà lorsqu'il arriva au restaurant. Elaine avait une épaisse tignasse de cheveux châtains bouclés. Sa bouche était petite, dans un visage long et très pâle. Ses yeux paraissaient eux aussi d'une petitesse disproportionnée. Mais elle avait une poitrine généreuse, et puis ces jambes longues, interminables.

Ils passèrent un moment agréable, même si Charles aurait préféré qu'elle s'esclaffe moins souvent, étant donné qu'un hennissement affreux lui tenait lieu de rire. Quand il alluma une cigarette, à la fin du repas, elle le gronda d'un ton taquin : « Vilain garçon ! », et lui sortit la cigarette de la bouche pour l'écraser dans le cendrier.

Adieu l'amour ! songea Charles en soupirant. Au moment où il demandait l'addition, il s'aperçut avec consternation qu'il avait oublié son portefeuille. Comme il était avare, il lui arrivait de prétendre qu'il l'avait oublié, mais cette fois, il avait réellement eu l'intention de payer !

« Je suis terriblement navré, Elaine, s'excusa-t-il. J'ai oublié mon portefeuille. Je te rembourserai. »

La voix d'Elaine n'avait rien à envier à celle de la tante de Bertie Wooster, le personnage de P.G. Wodehouse, qui portait au-delà d'un champ de trois hectares, deux bosquets et un enclos. C'est cette voix-là qui résonna alors dans toute la salle.

« Tu m'auras coûté plus que ce déjeuner ! Alice Forbes a parié dix livres avec moi que tu essaierais de me faire payer. Mais moi, naïve que je suis, j'ai dit : "Oh, non ! Charles est un gentleman !"

– Elaine, je te promets…

– Laisse tomber. »

Elle régla la note dans un silence furieux, puis ils se séparèrent devant le restaurant.

Charles retourna à Barfield House. Il devait se colleter la comptabilité du domaine, alors autant s'y mettre tout de suite. Comme il n'entrait jamais chez lui par la porte principale, qu'on ouvrait à l'aide d'une énorme clé victorienne, il s'apprêtait à faire le tour, lorsqu'il remarqua que cette lourde porte était entrouverte.

J'en toucherai un mot à Gustav, pensa-t-il. Avec tous les voyageurs New Age et les militants qui errent de nos jours, il serait plus prudent de fermer les portes à double tour.

Il s'arrêta un instant dans le vestibule avant de

se diriger vers le bureau. Là, il resta pétrifié sur le seuil : sa vieille tante était ligotée et bâillonnée sur une chaise.

Armée d'un long couteau de chasse, une femme qu'il ne reconnut pas tout de suite se tourna vers lui. Grande, forte, elle avait les cheveux châtains coupés très court. C'est lorsqu'elle lui sourit qu'il reconnut ses dents.

« Emma, fit-il, qu'avez-vous fait à ma tante ?

— Je suis venue vous tuer.

— Pourquoi ? demanda Charles, arborant un calme qu'il était loin de ressentir.

— Parce que vous m'avez trahie.

— Je vous ai trahie ? Comment donc ?

— Vous avez dit à la police que je vous suivais partout, alors que c'est vous qui m'avez donné de faux espoirs. Mettez-vous à genoux pour me demander pardon », ordonna-t-elle en agitant le couteau en l'air.

Elle a complètement perdu la boule, pensa Charles, ce qui ne l'empêcha pas de répondre, de la même voix agréable et légère que d'habitude : « Ne dites pas de bêtises, Emma. Libérez ma tante. Elle va faire une crise cardiaque.

— À genoux ! » vociféra Emma.

Charles s'agenouilla et se traîna vers elle. « Ne me faites pas de mal, supplia-t-il.

— Voilà qui est mieux ! » dit-elle avec un sourire.

Alors il s'élança vers elle, lui encercla les genoux

et la renversa par terre. Le couteau lui échappa des mains. Elle le griffa et se débattit désespérément.

À cet instant, Gustav pénétra dans la pièce et attrapa Emma par l'arrière de son manteau pour la remettre debout. Puis il lui donna deux grosses gifles.

Emma fondit en larmes. Apercevant le sac dans lequel elle avait apporté de la ficelle, Gustav en sortit un bout pour lui attacher chevilles et poignets.

Il allait ramasser le couteau de chasse afin de libérer la tante de Charles quand celui-ci cria : « Laissez, Gustav ! Il faut garder les preuves. »

Le majordome acquiesça d'un hochement de tête, sortit de la pièce pour en revenir avec une paire de ciseaux de cuisine et s'attela à libérer la tante, Mrs Tassey. Dès qu'elle put parler, cette dernière s'écria : « Quelle horrible femme ! Gustav, appelez la police !

— C'est déjà fait », répondit le majordome en hochant la tête en direction de Charles, qui parlait au téléphone d'une voix pressante.

Emma s'était écroulée sur le sol et, recroquevillée en position fœtale, elle se berçait en chantonnant doucement.

Charles éprouva un immense soulagement quand il entendit les sirènes de police approcher. Et un soulagement encore plus grand lorsqu'on énonça ses droits à Emma, avant de l'emmener. Il ne put que s'émerveiller de la résilience de sa vieille tante,

qui faisait sa déposition tout en buvant un géné-
reux verre de gin-tonic. Emma était arrivée, avait
brandi le couteau sous le nez de Mrs Tassey et
l'avait emmenée de force dans le bureau, où elle
l'avait ligotée et bâillonnée.

Enfin ils en eurent fini avec les dépositions.
Mrs Tassey annonça qu'elle allait jardiner un peu,
parce que cela avait la vertu de l'apaiser, et Charles
décida que le moment était venu de vérifier la
comptabilité. Le téléphone sonna.

« C'est une certaine Miss Wisbich, dit Gustav à
son employeur.

– Passez-la-moi, grommela Charles. Salut Elaine !
C'est la crise ici. »

Il lui raconta l'attaque d'Emma.

« Ben dis donc ! Enfin, c'est super excitant ! Au
fait, tu avais vraiment oublié ton portefeuille ?

– Vraiment, sincèrement, absolument.

– Tu vas pouvoir te rattraper. Il y a un nouveau
restaurant français à Broadway, Le Cordon-Bleu.
Tu peux m'y inviter à dîner demain soir. C'est très,
très cher.

– Bon, d'accord. Huit heures, ça te va ?

– Génial, je te retrouve là-bas. »

Un planton montait désormais la garde devant la
porte d'Agatha. Ce n'était pas la première fois que
Bill Wong essayait de lui obtenir une protection
policière, mais les exploits de son amie irritaient
tellement ses collègues de Mircester qu'ils avaient

jusque-là toujours refusé, espérant sans doute, pensait-il, que quelqu'un allait vraiment réussir à se débarrasser d'elle. Si l'agent Betty Howse avait reçu l'ordre de la filer, c'était pour découvrir ce qu'elle mijotait, non pour la protéger.

L'agent Darren Boyd, qui montait la garde, était un très beau jeune homme. Il avait d'abord protesté contre ce boulot ingrat, mais il commençait à apprécier sa situation : les dames du village se bousculaient pour lui apporter du thé, des gâteaux et des roulés aux saucisses. L'une d'elles lui fournit même une chaise de jardin, et une autre, une petite table. Une troisième lui prêta des livres et des magazines. Assis au soleil, il passait donc un après-midi agréable et fut très déçu de voir arriver la relève.

Agatha était contente que la présence de la police tienne la presse à l'écart. Au début elle ne comprit pas pourquoi, suite à une simple agression, son cottage était assiégé par les journalistes. Tout s'éclaira quand elle apprit au journal du soir qu'Emma avait tenté d'assassiner Charles : son nom avait été associé à celui de son ami baronnet lors de précédentes enquêtes, et Emma avait essayé de l'empoisonner, elle.

Elle téléphona à Barfield House, mais Gustav lui raccrocha au nez.

« C'est grotesque ! s'indigna-t-elle, furibarde. Il devrait virer ce type !

– On n'a qu'à y aller, suggéra Roy.

– Ça ne sert à rien. C'est Gustav qui viendra ouvrir, et il nous claquera la porte au nez. En plus il y aura des journalistes partout. »

Le portable d'Agatha sonna. « Je vais répondre. Peut-être que la presse n'a pas ce numéro.

– Il est sur tes cartes de visite », lui fit remarquer Roy.

Elle décrocha malgré tout.

« Agatha ! fit une belle voix chaude. C'est moi, Jeremy. Je viens d'apprendre aux infos que la femme qui travaillait pour vous avait été arrêtée.

– Oui, je viens de voir ça. Quel soulagement ! Et pour vous, comment ça va ?

– Oh, couci-couça. Faire le trajet pour Londres tous les jours commence à me fatiguer. J'envisage de chercher un petit appartement là-bas pour ne plus rentrer que le week-end. Jason porte le deuil de son père et l'ambiance n'est pas à la rigolade à la maison. Ça vous dit de dîner avec moi demain soir ?

– J'ai un invité en ce moment, Roy Silver, un ancien employé. »

Après un court silence, Jeremy répondit : « Amenez-le ! Il est drôle ?

– Oui, très.

– C'est pile ce dont j'ai besoin. On se voit demain à huit heures. »

« Ce ne sont pas tes beaux yeux qui l'intéressent, trancha Roy quand elle lui rapporta la conversation. Sinon il ne m'aurait jamais inclus dans l'invitation. Il veut te tirer les vers du nez.

– N'importe quoi ! La police a épluché toutes ses allées et venues. Il a un alibi en béton. Et il a essayé de m'embrasser.

– On verra bien. »

10

Agatha avait oublié que Roy s'habillait de manière conventionnelle uniquement quand il travaillait pour certains de ses clients très vieux jeu. Elle fut donc décontenancée de le voir apparaître dans son séjour, prêt à sortir, vêtu d'une marinière noir et blanc et d'un pantalon moulant noir, le tout agrémenté d'un foulard rouge noué autour du cou.

« Tu vas sortir comme ça ?

– Où est le problème ? Tu as dit qu'on allait dans un resto français, alors j'arbore un look français.

– Tu les as vus où, tes Français ? Dans une caricature ? Et quand tu vas manger chinois, qu'est-ce que tu portes ? Un chapeau conique par-dessus des nattes ? Bon, viens ! On va être en retard.

– Et on mange bien dans ce resto ? » demanda Roy en se glissant sur le siège passager.

Il avait ajouté à sa panoplie une longue cape

noire. Comment arrivait-il à faire tenir tout ça dans un sac de voyage ? s'étonna Agatha.

« Pas très bien, non, répondit-elle en passant la première. Ne commande pas le canard. Un vrai morceau de caoutchouc. Et renonce à la salade. C'est de la roquette.

– J'aime bien la roquette.

– Alors tu seras content. Il y en a dans tous les plats.

– T'as sorti le grand jeu, dis donc ! Un centimètre de plus de décolleté et les flics t'embarqueraient pour outrage à la pudeur.

– Ma tenue est tout à fait respectable », protesta Agatha, ce qui ne l'empêcha pas, avant de descendre de voiture, de tirer subrepticement son décolleté vers le haut.

Jeremy les attendait. Un sourire amusé déforma ses lèvres quand il vit Roy. Alors qu'elle s'asseyait, Agatha aperçut Charles en compagnie d'une jeune femme à l'épaisse tignasse châtain bouclée, à l'autre bout du restaurant.

« Ça alors, mais c'est Agatha ! s'écria Charles.

– Agatha qui ? La vieille qui exhibe ses nichons ? demanda Elaine.

– Elle n'est pas beaucoup plus vieille que moi, rétorqua le baronnet, sur la défensive. Viens, on va lui dire bonjour.

– On est obligés ?

– Ça prendra une minute. »

Ils traversèrent la salle, Charles présenta Elaine,

et Agatha, Jeremy. « Où étais-tu passé, Charles ? » s'enquit-elle d'un ton qu'Elaine jugea possessif.

La jeune femme passa un bras autour de celui du baronnet. « C'est que je ne lui laisse pas beaucoup de temps ! » minauda-t-elle, et elle partit d'un gros rire hennissant qui fit tressaillir son compagnon.

« Je passerai te voir demain, dit-il à Agatha. On se racontera les dernières nouvelles. Tu seras à l'agence ?

— Oui, à partir de neuf heures.

— À demain, alors. Au revoir, Jeremy, ravi d'avoir fait votre connaissance. »

Charles ajouta quelques mots rapides en français. Laggat-Brown répondit par un sourire et un hochement de tête.

« Qu'est-ce qu'il a dit ? demanda Agatha.

— Alors là, mystère ! Son français est atroce. Bien, qu'est-ce que vous voulez manger ? »

Roy ne savait pas apprécier la bonne chère ; il se régala donc simplement parce que l'ambiance lui plaisait : les bougies, les serveurs attentionnés, sans oublier les prix très élevés.

Jeremy interrogea Agatha sur la progression de l'enquête. La police avait-elle découvert l'identité du mort ? Elle mentit, fit non de la tête, mentit encore. Elle lui rapporta l'arrestation de Mark Goddham, puisqu'elle savait qu'il en serait question dans les journaux le lendemain matin. Puis elle ajouta, obéissant à une impulsion : « Je ne peux pas parler de l'enquête, Jeremy, vraiment.

La police m'a demandé le secret. Mais ce que je peux vous dire, c'est que je pense avoir bientôt trouvé la solution. »

Roy parla longuement de son travail à Londres et raconta quelques anecdotes amusantes. De temps à autre, les hennissements d'Elaine leur parvenaient à travers la pièce. « Écoutez-la un peu, celle-là ! se plaignit Roy. Qu'est-ce qu'elle mange ? De l'avoine ? »

En se levant de table, Agatha ressentit une fois de plus cet élancement familier dans la hanche. Elle se sentit vieille, tout à coup. Elaine avait peut-être un rire épouvantable, mais elle était jeune, elle, au moins. Et si Charles l'épousait ? Que se passerait-il quand ses quelques amis s'éloigneraient, à mesure qu'elle vieillirait ?

Devant le restaurant, Jeremy dit à Roy : « Vous connaissez très bien Agatha, visiblement.

— Nous sommes extrêmement proches, répondit le jeune homme avec un petit sourire entendu.

— Oh, Agatha ! s'exclama Laggat-Brown en riant. Et moi qui croyais que cette robe splendide n'était que pour moi !

— Roy est un ami, c'est tout », riposta Agatha d'un ton brusque.

Elle en voulait à mort à Roy. Et si la tentative de Jeremy de renouer avec son ex-épouse échouait, après tout ? Il était divorcé et disponible.

« Qu'est-ce qui t'a pris, Roy ? lui demanda-t-elle

alors qu'ils s'éloignaient en voiture. Insinuer qu'on a une liaison !

– Je voulais juste te protéger, ma chérie. Je n'ai pas aimé ce type, et tu as dit qu'il essayait de reconstruire son couple. Alors qu'est-ce qu'il a à te conter fleurette ?

– Je croyais que tu avais dit que tout ce qui l'intéressait, c'était de me soutirer des informations.

– J'ai changé d'avis. La façon dont il te regardait ! Comme s'il allait te manger toute crue ! »

À ces mots, Agatha éprouva une petite sensation de satisfaction.

« Et toi, qu'est-ce qui t'a pris de lui raconter que tu avais presque résolu l'enquête ? Tu l'attires peut-être, mais si c'est lui, le méchant, ça ne va pas le dissuader de s'en prendre à nouveau à toi. En plus, on est suivis. Une voiture nous filait quand on a quitté Carsely, et la revoilà.

– Sans doute la policière qui m'a suivie chez Joyce Peterson. Je suis surveillée. »

En arrivant chez Agatha, ils saluèrent l'agent en faction devant le cottage.

« Combien de temps est-ce qu'ils vont maintenir cette protection ? demanda Roy.

– Pas très longtemps, soupira-t-elle. Depuis que le gouvernement a fermé tous les petits postes de police, le commissariat de Mircester est débordé. Qu'est-ce qu'on regrette le temps où Fred Griggs, l'agent du village, était là ! Mais il est à la retraite. La criminalité s'est drôlement répandue dans les campagnes. Tu sais que les agriculteurs ne peuvent même plus laisser leurs moissonneuses-batteuses dans les champs, la nuit ? L'un d'eux s'est fait faucher la sienne. Elle a été démontée et expédiée ailleurs. Ce genre de vols est dans tous les journaux ces derniers temps. La machine a certainement atterri quelque part en Bulgarie ou je ne sais où. Bon, il faut que je consulte mes messages. Ah ! il y en a un pour toi. Ton patron veut que tu rentres à Londres.

– Mince ! Désolé, Agatha. Il vaut mieux que j'y retourne par le train du matin. Ça m'embête de te laisser comme ça.

– Ça ira. Charles revient demain. »

Le lendemain matin, Charles se réveilla avec de la fièvre, mal à la gorge et des courbatures partout.

« J'ai attrapé un rhume, dit-il à Gustav. Appelez Mrs Raisin à son bureau pour lui dire que je ne peux pas la voir aujourd'hui. »

Gustav n'avait aucune envie de téléphoner à Agatha. Il ne la voyait pas d'un bon œil. Il trouvait que c'était une femme désagréable qui se mettait trop en avant. Son employeur, il le savait, la trouvait séduisante, et il ne voulait pas découvrir un jour qu'elle était la nouvelle maîtresse de Barfield House. D'un autre côté, s'il ne lui téléphonait pas, Charles serait furieux.

Il coupa donc la poire en deux, en laissant un

message cassant auprès de l'intérimaire de l'agence :
« Sir Charles n'a pas envie de voir Mrs Raisin. »

Le message fit sortir Agatha de ses gonds. La secrétaire était persuadée qu'elle avait eu sir Charles lui-même au bout du fil.

Bill Wong appela ensuite pour informer Agatha qu'on lui retirait sa protection policière. Non, ils n'avaient pas beaucoup progressé, mais ils suivaient plusieurs pistes.

Après son coup de téléphone, elle décida de rendre visite à Mrs Laggat-Brown. Tout avait commencé au manoir. Peut-être que si elle continuait à poser des questions, elle aurait une idée... Peut-être que Jason avait parlé à sa future belle-mère des amis de son père...

Elle se mit en route pour Herris Cum Magna. Un vent vivifiant charriait les nuages à travers le vaste ciel des Cotswolds.

Ce fut Catherine Laggat-Brown qui lui ouvrit la porte. « Ah, c'est vous ! fit-elle, l'air troublée. J'allais justement vous appeler. Entrez ! »

Catherine proposa nerveusement : « Qu'est-ce que je peux vous offrir ? Thé ? Café ?

– Rien, merci. Qu'est-ce que vous vouliez me dire ?

– Je n'ai plus besoin de vos services. J'ai décidé de m'en remettre totalement à la police. Comme Jeremy l'a souligné, ils ont des moyens dont vous ne disposez pas.

– Mais il ne m'a rien dit quand nous avons dîné ensemble hier soir ! protesta Agatha.

– Vous avez dîné avec lui hier soir ! s'exclama Catherine avec des yeux ronds. Il m'avait affirmé qu'il voyait un de ses contacts professionnels.

– Je suppose que cette étiquette pourrait s'appliquer à moi. »

Catherine se leva.

« Envoyez-moi votre facture, je ne veux plus vous revoir.

– Mais vous ne voulez pas savoir qui a tiré sur votre fille ?

– Comme je l'ai dit, la police peut s'en occuper. Maintenant partez ! Et ne vous approchez plus de mon mari.

– Il n'est plus votre mari. Vous êtes divorcés.

– Nous nous remarions le mois prochain. Il ne vous l'a pas annoncé ? »

Agatha s'en alla, furieuse. Qu'est-ce qu'il manigançait, ce traître de Laggat-Brown, à l'emmener dîner sans lui toucher un mot de l'annulation du contrat ? Elle décida de monter le voir à Londres. Elle s'arrêta sur le bas-côté et sortit une grille d'horaires des chemins de fer. Un train partait de Moreton dans un quart d'heure. Elle redémarra en trombe et réussit à embarquer au moment où le train s'ébranlait.

À Paddington, elle prit un taxi pour Fetter Lane, puis arpenta la rue à la recherche des bureaux de la société d'import-export de Jeremy. Elle appela Patrick, qui lui donna l'adresse exacte des locaux.

Elle marcha jusqu'au numéro qu'il lui avait indiqué et découvrit, dans l'encadrement obscur d'une porte devant laquelle elle était déjà passée, une plaque « Astérix Import-Export ». Elle monta par un escalier étroit et poussiéreux au dernier étage, où une porte en verre dépoli annonçait « Astérix » en lettres dorées.

Elle frappa, mais n'obtint aucune réponse.

Elle redescendit jusqu'au palier inférieur, où se trouvait, d'après le panonceau accroché à la porte, le bureau du magazine *Cutie*.

Elle entra. Une réceptionniste aux cheveux enduits de gel et au maquillage gothique la fixa d'un œil indifférent.

« Je cherche des renseignements sur la société d'import-export, au-dessus, dit Agatha. Il n'y a personne.

— Y a presque jamais personne, répondit laconiquement la jeune fille. Y avait une secrétaire, mais ça fait un bail que je l'ai pas vue.

— À quoi ressemblait-elle ?

— Très prout-prout. Une voix snob. Blonde. Mais elles sont toutes blondes maintenant. Les ringardes ! »

Pour joindre le geste à la parole, la réceptionniste porta à ses propres cheveux noirs une main complaisante. Agatha la remercia et sortit. Elle tenta sa chance au cabinet de notaire qui se trouvait à l'étage en dessous. La secrétaire lui confia que plus personne ne semblait travailler chez Astérix. « Il y avait beaucoup d'allées et venues il y a un an. Beaucoup de visiteurs. Mais récemment, rien. »

Elle essaya enfin la sandwicherie au rez-de-chaussée, mais les Grecs qui la tenaient affirmèrent qu'ils avaient trop à faire pour remarquer autre chose que leurs clients.

Agatha voulait voir Jeremy. Elle réalisa que ce qu'elle voulait, c'était qu'il lui sourie, qu'il lui assure qu'il n'avait jamais parlé de lui retirer l'affaire et de se remarier, que son ex-femme se faisait des idées. Elle s'était amourachée de lui. Elle se planta sur le trottoir d'en face et attendit longtemps pour voir s'il arrivait. Enfin, elle jeta un coup d'œil à sa montre : si elle attrapait le train de dix-sept heures, elle le trouverait peut-être à bord !

Elle retourna à Paddington. Mais une fois dans le train, un de ces longs trains de la Great Western Railway, elle ne trouva aucune trace de lui.

Charles dormit par intermittence jusqu'au soir, où il décida qu'il se sentait assez bien pour se lever un peu.

Gustav l'aida avec tendresse à s'installer dans son fauteuil, au bureau, et lui servit un brandy.

« Je vous ai préparé un dîner léger de caille rôtie. Vous devriez essayer de manger un peu. Vous êtes sûr que vous ne voulez pas que j'appelle un médecin ?

– Non, c'est juste un gros rhume. Agatha n'a pas téléphoné ?

– Nous n'avons reçu aucun appel de Mrs Raisin. »

Égoïste ! pensa Charles avec irritation. Elle aurait pu m'envoyer des fleurs !

De retour chez elle, Agatha trouva Bill Wong devant sa porte.

« Pas de panique ! dit-il. C'est une visite amicale.

– Entrez ! Ça fait une éternité qu'on n'a pas eu l'occasion de bavarder vraiment, tous les deux. »

Bill la suivit dans la cuisine.

« Vous n'utilisez jamais votre salle à manger, fit-il remarquer.

– Si cette affaire est résolue un jour, j'organiserai un dîner. Vous pourrez venir avec votre petite amie.

– Je n'en ai pas en ce moment. Il y a de plus en plus de boulot, et quand je donne un rendez-vous, je suis généralement obligé de l'annuler.

– Café ?

– Je suppose qu'on ne risque plus rien, maintenant qu'Emma s'est fait pincer. Enfin, elle ne sera pas traduite en justice. Elle est raide dingue. Mes collègues ont fait leur possible pour en tirer des paroles sensées. Elle est allée jusqu'à prétendre qu'elle avait engagé Mulligan pour vous liquider, puis elle est retombée dans une suite de propos incohérents. Mais bien sûr, les autorités veulent la croire, alors l'affaire est classée. Ce qui nous laisse la tentative d'assassinat du manoir sur les bras.

– Je suis allée aux bureaux de Jeremy Laggat-Brown aujourd'hui », dit Agatha en branchant la bouilloire, avant d'ajouter : « Ah, tiens ! J'ai des biscuits », puis, devant la mine inquiète de Bill : « Non, pas les miens. C'est Doris qui les a faits.

– Au passage, l'agent Darren Boyd, le petit minet qui montait la garde devant votre cottage l'autre jour, a été désolé de devoir partir. Il dit qu'il n'a jamais été aussi dorloté de sa vie. Vous n'avez rien trouvé à Londres, je suppose ?

– Pourquoi ?

– Laggat-Brown a fermé sa société. Il a pris une retraite anticipée.

– Est-ce qu'il en a les moyens ?

– Oh ! sa femme est pleine aux as et ils vont se remarier.

– Je le trouvais charmant, mais je commence à penser que ce type est un fumier.

– Oui, mais un fumier dévoué à sa fille.

– Et il n'a pas d'antécédents douteux ?

– Non. Nous avons étudié de près toutes les activités de son affaire d'import-export et interrogé ses clients. Il est bien ce qu'il prétend être.

– Catherine Laggat-Brown vient de me retirer l'enquête. Pourtant, quand j'ai dîné hier soir avec Jeremy, il ne m'a rien dit.

– Ho, ho ! Un dîner en amoureux ?

– Non, Roy était là. Jeremy s'intéressait à ce que

nous avions découvert, mais je ne pouvais pas lui parler de Mulligan puisqu'on me l'a interdit. Des pistes dans le passé d'Harrison Peterson ?

– On creuse encore, on essaie de savoir quelles amitiés il a nouées en prison, ce genre de choses.

– Tenez-moi au courant.

– Je ne suis pas censé le faire. »

Hodge escalada les jambes de Bill pour s'installer sur ses genoux.

« C'est marrant comme ces chats vous aiment. Et comment vont vos parents ?

– Maman a beaucoup d'arthrose à la hanche. Ça faisait des lustres qu'elle avait mal, mais elle ne voulait pas passer de radio, et maintenant elle est sur liste d'attente pour se faire opérer. »

Agatha ressentit un vif élancement à la hanche. Je ne peux pas avoir d'arthrose ! pensa-t-elle. Seules les personnes âgées en ont !

Bill termina son café, mangea deux biscuits puis s'en alla, non sans lui conseiller : « Faites attention à vous. En fait, Agatha, tenez-vous-en aux divorces et aux animaux perdus. Vous n'êtes plus sur l'affaire Laggat-Brown. Ne vous en mêlez plus. »

Agatha se fit réchauffer des lasagnes au micro-ondes. Trop longtemps, si bien qu'elles collaient à la barquette en plastique, mais elle gratta ce qu'elle put. Elle fit cuire du poisson pour ses chats, puis éteignit le gaz et monta à l'étage.

Après un long bain chaud, elle entrouvrit la fenêtre de sa chambre et se coucha.

Elle se réveilla en sursaut. Des bruits de coups de griffes et des miaulements lui parvenaient du toit de chaume. Elle bondit hors de son lit, ouvrit grand la fenêtre et se pencha dehors. Ses chats étaient sur le toit. Elle ne les voyait pas, mais elle reconnaissait leurs cris.

Elle se redressa, et s'apprêtait à allumer sa lampe de chevet lorsqu'elle sentit une odeur de gaz. Le gaz de la mer du Nord ne sent pas aussi fort que le gaz de houille utilisé autrefois, mais elle ne s'y trompa pas. Elle se précipita à la cuisine en respirant le moins possible.

Le bouton du brûleur sous la casserole de poisson était tourné au maximum. Elle coupa le gaz, ouvrit la porte de derrière et aspira l'air frais à pleins poumons.

C'est alors qu'elle se rendit compte que l'alarme anticambriolage ne s'était pas déclenchée quand elle avait ouvert la porte.

Mais pour l'instant, tout ce qu'elle avait en tête, c'était de sauver ses chats.

Elle alla chercher une échelle coulissante dans l'abri au fond du jardin, l'appuya contre le toit du cottage et grimpa.

Elle appela ses chats, qui approchèrent avec précaution. Elle parvint à attraper Hodge tandis que Boswell sautait sur son épaule. Après être doucement redescendue avec ses bêtes, elle s'écroula sur la pelouse, la tête entre les mains, en proie à la nausée.

Au bout d'un moment, elle rentra dans la maison, ouvrit la porte d'entrée et toutes les fenêtres, avant d'appeler la police.

L'agent Boyd arriva, accompagné de Betty Howse. Au début, ils furent persuadés qu'Agatha avait tout simplement oublié de couper le gaz.

« Je me revois parfaitement tourner le bouton pour l'éteindre, affirma-t-elle. Et puis pourquoi l'alarme anticambriolage ne s'est-elle pas déclenchée ? »

Boyd enfila une paire de gants fins et souleva le couvercle du boîtier principal de l'alarme.

« Quelqu'un l'a désactivée, lui dit-il par-dessus son épaule. Vous êtes sûre que ce n'est pas vous ?

— Absolument !

— Mais quand vous êtes rentrée chez vous, dans la soirée, elle a dû faire du bruit avant que vous entriez le code.

— Quand j'y repense, non. J'étais en train de discuter avec Bill Wong, je n'ai pas fait attention.

— Vous voulez parler de l'inspecteur Bill Wong ?

— Oui, nous sommes amis.

— Qui d'autre a les clés de votre maison ?

— Doris Simpson, c'est tout.

— Il me faut son numéro de téléphone. »

L'agent Boyd appela la femme de ménage. Le

cœur d'Agatha se serra lorsqu'elle entendit les bribes de conversation : « Quel réparateur ? À quoi ressemblait-il ? Vous a-t-il montré sa carte ? Avez-vous laissé traîner vos clés ? Avez-vous laissé cet homme seul un moment ? »

Pendant ce temps, Betty Howse attrapa la notice d'utilisation posée sur le boîtier de contrôle. « Qu'est-ce que c'est, ça ? demanda-t-elle sèchement en pointant le nombre 5936 écrit en haut de la première page.

– Le code, bredouilla Agatha. Je n'arrêtais pas de l'oublier, alors je l'ai noté. »

Boyd avait fini d'interroger Doris.

« Un homme se faisant passer pour un employé de l'entreprise de sécurité qui a installé l'alarme est venu pendant que Doris Simpson était ici. Il lui a montré une carte quelconque et elle l'a fait entrer. Puis elle a dit qu'elle devait racheter des produits d'entretien et elle a laissé les clés sur la table. Il a donc eu tout le temps d'en faire une empreinte. Il s'assure ensuite que l'alarme est désactivée. Il revient pendant votre sommeil, il entre. Mais ce qui me laisse perplexe, c'est qu'il ne pouvait pas être sûr à cent pour cent que vous ne remarqueriez pas que l'alarme avait été désactivée. Et il ne pouvait pas savoir que le petit bruit que l'alarme ferait à son entrée ne vous réveillerait pas. Il n'avait pas le code pour la désactiver rapidement.

– Oh si, il l'avait ! » fit Betty, et elle montra

à Boyd le manuel d'utilisation avec le code écrit dessus.

« Ah, les amateurs ! C'est de vous que je parle ! s'écria Boyd avec amertume. Ça devait donc passer pour un accident. Le gaz envahit la maison, vous allumez la lumière et boum ! vous partez en fumée. Bien, je vous demande de quitter la cuisine en attendant l'arrivée de la Scientifique. En fait, le mieux serait que vous alliez dormir chez quelqu'un. »

Agatha se creusa les méninges.

« Je pourrais appeler Mrs Bloxby, la femme du pasteur, mais on est au milieu de la nuit, son mari serait furieux. Je descendrais bien dans un hôtel, mais on ne voudra certainement pas que j'amène mes chats et je ne veux pas les laisser ici. Je sais ! Je vais demander à Doris de s'en occuper, puis j'irai à l'hôtel.

– Nous avons besoin de savoir lequel.

– Il y en a un grand à la périphérie de Bourton-on-the-Water, le Cotswold.

– Appelez-le tout de suite. »

Agatha obtempéra et on lui promit une chambre. Elle monta s'habiller, prépara son sac. Puis elle amena ses chats dans leur grand panier chez Doris. Sa femme de ménage, qui ne s'était pas rendormie, se répandit en excuses. « Franchement, il avait l'air doux comme un agneau ! Je ne me serais jamais doutée qu'il y avait quelque chose de louche. Bien sûr que je vais m'occuper de vos chats ! »

Agatha repartit en direction de Bourton-on-the-Water, hébétée. Pourquoi représentait-elle un tel danger ? Elle ne savait pas grand-chose, elle en savait à coup sûr considérablement moins que la police. Une fois dans sa chambre d'hôtel, elle sortit ses quelques affaires, se déshabilla et se mit au lit. Elle resta étendue à grelotter malgré le chauffage. Elle sentait que ceux qui lui en voulaient, quels qu'ils soient, n'étaient pas près d'abandonner. La seule solution, c'était de quitter le pays pour de longues vacances et d'en informer tout le monde, pour que le ou les assassins ne la considèrent plus comme une menace.

Après avoir dormi d'un sommeil agité, elle se réveilla le matin avec le souvenir de ses rêves et l'impression qu'elle avait passé la nuit dans une sorte de drame shakespearien où le premier et le second assassins attendaient leur tour en coulisse.

Elle avait désespérément besoin de la présence rassurante de Mrs Bloxby, mais commença par se rendre à son cottage. Des policiers de la Scientifique travaillaient à l'extérieur comme autant de personnages de science-fiction, avec leurs combinaisons à cagoule blanches, leurs gants et les sacs blancs enveloppant leurs chaussures.

L'une des séries télé préférées d'Agatha était *Les Experts*. Elle se demandait maintenant si les équipes de la Scientifique, aux États-Unis, procédaient vraiment comme dans la série, à piétiner la scène de crime dans leurs tenues de ville et à semer partout leurs propres cheveux et leur ADN.

Elle descendit de voiture pour se rendre au presbytère à pied.

Mrs Bloxby la fit entrer. Songeant aux récriminations de son mari (« Que cette fichue bonne femme et ses cigarettes restent en dehors de la maison ! »), elle proposa, comme c'était une belle journée, d'aller s'installer au jardin, où Agatha pourrait fumer.

« J'ai appris que la Scientifique était de retour chez vous. Que s'est-il passé ? »

Lorsque Agatha eut terminé son récit, Mrs Bloxby s'étonna : « J'aurais cru que Bill Wong remarquerait que l'alarme anticambriolage n'était pas en marche.

— Et pourquoi ? soupira Agatha. Je ne pense jamais aux alarmes des autres, alors pourquoi le ferait-il, lui ?

— Qu'est-ce que vous allez faire ?

— Je ne sais pas. Je n'arrive pas à réfléchir. Mais j'ai le sentiment que la ou les personnes qui s'en sont prises à moi ne vont pas renoncer maintenant. Je n'arrête pas d'y penser. Peut-être que je sais vraiment quelque chose qui leur a fait peur. Si seulement je trouvais quoi ! J'ai la nuque toute raide de tensions et je me sens merdeuse. Pardon ! Je sais que vous n'aimez pas les grossièretés.

— Parce que je suis femme de pasteur ? Sottises ! J'entends bien pire tous les jours. En plus, je ne sais pas si vous avez remarqué, mais ça semble être un ingrédient indispensable des films d'action américains – deux hommes, un Noir et un Blanc, qui déboulent devant un immeuble en train d'exploser en criant : "Et merde !" Vous devriez aller vous faire masser. Je connais un homme merveilleux à Stow, Richard Rasdall. Il pourrait vous faire un massage relaxant. Je l'appelle, si vous voulez.

– Pourquoi pas ? Je n'ai rien de prévu, et ce mal de nuque m'enquiquine. Comme moi j'enquiquine la police. Mince ! Ils doivent être en train d'appeler l'hôtel pour me demander d'aller déposer au commissariat.

– Commencez par le massage, ensuite vous vous sentirez plus d'attaque. »

Mrs Bloxby entra dans le presbytère pour téléphoner. Ah, si Agatha avait pu rester à jamais dans ce plaisant jardin au milieu des roses tardives ! Le monde extérieur était un endroit sinistre et plein de menaces.

« Il peut vous prendre dans une demi-heure, annonça l'épouse du pasteur en la rejoignant. Si vous partez maintenant, vous avez amplement le temps, pourvu que vous trouviez une place pour vous garer.

– Où est-ce ?

– Si vous vous garez sur la place du marché, continuez à pied comme pour aller à l'église et dépassez la Lloyd's. Il y a une confiserie, The Honey Pot. C'est là.

– Dans une confiserie !

– Il exerce à l'étage. Vous allez rencontrer sa femme, Lyn. Une belle femme adorable. C'est une famille charmante. »

Sur la route de Stow-on-the-Wold, Agatha remarqua que le soleil s'était caché et que la journée devenait aussi sombre que son humeur. Au parking près de la place du marché, les voitures tournaient en rond comme autant d'animaux en métal rôdant à la recherche d'un emplacement. Agatha s'engouffra dans une place où une concurrente s'apprêtait à entrer en marche arrière.

Elle resta assise là quelques instants, vitres fermées et radio allumée pour étouffer les cris de rage de l'autre conductrice. Puis elle sortit, se sentant tout à coup raide, vieille et épuisée.

Elle marcha péniblement jusqu'au Honey Pot et entra.

11

Agatha s'arrêta juste après la porte et regarda autour d'elle. La boutique était baignée d'une lumière dorée. Il y avait des étagères en verre remplies de chocolats appétissants, d'autres de petits sachets de caramels des Cotswolds, de boîtes de biscuits et de jouets. Mais il y avait aussi des robes de fée pour les petites filles, créations merveilleuses confectionnées dans des étoffes arachnéennes. Et les chaussures ! De minuscules souliers pailletés, étincelants, comme ceux de Dorothy dans *Le Magicien d'Oz*.

Qu'est-ce que ça ferait, se demanda Agatha, d'être une petite fille dont les parents seraient si aimants et si fiers de sa beauté qu'ils lui achèteraient une de ces robes magnifiques ?

« Vous êtes Mrs Raisin ? »

Agatha dirigea son regard vers la femme debout derrière le petit comptoir.

« Je suis Lyn Rasdall. Vous venez voir Richard, n'est-ce pas ?

– Oui, répondit Agatha. On se croirait dans Harry Potter ici.

– Mrs Raisin ! »

Un homme grand et beau aux yeux enfoncés était apparu à l'arrière de la boutique.

« Je suis Richard.

– Oh, bonjour ! C'est par où ?

– En haut de l'escalier. Installez-vous. Première porte à gauche. Enlevez tous vos vêtements sauf la culotte et couvrez-vous avec la serviette. »

À l'étage, Agatha se retrouva dans une grande salle de bains au milieu de laquelle trônait une table de massage. On entendait de la musique douce, et des bougies parfumées brûlaient sur un buffet.

Elle se déshabilla, ne gardant que sa petite culotte blanche unie. Puis elle monta sur la table et se couvrit avec un grand drap de bain.

« Bien installée ? demanda Richard de l'autre côté de la porte.

– Oui. »

Le massage commença par les pieds. Allongée, Agatha continua de se tracasser pendant que Richard lui parlait de son travail en Bosnie, pour une organisation humanitaire, auprès de femmes qui avaient été torturées et violées.

« J'ai été tellement stressée par l'une de mes enquêtes, expliqua Agatha. Je suis détective privée. Tout a commencé quand j'étais à Paris, au moment de la canicule.

– Ah, oui ! Une Française est venue me voir ici

après l'été. Une alcoolique en sevrage. Elle disait que c'est tout juste si elle arrivait à aller aux réunions des Alcooliques Anonymes, là-bas. »

Agatha se détendit peu à peu. Quand elle se retourna pour se faire masser le dos, tous ses soucis s'étaient volatilisés. Elle se sentait la tête calme et reposée. Des éléments épars de l'enquête lui traversaient l'esprit. Paris. La visite et la rencontre de Phyllis Hepper, ses bavardages incessants à propos d'un bel ivrogne qui avait arrêté de boire grâce aux Alcooliques Anonymes. Rencontrer son parrain ! Jeremy Laggat-Brown avait dit au réceptionniste de l'hôtel qu'il allait rencontrer son parrain, pas voir des amis ni rien de ce genre. Et si ce n'était pas son parrain de baptême, mais son parrain des AA ? Et Felicity Felliet. Jeremy avait une secrétaire blonde assez « prout-prout ». Le cerveau d'Agatha se mit à tourner à vitesse grand V. Supposons, ce n'était qu'une hypothèse, que Jeremy ait dégoté un ivrogne ou un alcoolique en sevrage qui lui ressemble assez pour prendre sa place. Peut-être que même un buveur invétéré accepterait de rester sobre pendant la courte période nécessaire si on lui proposait assez d'argent. Et si ce n'était pas un alcoolique, ça pouvait être quelqu'un d'autre qui lui ressemblait. Une minute… Il y avait autre chose. Charles avait parlé français à Jeremy. Celui-ci avait prétendu qu'il n'avait pas compris parce que le français de Charles était atroce. Or, pensa Agatha en tressaillant mentalement, le français de son ami était sans aucun doute excellent : les policiers parisiens n'avaient pas eu le moindre mal à le comprendre.

« Que se passe-t-il ? demanda Richard. Vous êtes toute tendue tout à coup.

– Il faut que je parte d'ici ! fit Agatha en s'asseyant.

– Je n'ai pas fini.

– Non, mais il faut. Vraiment. »

Richard fonça hors de la pièce tandis qu'Agatha dégringolait à moitié nue de la table et s'habillait précipitamment.

Quand elle courut en bas de l'escalier, il attendait avec sa femme dans la boutique. « C'est combien ? demanda Agatha.

– Quinze livres. »

Cette réponse réveilla la femme d'affaires en elle.

« C'est parce que vous n'avez pas fini ?

– Non, c'est mon tarif.

– Mon cher monsieur, c'est trop peu », dit-elle en sortant le montant exact de son porte-monnaie, avant de se sauver.

« Qu'est-ce qui lui prend ? s'étonna Lyn.

– Qu'est-ce que j'en sais, moi ? répondit Richard. Je crois qu'elle a une case en moins. »

Agatha roula jusqu'à l'hôtel et régla sa note. La police avait laissé plusieurs messages lui demandant de se présenter au commissariat.

Elle se mit en route pour Barfield House, où elle tomba sur Gustav.

« Il est malade, dit le majordome, il ne veut pas de visites.

— Charles ! cria Agatha à plein gosier alors que la porte commençait à se refermer.

— Qui est-ce, Gustav ? » fit la voix de Charles.

Gustav jeta un regard de profond dégoût à Agatha avant de répondre : « Mrs Raisin.

— Faites-la entrer.

— Du balai, Gustav, lança Agatha avec hargne, en se faufilant à l'intérieur.

— Je suis dans le bureau », cria Charles. Une fois qu'elle l'eut rejoint, il grommela : « J'ai dit à Gustav de t'appeler pour te prévenir que j'étais malade.

— Ah, c'était donc Gustav, hein ? D'après l'intérimaire, tu avais appelé pour dire que tu ne voulais pas me voir, point.

— Elle a sans doute mal compris. La plupart de ces intérimaires sont nulles.

— Je ne crois pas. Enfin, écoute plutôt ! »

Agatha lui raconta la dernière tentative de meurtre dont elle avait été victime. Puis elle déclara : « Ce que je vais te demander est très important. Au restaurant, tu t'es adressé à Jeremy en français. Que lui as-tu dit ?

— Qu'il valait mieux qu'il arrête de te faire la cour s'il avait l'intention de se réconcilier avec son ex-épouse. Il a fait semblant de ne pas comprendre.

– À mon avis, il ne faisait pas semblant. Écoute un peu. »

Agatha esquissa à grands traits sa nouvelle théorie.

« Il y a quelque chose que tu oublies, fit remarquer Charles. C'est sa propre fille qui a reçu la menace de mort. C'est sur sa propre fille qu'on a tiré.

– Minute ! Bill Wong m'a informée qu'il avait plié boutique. Il affirme qu'il espère se remarier avec Catherine. Elle est pleine aux as. Supposons qu'il veuille l'argent sans la femme. Peut-être que la menace de mort adressée à sa fille n'était qu'une diversion, qu'il avait en réalité l'intention de tirer sur son ex.

– Aggie, on ne peut rien prouver de ce que tu racontes.

– Eh bien moi, je m'en vais à Paris voir Phyllis pour qu'elle me présente ce séduisant ivrogne. Si j'arrive à lui faire avouer qu'il s'est fait passer pour Jeremy, je le tiens. D'ailleurs, je file directement à Heathrow.

– Je t'accompagne. Si on allait à Birmingham, plutôt ? C'est plus près, plus facile pour se garer, et ils ont des vols pour Paris. Gustav ! Préparez ma valise. »

Charles passa le vol à gémir, la tête entre les mains, en se plaignant que ses oreilles allaient exploser et en regrettant de ne pas avoir pris l'Eurostar. « J'aurais dû savoir qu'il ne fallait pas prendre l'avion avec un rhume. »

Agatha ne lui prêta guère attention, occupée qu'elle était à tourner et retourner des idées dans sa tête. S'ils faisaient chou blanc, si Jeremy n'avait engagé personne pour se faire passer pour lui, ils auraient fait le voyage pour rien. Elle sortit la carte de visite de Phyllis de son portefeuille. Elle aurait dû l'appeler avant.

Charles se remettait doucement dans le taxi qui les emmenait à l'hôtel. Ils descendaient au même établissement que la dernière fois. Le soleil brillait sur Paris et, en approchant du centre de la capitale, ils voyaient les gens assis aux terrasses des cafés.

À l'hôtel, Agatha fut contente d'apprendre que cette fois, ils auraient chacun leur chambre. Elle téléphona à Phyllis, fut soulagée de la trouver chez elle et lui proposa de déjeuner avec eux.

Phyllis répondit qu'elle n'était pas libre mais qu'elle pouvait les rejoindre pour un café dans l'après-midi. Il fut convenu qu'ils se retrouveraient au Village Ronsard, à Maubert, à quinze heures.

« Il est seulement onze heures, constata Agatha après avoir raccroché. Allons voir si on ne peut pas trouver Felicity.

– Vas-y, toi, gémit Charles. Moi je vais m'allonger dans ma chambre. Franchement, Aggie, je suis claqué. »

L'Agatha d'autrefois l'aurait enguirlandé, traité de mauviette, mais l'Agatha d'aujourd'hui, consciente

de la valeur de l'amitié, se contenta de bougonner :
« C'est pas grave. Je te tiens au courant. »

Une fois ses quelques affaires déballées, elle prit
un taxi pour la rue Saint-Honoré et entra une fois
de plus dans la maison de couture.

La femme à qui elle avait déjà eu affaire vint
à sa rencontre, mesurant de son regard sombre
le tailleur-pantalon froissé d'Agatha – elle portait
ce jour-là non l'un de ses deux tailleurs Armani,
mais un ensemble bon marché acheté à Evesham.
C'est tout juste si elle ne voyait pas la Parisienne
évaluer mentalement le vêtement, puis les cataloguer, lui et sa propriétaire, comme indignes de sa
considération.

« Je viens voir Felicity Felliet », annonça Agatha,
regrettant tout à coup de ne pas avoir insisté pour
que Charles l'accompagne. Lui, au moins, avait une
raison de rendre visite à la jeune femme, puisqu'il
était un ami de son père.

Mais la femme répondit : « Miss Felicity ne travaille plus chez nous. Elle est partie.

– Quand ça ?

– La semaine dernière, répondit l'autre avec
un petit haussement d'épaules bien français et un
geste de la main.

– Est-ce que vous avez son adresse à Paris ?

– Attendez. Je regarde. »

Agatha patienta difficilement. Sa brillante théorie lui paraissait de plus en plus farfelue.

La femme revint avec un bout de papier sur lequel était notée une adresse rue Madame.

Agatha reprit le taxi pour se retrouver transportée de l'autre côté de la Seine, dans le VIe arrondissement cette fois, près de l'imposante église baroque Saint-Sulpice.

Elle paya le chauffeur et leva les yeux sur le grand immeuble indiqué par l'adresse. L'entrée était protégée par l'un de ces systèmes exaspérants où il faut taper un code.

Il y avait une fenêtre à côté de la porte. Espérant qu'il s'agissait de la concierge, Agatha frappa contre le carreau. Le rideau remua et un visage apparut. Quelques instants plus tard, la porte s'ouvrit. Une petite femme à l'allure d'oiseau se tenait là, un crayon à papier enfoncé dans ses cheveux frisés.

« Miss Felliet ? demanda Agatha.

– *Numéro dix-sept*.

– Je ne comprends pas le français », bafouilla Agatha, complètement perdue.

La concierge se retira dans sa loge pour réapparaître avec un morceau de papier sur lequel elle avait écrit « 17 ». Puis elle fit un geste vers le haut.

Agatha marcha jusqu'à l'ascenseur, un de ces appareils français vieillots qui ressemblent à des cages dorées. La concierge appuya sur le bouton du haut. La porte se referma lentement, et la cabine s'ébranla finalement en grinçant. Au dernier étage, Agatha sortit et regarda autour d'elle. Tout était très calme. Pas de cris d'enfants ni d'odeurs de cuisine. Ça doit être cher, pensa-t-elle. Seuls les riches pouvaient se permettre le luxe du silence.

Une porte était pourvue d'une sonnette. Elle appuya. Et entendit des bruits à l'intérieur. Un homme grand portant des lunettes lui ouvrit.

« Je peux vous aider ? » demanda-t-il.

Il avait un accent américain.

« Je cherche Felicity Felliet.

– Il n'y a personne de ce nom ici. Mais je viens juste d'emménager. Entrez. »

Agatha le suivit à l'intérieur. Il y avait des cartons partout. Une porte-fenêtre donnait sur un balcon avec vue sur les toits de Paris.

L'homme marcha jusqu'à un bureau.

« J'ai le nom de l'agence immobilière. Peut-être que si vous allez les voir, ils pourront vous dire où elle est allée. Je ne l'ai jamais vue, mais je suppose que c'est la locataire d'avant. J'ai eu de la chance de trouver un appartement avec ascenseur. Plus on habite haut, moins c'est cher, a fortiori quand il n'y a pas d'ascenseur, mais je n'étais pas emballé à l'idée de tout monter sur des dizaines et des dizaines de marches.

– Est-ce que l'agence immobilière est loin ?

– Non. Prenez à gauche en sortant, marchez tout droit jusqu'à Saint-Germain et tournez à droite. C'est là. »

Après l'avoir remercié, Agatha redescendit avec moult grincements par l'ascenseur d'une lenteur exaspérante. Elle passa un moment à essayer de comprendre comment ouvrir la porte cochère. Elle frappa chez la concierge, mais n'obtint pas de réponse. Elle aperçut enfin un bouton sous l'interrupteur et appuya dessus. La porte s'ouvrit avec un déclic, elle la tira vers elle. Comme c'était une de ces énormes portes en bois sculpté qu'on trouve dans les immeubles parisiens, elle dut s'y prendre à deux mains.

Elle tourna à gauche et marcha, s'arrêtant de temps en temps pour demander son chemin en disant seulement : « Saint-Germain ? » et en suivant la direction qu'on lui indiquait.

À l'agence immobilière, elle dut attendre que les employés de l'accueil aillent chercher dans l'arrière-boutique quelqu'un qui parle anglais.

Un petit Français à la mise soignée apparut et l'écouta avec courtoisie, la tête penchée sur le côté telle une hirondelle, demander où elle pouvait trouver Felicity Felliet.

« Son bail se terminait la semaine dernière, l'informa-t-il, elle n'a pas voulu le renouveler. Elle a dit qu'elle rentrait en Angleterre. »

Me voilà dans une impasse, songea Agatha. Elle est sans doute retournée chez ses parents.

Lorsque Charles et Agatha retrouvèrent Phyllis, sa théorie commençait à lui paraître complètement ridicule. Mais Phyllis écouta son récit avec avidité, s'exclamant que cette histoire était très excitante.

« À quoi ressemble ce Jeremy Laggat-Brown ? s'enquit-elle.

— Bien bâti, le teint hâlé, des yeux d'un bleu très vif et d'épais cheveux blancs bouclés.

— Il y a quelqu'un de ce genre aux réunions. Jean-Paul. Il venait de la rue, il était dans un sale état, mais quand il s'est sevré, ça l'a métamorphosé.

— Est-ce qu'on pourrait le rencontrer ?

— Il se trouve que j'ai son numéro de téléphone. » Phyllis sortit son portable, composa un numéro et se mit à parler français. Puis elle déclara sur un ton triomphal : « Il habite à côté d'ici et va nous rejoindre. D'un instant à l'autre. »

Oh, pourvu que ce Jean-Paul soit le portrait craché de Jeremy ! pensa Agatha, au comble de l'excitation.

Dix minutes plus tard, Phyllis s'exclama : « Le voilà ! »

Agatha pivota sur sa chaise et son cœur se serra : Jean-Paul avait les cheveux blancs striés de mèches grises et ses yeux étaient bleu-gris. Il était grand mais voûté. Mais ce qui le distinguait surtout, c'était un nez immense et proéminent.

Il écouta très attentivement Charles et Phyllis lui expliquer ce qu'ils cherchaient. Agatha attendait en silence, excédée, se jurant in petto de prendre des cours de français dès que cette fichue enquête serait terminée. Si elle l'était un jour.

Charles conclut : « Ce n'est pas lui et il ne voit pas qui ça peut être. »

Le moral d'Agatha en prit un coup. La police de Mircester devait la chercher parce qu'elle n'était pas allée faire sa déposition. Si on interrogeait les aéroports, on découvrirait qu'elle avait quitté le pays et on alerterait la police française.

Phyllis, Jean-Paul et Charles reprirent leur conversation en français tandis qu'elle restait plongée dans un silence inquiet et maussade.

Après les adieux tant attendus, Charles suggéra, comme leur avion ne décollait que le lendemain matin, qu'ils en profitent pour se promener le long de la Seine et visiter Notre-Dame.

« Je l'ai déjà visitée, répondit Agatha avec humeur.

— Eh bien, revisite-la ! »

Ils quittèrent la place Maubert pour s'engager dans la rue Frédéric-Sauton. « Oh, regarde ! s'exclama Charles. Il y a un bureau des Alcooliques Anonymes, juste en face de ce restaurant libanais. Je vais leur poser la question ? Après tout, Phyllis ne va qu'aux réunions où on parle anglais.

— S'il le faut ! soupira Agatha. Mais je commence à me trouver complètement idiote. C'est vrai, pourquoi aurait-il demandé à un alcoolo de le remplacer alors qu'il aurait pu le demander à quelqu'un qui ne boit pas ?

— C'était peut-être difficile de trouver quelqu'un qui lui ressemble. »

Charles appuya sur l'interphone, dit quelques mots, et on leur ouvrit. Il bavarda en français tandis qu'Agatha s'affalait dans un fauteuil, le regard perdu dans le vide.

Au bout d'un moment, elle s'aperçut que son ami semblait très excité. Elle se redressa. « Qu'est-ce qu'il y a ? Qu'est-ce qu'il dit ?

– Écoute un peu ça, Aggie. Il y a un *clochard**, un ivrogne, qui traîne avec d'autres à la fontaine de la place Maubert. Tantôt il boit, tantôt non. En général, il est là le soir. On le surnomme Milord. Il a les cheveux blancs et les yeux bleus. De temps en temps, il débarque ici ; il jure qu'il veut se sevrer, mais il n'y arrive jamais.

– Tu crois qu'il aurait pu y arriver suffisamment longtemps pour jouer la comédie ? »

Charles reprit sa discussion en français, puis se retourna vers Agatha : « Ils disent que c'est possible, s'il y avait assez d'argent à la clé. »

En sortant du bureau, ils étaient tous les deux trop excités pour pouvoir faire autre chose que s'asseoir aux terrasses du Café du Métro, face à la fontaine, et attendre.

Ils attendirent longtemps. Entendirent les grandes cloches de Notre-Dame sonner à dix-sept heures trente. La brasserie se remplit petit à petit, les gens s'arrêtaient boire un café en rentrant de leur travail. Il y avait encore beaucoup de touristes. Ils virent passer des visites guidées à vélo, puis en rollers. Autour d'eux, des voix d'Américains, de Hollandais et d'Allemands se mêlaient à celles des Français.

Au crépuscule, on pouvait voir plusieurs clochards avinés assis à la fontaine, certains traînant des chariots remplis de toutes leurs possessions, d'autres avec leurs chiens.

Enfin ils virent approcher un homme aux cheveux blancs. Il s'assit sur le bord de la fontaine, sortit une bouteille de la poche archi-usée de sa veste et but une lampée.

Charles paya l'addition et ils se dirigèrent vers le nouveau venu.

Charles lia conversation avec lui. Le cœur d'Agatha battait la chamade. Milord avait les mêmes yeux bleu vif et les mêmes cheveux blancs que Jeremy, même si son visage, qui avait dû être beau, était gâté par la couperose.

« Il dit qu'il dessoûle si on lui donne de l'argent, rapporta Charles. Il s'appelle Luke.

— Je ferais n'importe quoi pour de l'argent, déclara Luke dans un anglais parfait.

— Nous aimerions vous poser quelques questions, dit Agatha. Allons nous mettre au calme. Vous êtes très soûl ?

— Non, répondit l'autre d'un ton aimable. Je viens de me réveiller.

— On n'a qu'à aller s'asseoir au bord de la Seine », proposa Charles.

Ils marchèrent jusqu'au fleuve, descendirent sur les berges et s'assirent sur un banc face à l'imposante masse illuminée de Notre-Dame.

« Combien ? demanda Luke.

– Cent euros, fit Agatha après une seconde de réflexion.

– L'autre m'en a filé mille », répondit Luke avec un haussement d'épaules.

C'était pile la somme qu'Agatha avait retirée dans un bureau de poste sur la route de Birmingham. Elle en avait dépensé une partie, mais elle pouvait retirer de l'argent à un distributeur automatique.

« D'accord. Mais il faudra faire une déposition à la police.

– Non, pas question.

– Écoutez, racontez-nous votre histoire. À mon avis, vous n'avez rien à craindre de la police. Après tout, il ne vous a pas dit : "Faites-vous passer pour moi pendant que je vais assassiner ma femme", si ?

– Non, il a juste dit que c'était une blague.

– Alors vous ne risquez rien. Mille euros. »

Il y eut un long silence. Un bateau-mouche passa devant eux, illuminant leurs visages et faisant virer les platanes du quai au-dessus d'eux au vert vif.

Luke tendit la main vers sa bouteille, mais Charles objecta d'un ton ferme : « Pas d'alcool. »

Alors le clochard secoua les épaules et se mit à parler. Il s'appelait Luke Field, il était de père anglais et de mère française. Quand son père les avait abandonnés, sa mère avait quitté l'Angleterre pour revenir à Paris. Il était graphiste, mais il s'était fait virer d'un certain nombre de boîtes. L'Anglais l'avait abordé pour lui proposer de l'aider à jouer

276

un tour. Luke avait accepté en se disant qu'avec l'argent gagné, il pourrait se sevrer et retrouver du travail. L'homme, qui s'appelait Jeremy, l'avait alors emmené dans un appartement rue Madame.

« Dernier étage ? demanda Agatha d'une voix haletante.

– Oui. Il y avait une femme, une blonde, là-bas. Il l'appelait Felicity. »

La femme était partie peu après son arrivée. Jeremy était retourné à son hôtel pour en revenir avec l'un de ses costumes, des chaussures, une chemise et une cravate. Luke avait été baigné, rasé, son visage maquillé pour camoufler la couperose. Il avait dû s'entraîner à imiter la voix et les manières de Jeremy. Il possédait un passeport, même s'il songeait souvent à le vendre pour se faire un peu d'argent. D'après le marché qu'ils avaient conclu, il devait passer une nuit à l'hôtel. Pendant ce temps, l'Anglais partirait pour l'Angleterre en avion avec le passeport de Luke, et le lendemain, Luke le suivrait avec son passeport à lui. À l'arrivée, il devait lui téléphoner, ils se rencontreraient, échangeraient leurs passeports, puis Luke recevrait son argent et rentrerait à Paris.

« Mais pourquoi avez-vous parlé français à l'hôtel ? demanda Charles. Laggat-Brown n'en connaît pas un mot.

– Je ne savais pas. Il m'avait dit que son français était excellent, même s'il m'a toujours parlé en anglais. Le soir à l'hôtel, je me suis dit que j'allais essayer de rencontrer mon parrain des AA et rentrer directement me coucher pour rester à jeun. »

À partir de ce moment, Luke devint agressif. Il déclara qu'il ne voulait rien avoir affaire avec la police.

« D'accord, céda Agatha, mais accompagnez-nous à l'hôtel, que je vous donne votre argent. Il est dans le coffre de ma chambre. »

Et faites que les policiers français nous attendent là-bas ! pria-t-elle en silence.

Lorsqu'ils arrivèrent là-bas, toutefois, son cœur se serra : aucun uniforme en vue. « Montez dans ma chambre », ordonna-t-elle au clochard. Si elle gagnait du temps, ils finiraient peut-être par arriver. Pourquoi donc Charles venait-il avec eux ? Est-ce qu'il ne pouvait pas filer dans sa chambre et alerter la police ? Mais elle ne lui fit rien remarquer, car elle n'osait rien tenter qui puisse effrayer Luke.

Une fois dans sa chambre, elle sortit son portefeuille du coffre. Après sa mésaventure parisienne, elle avait décidé de ne sortir qu'avec le strict minimum.

Elle commença à compter lentement les billets, puis s'interrompit. « Je ne vois pas pourquoi je devrais vous payer, puisque vous refusez d'aller voir la police. En fait, dit-elle en remettant les billets dans son portefeuille, vos informations ne nous servent à rien si vous ne faites pas de déposition. »

Luke lui jeta un regard vorace. Il avait une furieuse envie de picoler. Voulait-il vraiment retrouver du travail ? L'hiver approchait, et il pensait qu'un autre hiver à la rue pourrait l'achever.

Mais il était terrifié à l'idée d'aller voir les flics. Ils l'accuseraient sans doute de complicité avec cet assassin.

Il en était là de ses hésitations lorsqu'on frappa impérieusement à la porte et qu'une voix cria en anglais : « Police ! Ouvrez ! »

Luke baissa la tête. Le sort en avait décidé pour lui.

12

Agatha n'oublierait jamais cette interminable nuit d'interrogatoires. Elle fut informée qu'à leur arrivée à Birmingham, le matin, une voiture de police les conduirait, elle et Charles, à Mircester.

Ainsi, sonnés par le manque de sommeil, ils débarquèrent de l'avion pour monter dans le véhicule qui les attendait.

« Il faut qu'ils nous laissent nous reposer, grommela Agatha. Je ne pourrai pas supporter ça encore longtemps. »

Ils s'endormirent tous les deux dans la voiture qui filait en trombe. Au commissariat, on leur annonça qu'ils seraient interrogés séparément. Fother, de la Special Branch, et l'inspecteur-chef Wilkes allaient se charger d'Agatha.

« Avant de commencer, s'empressa-t-elle de demander pendant qu'un agent insérait une cassette dans le magnétophone, est-ce que vous avez arrêté Laggat-Brown ?

— Oui, il a été amené ici pour un interrogatoire.

– J'imagine qu'il prétend avoir engagé Luke pour faire une plaisanterie.

– Il a essayé, mais nous avons retourné son bureau de fond en comble. Il en était toujours locataire, même s'il ne l'utilisait plus. Sous le plancher, nous avons trouvé la carabine pour tireur d'élite et une réserve de minuteurs. Maintenant, Mrs Raisin, passons aux choses sérieuses. Ça nous semble très étrange que vous ayez soudain eu l'intuition qu'il avait peut-être engagé quelqu'un pour jouer son rôle. Nous pensons que vous avez dissimulé des preuves aux forces de police.

– C'est une idée qui m'est venue comme ça », répondit-elle avec lassitude. Elle raconta l'histoire de Phyllis et de l'alcoolique sevré.

« Mais pourquoi Felicity Felliet ?

– La perte de leur demeure ancestrale a représenté une profonde humiliation pour les Felliet. Je me suis demandé si elle était dans le coup tout simplement parce qu'elle se trouvait elle aussi à Paris. Vous avez mis la main sur elle ?

– Nous la recherchons. Elle a disparu et ses parents n'ont eu aucun contact avec elle. Mais tout de même, nous avons du mal à croire que cette idée vous soit venue par l'opération du Saint-Esprit. Êtes-vous sûre que vous ne vous étiez pas liguée avec Laggat-Brown et que votre relation n'a pas tourné à l'aigre ?

– Oui ! cria Agatha. Et apportez-moi un café avant que je croule de sommeil ! »

L'interrogatoire se prolongea pendant des heures, et juste au moment où elle sentait qu'elle ne pourrait plus le supporter une minute de plus, on lui annonça qu'elle pouvait rentrer chez elle, mais pas quitter le pays.

En sortant, elle croisa Charles, qui s'apprêtait aussi à partir.

« Est-ce qu'on a besoin d'une voiture de police ? demanda-t-elle.

– Non, je leur ai donné les clés de la mienne pour qu'ils aillent la chercher à l'aéroport.

– La mienne est chez toi.

– Je passerai ce soir avec Gustav. Il conduira ta voiture, et je le remmènerai dans la mienne. »

Agatha entra dans son cottage. Après avoir vérifié dans les gamelles de ses chats que Doris leur avait donné à manger, elle monta droit dans sa chambre, s'effondra à plat ventre sur son lit et sombra dans un profond sommeil, dont elle ne fut réveillée que quatre heures plus tard par le bruit de la sonnette.

Elle hésita à laisser sonner, puis se dit que c'était peut-être Mrs Bloxby. Péniblement, elle descendit donc ouvrir la porte. Bill Wong était là, un bouquet de fleurs à la main.

« On dirait que vous revenez du front, dit-il.

– Des fleurs. Comme c'est gentil. Entrez, Bill. Et racontez-moi tout ! »

Il la suivit dans la cuisine.

« Eh bien voilà : j'en ai sacrément bavé pour leur expliquer que vos intuitions et vos idées extravagantes avaient produit des résultats par le passé. Laggat-Brown a craqué quand ils ont sorti la carabine et les minuteurs.

» Apparemment, il gagnait sa vie en fournissant des minuteurs pour bombes à retardement à l'IRA provisoire et d'autres groupes terroristes. Puis il a rencontré Felicity Felliet, dont il est tombé amoureux. Il voulait se retirer de ses affaires clandestines tandis qu'elle voulait récupérer la demeure familiale. Il avait réellement l'intention de tuer sa femme.

» Sur ce, Felicity a appris que Charles avait rendu visite à ses parents, qu'il avait posé des questions à son sujet. Elle a fait des recherches sur vous, Agatha, dans les archives des journaux, et persuadé Laggat-Brown que vous étiez plus dangereuse que la police. Il ne voulait pas vous liquider lui-même, alors comme il avait plein de contacts dans le milieu, il a engagé Mulligan.

» Ensuite il a décidé de se remarier avec sa femme et, après un laps de temps raisonnable, de la tuer en maquillant sa mort en accident. Après la tentative manquée pour vous intoxiquer au gaz, il était plus réticent à engager quelqu'un pour se débarrasser de vous... pour le moment, en tout cas.

» Trouver Luke, le clochard, a été un coup de veine. Du moins c'est ce qu'il croyait. C'est Felicity qui l'a vu, un jour, et qui a remarqué la ressemblance frappante entre les deux hommes.

– Elle commence à me faire l'effet d'une vraie Lady Macbeth.

– Oui, elle semble avoir joué un rôle déterminant dans toute cette affaire. Elle a travaillé un moment comme secrétaire de Laggat-Brown, puis ils ont tous les deux estimé qu'il valait mieux qu'elle emménage à Paris afin de diminuer le risque qu'on les voie ensemble.

» Une fois qu'il se serait débarrassé de sa femme, Jeremy aurait hérité de sa fortune et épousé Felicity, qui aurait récupéré son ancienne maison.

– Et Harrison Peterson, dans tout ça ?

– Il s'avère que c'était un intermédiaire de l'IRA provisoire. Il transportait des fonds dans le monde entier, apportait du liquide aux terroristes colombiens, ce genre de trucs. Il voulait se retirer, lui aussi, et s'apprêtait à parler à la police une fois qu'il aurait vu Patrick. C'est Laggat-Brown qui a fait mettre votre téléphone sur écoute. Quand il a entendu le message de Patrick, il a su qu'il fallait éliminer Harrison. Il savait aussi qu'il devrait s'en charger lui-même, parce qu'Harrison lui faisait assez confiance pour le laisser entrer dans sa chambre.

– Et on n'a aucune idée de l'endroit où Felicity se cache en ce moment ?

– Non, mais je ne pense pas qu'elle oserait tenter quoi que ce soit. À mon avis, elle n'en avait rien à faire de Laggat-Brown. Elle se servait uniquement de lui pour récupérer le manoir familial. Ses parents sont anéantis, les pauvres. Ne vous inquiétez pas ! Nous la recherchons activement, Interpol est sur le coup et la Special Branch aussi. Le plus triste, c'est que tout le mérite de la résolution de l'affaire va vous échapper.

– Et pourquoi ?

– Parce que, pour citer Fother : "Que les journaux apprennent qu'une vieille toquée d'une agence de détectives de province a réussi là où la Special Branch échouait ? Plutôt crever !"

– Je pourrais appeler la presse moi-même.

– Pas avant le procès, non.

– Ah ! en effet. Je vais téléphoner à Patrick pour lui dire que je prends ma journée de demain. Tout ce que je veux, c'est dormir puis passer chez le coiffeur et l'esthéticienne.

– Vous serez contente d'apprendre qu'un agent va monter la garde devant chez vous ce soir et que le beau Darren Boyd prendra la relève demain. »

Après le départ de Bill Wong, Agatha se prélassa longuement dans un bain chaud. Ensuite, elle enfila une robe de chambre et dîna d'un plat de spaghettis bolognaise réchauffé au micro-ondes, s'occupa de ses chats, verrouilla sa maison et retourna se coucher.

Mais le sommeil se fit attendre. Felicity Felliet se trouvait toujours quelque part dans la nature, et Agatha avait la certitude qu'elle serait prête à tout pour se venger.

Charles lui ramena sa voiture avec Gustav tôt le lendemain matin et lui annonça qu'il reviendrait le soir même, avant d'ajouter que le café que la police leur avait servi devait avoir des vertus reconstituantes, car son rhume avait complètement disparu.

Agatha passa la journée chez l'esthéticienne, où elle choisit de faire un soin complet du visage, et chez le coiffeur, où elle se fit teindre les cheveux. À son retour chez elle, elle trouva Charles garé dehors. Il était toujours stupéfait que toutes les cochonneries qu'elle ingurgitait ne l'empêchent pas d'avoir de beaux cheveux brillants et une peau parfaite.

« J'ai oublié ma clé, expliqua-t-il. Je vois que le beau Boyd est là, devant une table chargée de bons petits trucs à manger !

– Les femmes du village le gâtent. Bon, quel est le programme ?

– On devrait peut-être rendre visite à George. Ce serait plus correct. »

George Felliet était furieux contre eux. Charles dut écouter une diatribe passionnée sur la traîtrise et les faux amis. Après avoir attendu qu'il se soit épuisé, il fit remarquer avec douceur : « Il faut te rendre à l'évidence : elle est coupable. »

À ces mots, son ami s'effondra dans un fauteuil.

« Elle n'a pas supporté de quitter le manoir. Petite fille, déjà, elle ne comprenait pas que l'argent nous manquait. Elle n'arrêtait pas de demander des choses hors de prix. Des habits, le tout dernier modèle d'ordinateur, ce genre de trucs. Mais je n'aurais jamais cru qu'elle irait jusque-là.

– Et tu n'as pas eu de ses nouvelles ?

– Pas un mot. »

À cet instant, Crystal Felliet entra dans la pièce.

« Sortez de là ! cria-t-elle en les fusillant du regard.

– Mais, Crystal…, commença Charles.

– DEHORS ! » hurla-t-elle de plus belle.

Agatha et Charles se sauvèrent. Dans la voiture, elle demanda : « Tu crois qu'ils cacheraient leur fille si elle venait les trouver ?

– Difficile à dire. Je pense que la voiture, là, de l'autre côté de la rue, est un véhicule de police banalisé.

– Tu dors chez moi ?

– J'aimerais bien, mais j'ai des choses à régler à la maison. Tu n'as rien à craindre, avec le policier en faction à ta porte. »

Le lendemain matin, Emma Comfrey errait dans l'unité psychiatrique de la prison en parlant toute seule. Elle avait retrouvé sa lucidité quelques jours plus tôt, mais elle continuait à simuler la folie parce qu'elle ne voulait pas être déclarée en état de passer en jugement.

Au cours des derniers jours, elle avait réussi à jouer la comédie de la démence lors de ses entretiens avec différents psychiatres. Cet après-midi-là, elle se retrouva face à une nouvelle spécialiste, une femme aux yeux petits et aux cheveux châtains brillants. Cette femme lui rappela fortement Agatha Raisin – Agatha Raisin, qu'Emma tenait pour responsable de tous ses malheurs.

Elle sourit d'un air absent, la bave au coin des lèvres, tandis que les idées se bousculaient dans sa tête. Convaincue qu'elle ne parviendrait pas à percer le mur de folie de la patiente, la psychiatre céda la place à une infirmière.

« Allez, ma petite dame, dit l'infirmière, prenez vos médicaments. »

Elle tendit à Emma quelques comprimés sur un petit plateau.

Emma la fixa d'un air absent.

« Là, je vais vous aider. Voilà un verre d'eau, et voilà le premier comprimé. »

Le regard d'Emma se porta derrière elle, sur le plateau où était posée une seringue de tranquillisant comme on en utilisait pour maîtriser les patients qui devenaient violents. Elle l'avait vu faire l'autre jour. Elle prit le verre d'eau, le jeta à la figure de l'infirmière, s'empara de la seringue tout en plaquant une main sur la bouche de la femme et la planta dans sa chair. Elle ne relâcha son étreinte que lorsqu'elle sentit le corps de sa victime devenir tout mou dans ses bras.

Elle échangea ses vêtements d'hôpital contre la blouse blanche, les vêtements et les chaussures de l'infirmière, sans oublier d'agrafer le badge à son nom sur sa poitrine.

Elle traîna sa victime sur son lit et la couvrit entièrement avec les couvertures.

Comme elle n'était pas considérée comme dangereuse, personne ne gardait sa porte. La tête baissée sur l'écritoire de l'infirmière comme si elle était en train de l'étudier, elle se dirigea en vitesse vers la sortie. Voyant venir à sa rencontre un médecin, elle s'engouffra dans une pièce qui s'avéra être une pharmacie.

Il y avait un infirmier de garde. « J'ai besoin de deux autres seringues de tranquillisant », dit-elle d'un ton brusque. L'homme posa à contrecœur son journal, ouvrit un placard fermé à clé et lui donna deux seringues, avant de lui tendre un carnet : « Signez ici. » Il ne l'avait pas reconnue, mais il faut dire qu'il y avait du roulement parmi les infirmiers et les infirmières de l'unité psychiatrique.

Emma jeta un coup d'œil au bout de carton plastifié accroché à sa poitrine et signa « Jane Hopkirk ».

En glissant les seringues dans sa poche, elle sentit une clé tout au fond. Comme le couloir était vide, elle la sortit : c'était une clé de casier.

Où pouvaient donc se trouver les casiers ? Elle faillit éclater de rire : sur le mur au fond du couloir était affiché un plan de l'hôpital.

Elle sentait des odeurs de cantine. Avec un peu de chance, la plupart des infirmières seraient au réfectoire, laissant aux aides-soignants le soin de distribuer leur déjeuner aux patients.

Dans le vestiaire, le numéro inscrit sur la clé lui permit de localiser le bon casier. Il renfermait un manteau et un sac à main. Le sac à main contenait des clés de voiture.

Emma enfila le manteau, prit le sac à main. Après quoi elle descendit l'escalier et sortit du bâtiment d'un pas vif par la porte principale.

Elle fit le tour du parking en appuyant sur le bouton de déverrouillage à distance jusqu'à ce qu'elle voie des feux clignoter.

La voiture était une Volvo dernier modèle. Miss Hopkirk devait avoir touché un héritage, pensa Emma. Elle n'aurait jamais eu les moyens de se payer ça avec son seul salaire d'infirmière.

Un laissez-passer était collé sur le pare-brise, ce qui lui permit de franchir le poste de garde avec un simple sourire et un signe de la main. Après avoir roulé un moment, elle se rangea sur le bas-côté et fouilla dans le sac à main. Le portefeuille contenait plus de cent livres. Dans une poche latérale, à son grand bonheur, elle découvrit un code confidentiel. Elle se rendit au distributeur automatique le plus proche, inséra la carte et retira deux cents livres.

Ils viendraient l'arrêter quand elle aurait fait ce qu'elle avait à faire, mais alors, Agatha Raisin ne serait plus de ce monde.

Elle laissa la voiture à l'extérieur de Mircester, acheta un vélo, puis prit le chemin de Carsely en passant par les petites routes chargées des feuillages de l'automne.

L'agent Boyd étira ses longues jambes. Le temps s'était remis au beau. Il se sentait somnolent, gavé de thé, de scones et de gâteaux maison.

Une jeune femme mince vêtue d'un tailleur, un foulard de soie noué sur la tête, s'approcha de lui.

« Je me demandais si vous voudriez goûter mon vin maison, dit-elle. Agatha m'envoie de l'agence pour récupérer des papiers. J'ai les clés.

– C'est très aimable à vous.

– Buvez-en un verre, j'insiste. J'en suis très fière.

– Juste un, alors. Et ne le dites à personne. Je ne suis pas censé boire pendant mon service.

– J'ai apporté un verre. »

La jeune femme dévissa le bouchon de la bouteille et versa le vin.

Boyd la regarda tourner la clé dans la serrure et désactiver l'alarme anticambriolage. Une fois la porte refermée, il huma le vin. Il avait une odeur extrêmement sucrée. Comme il ne voulait pas offenser la jeune femme, il vida son verre dans une plate-bande de pensées et se cala de nouveau dans son fauteuil. Dans la chaleur du soleil, le ventre plein de bonnes choses faites maison, il sombra dans le sommeil en un rien de temps.

Il n'entendit pas la porte s'entrouvrir puis se refermer derrière lui.

Felicity Felliet retourna s'asseoir dans la cuisine pour attendre. Elle avait mis un puissant somnifère dans le vin. Heureusement que Jeremy lui avait laissé les clés du cottage d'Agatha. L'homme qu'il avait engagé pour l'asphyxier avait fait reproduire le jeu en deux exemplaires et il en avait envoyé un à Jeremy au cas où la première tentative échouerait. Et cette conne avait oublié de changer le code de l'alarme !

Les chats la fixaient. Ils coururent dehors dès qu'elle leur ouvrit la porte du jardin. Elle avait filé Agatha et l'avait vue entrer dans l'épicerie du village. Il n'y en avait plus pour longtemps. « Je fais ça pour toi, Jeremy, espèce de loser, et pour me débarrasser de la salope qui m'a fait perdre ma maison », marmonna-t-elle.

Agatha sortit de l'épicerie avec deux boîtes de pâtée pour chat. Habitués à être dorlotés, Hodge et Boswell préféraient la vraie nourriture, mais pour une fois, ils devraient se contenter de ce succédané industriel. Ces interrogatoires interminables l'avaient épuisée. Elle décida sur un coup de tête de rendre visite à Mrs Bloxby pour lui raconter la suite des événements.

L'épouse du pasteur écouta son récit avec stupéfaction. « J'ai toujours pensé que votre intuition était un don du Ciel, Mrs Raisin. »

Agatha eut l'air mal à l'aise, comme chaque fois qu'il était question de Dieu.

« Felicity Felliet est toujours dans la nature, remarqua-t-elle.

— Je pense que vous ne risquez rien tant que la police monte la garde. Où pourrait-elle s'enfuir ?

— N'importe où, fit Agatha d'un air sombre. Je vous parie qu'elle a cinq ou six passeports, celle-là. »

Emma avait fait une halte pour acheter un couteau de chasse. Elle se sentait l'esprit incroyablement lucide et logique. Mais lorsqu'elle laissa son vélo tout en haut de la route descendant vers Carsely pour continuer à pied, elle se mit à entendre des petites voix insistantes au fond de sa tête. L'une d'elles était celle de son défunt mari : « Qu'est-ce que t'es mal fagotée, Emma, disait-il. Tu n'as rien d'autre à te mettre ? »

Elle ignora les voix et continua résolument son chemin. Elle prévoyait de poignarder Agatha après lui avoir injecté du tranquillisant et enfin de la découper lentement en morceaux. En s'engageant dans Lilac Lane, elle s'arrêta net à la vue du policier, mais il semblait dormir. Elle avança et passa devant lui.

Elle s'apprêta à sonner, puis se ravisa et essaya d'ouvrir la porte. Bingo ! Agatha était chez elle.

Elle marcha jusqu'à la cuisine.

Une femme blonde, une inconnue, était assise à la table.

Felicity regarda Emma, Emma regarda Felicity. Celle-ci n'avait vu d'Agatha que des photos de presse pleines de grain sur microfiche. Cette femme, avec son couteau de chasse à la main, était sûrement sa proie.

Emma bondit dans sa direction tandis qu'elle lui tirait dans la poitrine. Quand Emma se fut écroulée sur le sol, elle lui logea froidement deux balles dans la tête.

L'agent Boyd se réveilla en sursaut. Une voix l'appelait sur sa radio.

« Oui ? fit-il.

— Sois sur tes gardes, Emma Comfrey s'est échappée.

— Quand ?

— Il y a une heure et demie environ.

— Compris ! »

C'est alors qu'il entendit des coups de feu dans la maison. La porte était ouverte. Il se précipita à l'intérieur. La femme qui lui avait offert le vin se tenait debout au-dessus d'un corps étendu par terre. Il se jeta sur elle au moment où elle tirait, ce qui fit dévier le coup de feu. Il la plaqua au sol et lui passa les menottes.

Puis il appela des renforts par radio.

Il sortit du cottage les jambes flageolantes. Il était dans le pétrin. On allait lui demander comment les deux femmes avaient pu passer devant lui sans être inquiétées, et il allait devoir avouer qu'il dormait. Il sortit une photo de sa poche. La femme qui avait tiré sur lui était Felicity Felliet, il ne l'avait pas reconnue. Mais enfin, minute, elle avait ce foulard sur la tête ! Je parie qu'il y avait un somnifère dans le vin, pensa-t-il. Faites que ce soit le cas ! Bien sûr qu'il y avait un somnifère dedans !

Après ces événements, la police ne pouvait plus empêcher le nom d'Agatha d'apparaître dans la presse. Tous ces attentats à sa vie firent les gros titres des journaux. Sa première impulsion fut d'aller se terrer dans un hôtel jusqu'à ce que les choses se tassent, mais après avoir réalisé que la publicité était justement ce dont avait besoin son agence de détectives, elle alla se vanter de ses prouesses à la télé, à la radio et dans les journaux.

Dans les articles, Charles et Roy ne virent jamais leurs noms cités.

Charles appela le premier pour lui demander, d'un ton plein de sarcasme, quel effet cela lui faisait d'avoir tout résolu toute seule. Troublée, Agatha commença à se justifier, mais il lui raccrocha au nez.

Puis ce fut Roy, avec toute la hargne dont il était capable. « Tu as oublié comment ça se passe dans la com', espèce de vieille harpie ! Toute publicité est bonne à prendre. Tu ne penses à tes amis que quand tu as besoin d'eux. Sinon, tu n'es pas disposée à les aider ou à te donner du mal pour eux. Tu devrais avoir honte ! »

Agatha ne décoléra pas pendant plusieurs jours. Vraiment, ils étaient tous les deux ridicules ! Après tout, c'est elle qui avait trouvé la solution. Enfin, elle n'avait pas le temps de s'inquiéter à leur sujet. Son agence de détectives marchait si bien qu'elle était obligée de refuser des clients.

Bill Wong lui rendit visite un soir.

« Voilà, l'affaire est dans le sac. Pour Felicity, Jeremy n'était qu'un moyen de parvenir à ses fins. Elle nous a raconté tout ce que nous avions besoin de savoir sur lui et ses activités.

— Ce qui me laisse perplexe, remarqua Agatha, c'est qu'il ait envoyé des menaces de mort à sa fille, qu'il aimait tant...

— D'après Felicity, il était prêt à donner une frayeur à Cassandra. Il disait qu'elle se remettrait vite de l'assassinat de sa mère. Je pense qu'il était obsédé par la fille Felliet. Quand il a mis la clé de sa société d'import-export sous la porte, il a jugé qu'il valait mieux qu'elle trouve un emploi à l'étranger, pour qu'on ne puisse pas faire le lien entre elle et lui.

— Mais la police a enquêté sur sa société. Elle a sûrement entendu parler de cette secrétaire blonde et cherché à la contacter ?

— Felicity travaillait sous un faux nom, avec de faux papiers. Elle se faisait passer pour une certaine Susan Fremantle. La vraie Susan Fremantle est décédée l'an dernier dans un accident de voiture. Son logement a été cambriolé pendant son enterrement. Jeremy a certainement acheté les papiers pour Felicity à un malfrat quelconque. Je ne suis pas sûr de comprendre d'où vous avez sorti cette idée que Jeremy avait engagé une doublure.

– C'est grâce à un simple mot : parrain. Le faux Jeremy avait dit au réceptionniste qu'il allait rencontrer son parrain. Une amie à moi, alcoolique, m'avait parlé d'un bel homme qui avait arrêté de boire grâce aux Alcooliques Anonymes et dont la description correspondait à celle de Jeremy. Je savais que Jeremy n'était pas alcoolique : à son âge, sa figure et sa silhouette l'auraient trahi. J'ai pensé que le parrain qu'allait rencontrer le Jeremy de l'hôtel n'était peut-être pas un parrain de baptême, mais un parrain des AA, et que ce bel homme dont avait parlé mon amie était peut-être la doublure de Jeremy. Mais ce n'était pas le cas.

– Vous avez eu la chance des débutants ! s'exclama Bill.

– Je suis une professionnelle confirmée, maintenant », rétorqua Agatha avec raideur.

C'est seulement vers la fin des sombres journées de novembre qu'elle commença à souffrir de l'absence de Roy et de Charles. Les affaires s'étaient brusquement calmées, comme si tout le monde avait décidé d'économiser pour Noël, comme si toutes les riches aspirantes au divorce avaient remis à plus tard, après les fêtes, la quête de la vérité sur leurs maris adultères.

Miss Simms avait donné sa démission, expliquant qu'elle préférait rester chez elle avec sa petite fille parce qu'elle n'aimait pas la laisser toute la journée à une baby-sitter.

Sur les suggestions de Patrick Mullen, Agatha avait embauché une détective, Sally Fleming, qui avait déjà travaillé pour deux autres agences. Petite, le teint mat, la mise soignée, Sally était d'une grande efficacité. À la place d'une succession d'intérimaires, Agatha avait aussi engagé en guise de secrétaire une certaine Mrs Edie Frint, une veuve aux compétences irréprochables.

Pour la première fois depuis le lancement de l'agence, elle avait du temps libre et se mit à déplorer la perte de ses amis.

Au moins, il lui restait toujours Mrs Bloxby et Bill Wong.

Un jour noir et venteux de novembre, elle marcha jusqu'au presbytère. Elle n'avait encore rien dit à Mrs Bloxby de sa brouille avec Charles et Roy, mais elle allait maintenant lui demander conseil.

« Je ne sais pas quoi faire », se lamenta-t-elle dans le confortable salon de l'épouse du pasteur. Le feu crépitait dans la cheminée et le vent hurlait entre les tombes du cimetière. « J'aurais cru que l'un des deux au moins m'aurait téléphoné, à l'heure qu'il est.

— Et vous, avez-vous essayé de les appeler ?

— Ça ne sert à rien d'appeler Charles, le mufle qui lui sert de valet me répondra qu'il n'est pas là même si c'est faux. J'ai essayé d'appeler Roy une fois, et j'ai entendu sa voix en arrière-fond, mais sa secrétaire a prétendu qu'il était en réunion.

— Mon Dieu ! Laissez-moi réfléchir. Est-ce que vous organisez une fête de Noël pour vos employés ?

— J'envisageais quelque chose de simple, à l'agence, avec du champagne et des petits trucs à grignoter.

— Pourquoi pas un dîner de Noël chez vous ? J'ai l'impression que vous n'avez jamais utilisé votre salle à manger. Si vous organisiez ce dîner deux semaines avant Noël, disons, vous auriez une chance que vos deux amis n'aient pas d'autres engagements.

— Mais pourquoi viendraient-ils ?

— L'idée du repas de Noël a le don d'adoucir les cœurs. Et je vous aiderai à cuisiner.

— C'est gentil à vous, mais je me débrouillerai toute seule.

— Mrs Raisin, savez-vous préparer une dinde rôtie ?

— C'est à la portée de n'importe quel imbécile.

— Pas vraiment. Nous en reparlerons. Et n'oubliez pas d'inviter Miss Simms.

— Soit, mais elle ne travaille plus pour moi.

— Non, mais Patrick Mullen, si.

– Quel rapport ?

– C'est le nouvel ami de Miss Simms.

– Le petit cachotier ! Bien, que je récapitule. Il y aura Sammy et Douglas, Patrick et Miss Simms, Sally et Edie, Charles et Roy, vous et votre mari…

– Sammy et Douglas ne sont pas mariés ?

– Non, ni l'un ni l'autre.

– Je vous aiderai. Mais c'est une période de l'année affreusement chargée pour Alf, il ne pourra pas venir. »

Mrs Bloxby voulait dire par là que son mari refuserait l'invitation.

« Alors ça fera huit, dix avec vous et moi, si vous pouvez vous libérer. Mais cette fois, c'est moi qui cuisine tout.

– Et Bill Wong ?

– Mon Dieu ! s'exclama Agatha, littéralement rouge de confusion. Qu'est-ce qui m'arrive ? Il ne me restera bientôt plus aucun ami si je continue comme ça.

– Est-ce que vous êtes vraiment sûre de pouvoir vous charger du repas pour un aussi grand nombre de personnes ?

– Mais oui ! Ce sera un repas de Noël inoubliable. »

Épilogue

Agatha fit spécialement imprimer des cartons d'invitation aux couleurs rouge, verte et dorée, portant la mention R.S.V.P.

Elle poussa un soupir de soulagement lorsque Roy, d'abord, puis Charles, acceptèrent. Elle s'était déplacée jusqu'à un élevage de dindes pour choisir la plus grosse des volailles et avait demandé à ce qu'on la tue, la plume et la laisse suspendue plusieurs jours avant la livraison.

Après avoir étudié différentes recettes de pudding de Noël, elle jugea qu'il serait moins risqué d'en acheter un. L'entrée serait simple : rouleaux de saumon fumé aux crevettes, accompagnés d'une sauce Marie-Rose.

Pour la dinde, rien ne devait manquer à la garniture – il y aurait de la sauce aux airelles, des choux de Bruxelles, du maïs, des champignons farcis et de la sauce au jus de viande. La salle à manger avait besoin d'être décorée pour l'occasion. Il fallait qu'elle achète de très bons

Christmas crackers. Voyons, devait-elle prévoir un petit cadeau pour chaque invité ? Était-ce excessif ? Oh, et puis autant mettre le paquet !

Si seulement les magasins n'étaient pas aussi bondés ! Si seulement les sonos arrêtaient de déverser cette foutue musique de Noël sur les clients stressés ! Si elle entendait une énième interprétation de *Have Yourself a Merry Little Christmas*, elle allait se mettre à hurler ! Cette chanson résonnait comme une moquerie à ses oreilles.

Puis il y eut l'histoire du sapin de Noël, qu'elle traîna jusque dans son cottage pour s'apercevoir qu'il était trop haut pour le plafond à poutres apparentes de sa salle à manger. Elle scia le sommet de l'arbre, qui eut alors exactement l'air d'un arbre dont on a scié le sommet. Elle le jeta dans le jardin, alla en acheter un autre et passa toute une soirée à le décorer avec des nœuds dorés et de jolies boules. Elle fut réveillée au milieu de la nuit par un tintement de verre brisé.

Elle se rua dans la salle à manger. Hodge et Boswell prenaient un immense plaisir à donner des coups de patte dans les décorations et à les regarder tomber par terre et voler en éclats. Elle cria sur ses chats, les chats effarouchés grimpèrent au sapin, le sapin culbuta et s'effondra avec fracas sur le sol.

Le lendemain, elle dut donc acheter de nouvelles décorations et enrôler Doris pour l'aider à nettoyer les dégâts. Puis elle sentit – dans un accès de sensibilité inhabituelle – que sa femme de ménage était blessée de ne pas avoir été invitée au dîner.

Elle fonça dans son bureau, où il lui restait par bonheur deux invitations inutilisées, sur lesquelles elle inscrivit en vitesse les noms de Doris et de son mari.

« Doris, je suis désolée ! s'exclama-t-elle en lui tendant les deux cartons. J'avais oublié de les poster ! »

Le visage de sa femme de ménage s'illumina. « C'est vraiment gentil à vous. Bien sûr qu'on viendra. »

Une fois le sapin redécoré et toute la salle à manger ornée de guirlandes vertes, argentées et rouges, Agatha trouva le reste de la maison un peu dépouillé. Nouvelle virée dans les magasins pour acheter d'autres décorations.

La dinde lui fut livrée. Elle était trop grosse pour entrer dans le réfrigérateur, alors elle la suspendit devant la porte de derrière. Il ne lui effleura pas l'esprit que si la bête ne tenait pas dans le réfrigérateur, elle ne tiendrait peut-être pas non plus dans le four.

Fait qu'elle ne découvrit que le matin du jour où elle donnait son repas.

Elle aurait pu aller en acheter une plus petite au supermarché, mais celle-ci, élevée en plein air, serait bien meilleure.

Elle se souvint alors qu'il y avait un grand four dans la cuisine de la salle des fêtes du village. Elle appela Harry Blythe, le président du conseil communal, et il lui donna l'autorisation de l'utiliser.

Elle farcit la dinde, qui lui sembla absorber une quantité astronomique de chair à saucisse. Puis elle couvrit les blancs de lanières de poitrine fumée. Ça y est, elle avait fini ! Elle transporta la bête en voiture jusqu'à la salle des fêtes.

Comme les boutons du four étaient vieux et usés, elle ne pouvait mesurer précisément la température, alors elle y alla un peu à l'aveuglette.

Elle claqua la porte du four à l'instant où retentissait la sonnerie de son portable.

« Ah, Charles ! s'écria-t-elle. Je suis tellement contente que tu viennes ! Je croyais que tu ne m'adresserais plus jamais la parole.

– Combien serons-nous ?

– Treize, normalement.

– J'espère qu'il n'y a pas de superstitieux. Tu fais appel à un traiteur ?

– Je cuisine tout moi-même.

– Aggie, est-ce que tu vas passer au micro-ondes treize repas de Noël ?

– Absolument pas ! répondit-elle fièrement. J'ai une grosse dinde fermière, tellement grosse que j'ai dû la mettre dans le four de la salle des fêtes.

– Dis-moi, est-ce que tu veux que je vienne plus tôt pour t'aider ?

– Merci, mais je me débrouille. »

Agatha rentra chez elle et se lança dans la préparation des entrées, sur ses plus jolies assiettes en porcelaine. Elle avait craqué, elle avait acheté la sauce ; l'opération lui parut donc un jeu d'enfant. Elle avait déjà fait cuire les choux de Bruxelles, se disant qu'elle pourrait les réchauffer au micro-ondes. Elle fit de même pour les champignons farcis et les mit de côté.

La cuisine commençait à être sens dessus dessous, avec des plats et des casseroles sales un peu partout.

Agatha décida de monter se changer. Elle enfila une robe longue en velours rouge fendue sur le côté et de très hauts talons. Un collier en or apportait la touche finale à sa tenue.

Elle redescendit à la cuisine et noua un long tablier par-dessus sa robe. Elle avait bien mérité de s'asseoir un peu pour boire un verre. Elle était épuisée.

Elle se servit un grand gin-tonic. C'est alors qu'elle entendit la sirène d'un véhicule fonçant à travers le village. Elle se raidit, mais se détendit aussitôt. Tous ceux qui lui voulaient du mal étaient morts ou enfermés.

Le téléphone sonna. C'était Mrs Bloxby.

« Je me demandais si tout allait bien, dit la femme du pasteur.

— Très bien ! répondit fièrement Agatha. J'ai la situation bien en main. La volaille était trop grosse pour mon four, alors je l'ai mise à cuire dans celui de la salle des fêtes.

— Oh ! Mrs Raisin, on vient de me téléphoner

307

pour me dire qu'il y avait un camion de pompiers là-bas et que de la fumée sortait du bâtiment.

– Il faut que je file. »

Agatha courut jusqu'à sa voiture et fonça à la salle des fêtes. Harry Blythe, furieux, l'apostropha : « Vous avez mis le gaz trop fort, votre volatile a commencé à flamber ! Le détecteur de fumée a sonné et j'ai appelé les pompiers. C'est seulement de la fumée, je vous l'accorde, mais ça a fait de vilains dégâts. Il va falloir repeindre tous les murs.

– Je ferai venir des peintres, répondit Agatha, au désespoir. Et ma dinde ? »

Un pompier surgit de la fumée, un plat à rôtir dans ses mains gantées. À l'intérieur du plat, une grosse masse calcinée.

Agatha était désespérée. Il fallut qu'elle reste là à s'expliquer avec le capitaine des pompiers. Il fallut aussi qu'elle apaise la colère d'Harry Blythe en lui promettant de faire intervenir les peintres dès le lendemain. Le président du conseil communal commençait à avoir l'air presque réjoui. La salle des fêtes avait sérieusement besoin d'un coup de peinture, de toute façon.

« Vous voulez ce machin ? demanda le pompier en tendant la dinde carbonisée.

– Non, merci, répondit Agatha d'un air sinistre. Jetez-moi cet oiseau de malheur ! »

Elle consulta sa montre. Ses invités devaient arriver dans une heure.

Au rayon traiteur de l'épicerie, elle acheta tout le stock de tranches de dinde. Puis elle se dépêcha de rentrer chez elle.

En ouvrant la porte, elle entendit le détecteur de fumée qui sonnait dans la cuisine. Tout le liquide s'était évaporé de la préparation aux abattis qu'elle faisait cuire en vue de sa sauce au jus de viande et la casserole commençait à fumer.

Elle jeta contenu et contenant dans le jardin.

La sonnette retentit. En trouvant Charles sur le pas de sa porte, elle se jeta dans ses bras.

« Je suis venu en avance parce que je me suis dit que tu allais nous faire bouffer de la bouillie pour chats. Tu n'as jamais su cuisiner. »

Agatha l'attira dans la maison tout en lui racontant chaotiquement la mésaventure de la dinde partie en fumée.

« Quelle pagaïe ! s'écria Charles en regardant autour de lui. Est-ce que tu avais l'intention de nous servir ces tranches de dinde que tes chats sont en train de déguster ? »

Agatha avait beau adorer ses chats, à cet instant elle les aurait volontiers étranglés ! Elle les chassa dans le jardin, revint s'asseoir et se couvrit la figure de ses mains.

« Laisse-moi faire, proposa Charles. Contente-toi d'apporter ta carte bancaire quand je t'appellerai. Est-ce que tu as de quoi lancer le repas ? »

Agatha lui montra ce qu'elle avait dans le réfrigérateur.

« Ça m'a l'air bien, fit Charles. Va enlever la suie de ton visage. »

Agatha monta retoucher son maquillage et redescendit au moment où ses premiers invités arrivaient.

Après avoir servi à boire à tout le monde, elle resta à bavarder, tout en se demandant ce que pouvait bien fabriquer Charles.

Elle entra une fois dans la cuisine, mais il était au téléphone et ne s'interrompit que pour lui dire : « Sers les entrées. J'arrive dans une minute. »

Agatha fit passer tout son petit monde dans la pièce voisine. Qu'est-ce que cette soirée lui avait coûté cher, tout compte fait ! Elle avait même racheté des chaises pour la salle à manger. Tous les convives s'extasièrent sur les décorations. La table était joliment dressée, avec des brindilles de houx enroulées autour de trois grandes chandelles, et ses plus beaux verres en cristal.

Lorsqu'elle retourna à la cuisine, Charles avait disposé toutes les entrées sur trois plateaux.

« Commence à les emporter », intima-t-il.

Agatha ne savoura guère les rouleaux de saumon, inquiète qu'elle était de savoir par quoi son ami avait prévu de remplacer la dinde perdue. Brusquement, les chants de Noël qui passaient doucement en musique de fond résonnèrent à pleine puissance.

« Excusez-moi », fit Agatha. Elle se précipita à

la cuisine. Des hommes en blouse blanche étaient en train d'y apporter de gros récipients.

« Sors ta carte de crédit, la pressa Charles. Il faut payer tout ça. »

Agatha s'exécuta docilement, sans même jeter un coup d'œil à la facture.

Une grosse dinde brun doré surgit de son récipient isotherme pour être déposée sur un plat de service. Suivirent des saladiers de choux de Bruxelles, champignons, petits pois, pommes de terre rôties, patates douces, de la sauce aux airelles, des petits pains chauds et un bol de sauce au jus de viande.

« Prends la dinde, ordonna Charles, j'apporte le reste.

— Est-ce que c'est toi qui as monté le son, sur la chaîne ?

— C'était pour couvrir l'arrivée de tout ce petit monde par la porte de derrière. Je baisserai quand ils seront repartis. »

Agatha apporta la dinde à table au milieu des oh ! et des ah ! de ses invités. Puis elle aida Charles à porter le reste et baissa le son sur la chaîne après le départ du dernier homme en blouse blanche.

« Tu me pardonnes, dis ? chuchota-t-elle à Roy, vêtu pour la circonstance d'un costume de velours vert et coiffé d'une couronne de houx en plastique.

— Avec un repas comme celui-ci, je suis prêt à tout te pardonner. Mais ne recommence pas. »

Elle se détendit enfin, malgré les regards cyniques que lui lançait Charles chaque fois qu'un convive louait ses qualités de cuisinière.

La dinde était délicieuse. Agatha se demanda où son ami baronnet l'avait dénichée : elle n'avait pas la tête, tout à l'heure, à lire le nom du traiteur sur la facture.

« Est-ce que tu as du pudding de Noël ? lui demanda-t-il.

— Oui. Et ne t'inquiète pas : ce n'est pas moi qui l'ai fait, je l'ai acheté.

— Bien, alors plus rien ne peut arriver. »

Agatha lui sourit avec affection. Son Charles adoré ! Comme elle hébergeait Roy, il pourrait dormir avec elle cette nuit. Elle oubliait le serment qu'elle s'était fait de renoncer à faire l'amour sans amour. Ce n'était pas faire l'amour qu'elle voulait, mais quelqu'un qui la tienne dans ses bras.

Charles et Roy l'aidèrent à débarrasser. « Maintenant, retournez à table, vous deux, j'apporte le pudding », dit-elle. Elle sortit du réfrigérateur deux récipients de beurre sucré aromatisé au brandy ainsi qu'un gros pot de crème fraîche. « Si vous pouvez juste emporter ça... »

« Notre Mrs Raisin a fait drôlement de progrès, commenta Doris Simpson. Je n'aurais jamais deviné qu'elle cuisinait aussi bien. Au fait, vous avez entendu qu'il y a eu un début d'incendie à la salle des fêtes ?

– Elle n'a pas brûlé, j'espère ? s'inquiéta Roy.

– Non, mais apparemment, quelqu'un qui se servait du four a fait brûler quelque chose en mettant le gaz trop fort. Je leur avais pourtant dit et redit qu'il fallait crayonner des chiffres sur les boutons de cette vieille gazinière ! »

Une lueur malveillante étincela soudain dans le regard de Roy. « Et vous ne savez pas qui a fait ça, si ?

– Non. Mais demain matin, tout le village le saura. »

Dans la cuisine, Agatha sortit le pudding du micro-ondes et le démoula sur une assiette creuse.

Bien, maintenant, verser le brandy sur le gâteau et le faire flamber. Non, elle le ferait flamber à table. D'abord elle donna des coupelles à dessert à ses invités. Y aurait-il assez de pudding pour tout le monde ? Peut-être, si elle-même n'en prenait pas.

Elle s'aperçut alors avec consternation qu'elle n'avait plus de brandy. Elle fouilla parmi ses alcools forts. Il y avait une bouteille de vodka à teneur en alcool extra-forte qu'elle avait rapportée de vacances en Pologne. Ça ferait certainement l'affaire. Tout ce qu'il fallait, c'était une bonne petite flambée festive.

Elle répandit la quasi-totalité de la bouteille sur

le pudding, le plaça sur un plateau avec une boîte d'allumettes, puis emporta le tout dans la salle à manger.

Elle posa le gâteau au beau milieu de la table, et, une allumette à la main, suspendit son geste.

« Joyeux Noël à tous ! » cria-t-elle.

Elle frotta l'allumette.

Un immense rideau de flammes s'élança du pudding avec un gros chuintement. Agatha fit un bond en arrière. Patrick courut à la cuisine, revint avec un extincteur et aspergea de mousse le gâteau et Agatha.

Cela déclencha l'hilarité générale. Roy partit le premier d'un gloussement aigu, puis ce fut Bill Wong, et enfin toute la tablée se mit à hurler de rire.

La fête de Noël d'Agatha fut déclarée une grande et mémorable réussite.

Charles ne resta pas dormir, au grand soulagement d'Agatha. Coucher avec lui aurait été agréable, mais elle savait qu'elle aurait passé la journée du lendemain en autorécriminations.

Roy trouva la facture sur la table de la cuisine alors qu'il l'aidait à débarrasser.

« Espèce d'imposteur ! s'écria-t-il sur un air de triomphe. Huit cents livres ! À ce prix, ta volaille aurait dû être dorée à l'or fin !

– Je ne me doutais pas que c'était aussi cher !

s'exclama Agatha, le souffle coupé. Et en plus, il va falloir que je fasse repeindre la salle des fêtes.

– Ça ne fait rien. Je n'oublierai jamais ce pudding de Noël. Qu'est-ce que tu as utilisé comme brandy ?

– Ce n'était pas du brandy. Je n'en avais plus. J'ai presque vidé une bouteille de vodka que j'avais rapportée de Pologne il y a deux ans.

– Quoi ? Tu aurais tout aussi bien pu utiliser de l'essence !

– Je sais, je sais. Pfff, je suis épuisée ! »

Un tintement de verre brisé leur parvint de la salle à manger.

« Oh, non ! s'écria-t-elle. J'ai oublié de fermer la porte, les chats sont en train de saccager le sapin. Je vais les laisser s'en donner à cœur joie, je suis si fatiguée que je ne peux plus remuer le petit doigt.

– Allez, va te coucher ! On rangera demain matin.

– Doris vient me donner un coup de main. Tout le village aura entendu parler de la dinde brûlée, demain matin. Je ne t'ai pas raconté, si ?

– J'ai deviné à la seconde où j'ai entendu cette histoire d'incendie. Allez, au lit ! »

Lorsqu'elle se leva, un élancement familier à la hanche lui arracha une grimace. Ça ne pouvait pas être grave. Elle était trop jeune. De nos jours, la petite cinquantaine, c'était encore jeune !

« Les habitants du village vont se montrer encore plus hostiles à mon égard, regretta-t-elle en se dirigeant vers l'escalier. Je ne l'ai remarqué que récemment, et Mrs Bloxby m'a expliqué que c'était parce qu'ils me reprochaient d'avoir apporté le crime et le chaos dans le village. Je serai peut-être obligée de déménager.

– Sottises ! Ta place est à Carsely. »

Le lendemain, Agatha appela une entreprise de peintres en bâtiment et accepta de payer le tarif monstrueux qu'on lui demandait, pourvu que les travaux débutent immédiatement. À l'épicerie, où elle allait acheter les journaux du dimanche, elle fut accueillie par des sourires et des salutations amicales du genre : « Bonjour, Mrs Raisin. Il fait un peu frisquet ce matin. »

De retour chez elle, elle trouva Mrs Bloxby qui l'attendait.

« Entrez ! dit Agatha. La cuisine est sens dessus dessous. Roy est là, mais il n'est pas encore réveillé, et Doris devrait bientôt arriver pour me donner un coup de main. Les gens du village ne me traitent plus avec la même froideur, on dirait.

– Votre mésaventure de la dinde brûlée les amuse beaucoup. Toutes les cuisinières à qui il est arrivé de rater un repas compatissent, et puis tout le monde aime bien rigoler.

– Je vais peut-être rester, finalement.

– Vous ne songiez pas à nous quitter, si ?

– Ça m'avait traversé l'esprit.

– Mais non ! Croyez-moi, vous ne serez plus jamais mêlée à une série de meurtres ou de tentatives de meurtre aussi épouvantables que ceux-là. »

Mrs Bloxby se trompait.

AGATHA RAISIN ENQUÊTE
AUX ÉDITIONS ALBIN MICHEL

1. LA QUICHE FATALE

2. REMÈDE DE CHEVAL

3. PAS DE POT POUR LA JARDINIÈRE

4. RANDONNÉE MORTELLE

5. POUR LE MEILLEUR ET POUR LE PIRE

6. VACANCES TOUS RISQUES

7. À LA CLAIRE FONTAINE

8. COIFFEUR POUR DAMES

9. SALE TEMPS POUR LES SORCIÈRES

10. PANIQUE AU MANOIR

11. L'ENFER DE L'AMOUR

12. CRIME ET DÉLUGE

13. CHANTAGE AU PRESBYTÈRE

14. GARE AUX FANTÔMES

15. BAL FATAL

16. JAMAIS DEUX SANS TROIS

Composition : Nord Compo
Impression : CPI Bussière en février 2019
Éditions Albin Michel
22, rue Huyghens, 75014 Paris
www.albin-michel.fr

ISBN : 978-2-226-43555-2
N° d'édition : 23053/01 – N° d'impression : 2039202
Dépôt légal : mars 2019
Imprimé en France